Carlo Fruttero

Frauen, die alles wissen

Carlo Fruttero

Frauen,
die alles wissen

Roman

Aus dem Italienischen
von Luis Ruby

Piper
München Zürich

Mehr über unsere Autoren und Bücher:
www.piper.de

Die italienische Originalausgabe erschien 2006 unter dem Titel
»Donne informate sui fatti« bei Arnoldo Mondadori Editore
in Mailand.
Die Arbeit an der Übersetzung wurde vom Deutschen
Übersetzerfonds mit einem Bode-Stipendium gefördert.
Als Mentor fungierte Burkhart Kroeber.

Von Carlo Fruttero sind im Piper Verlag
außerdem erschienen:

Der unsichtbare Zweite

mit Franco Lucentini:
Die Sonntagsfrau • *Wie weit ist die Nacht* • *Der Palio der toten Reiter* •
Der Liebhaber ohne festen Wohnsitz • *Die Wahrheit über den Fall D.* •
Ein Hoch auf die Dummheit • *Das Geheimnis der Pineta* •
Der rätselhafte Sinn des Lebens • *Die Farbe des Schicksals* •
Du bist so blaß

FSC
Mix
Produktgruppe aus vorbildlich
bewirtschafteten Wäldern und
anderen kontrollierten Herkünften

Zert.-Nr. GFA-COC-1223
www.fsc.org
© 1996 Forest Stewardship Council

ISBN 978-3-492-05139-2
2. Auflage 2008

Gesetzt aus der Bembo
Satz: Uwe Steffen, München
Druck und Bindung: CPI – Clausen & Bosse, Leck
Printed in Germany

Für Maria Carla
und Federica,
meine unersetzlichen
Töchter.

Die Hausmeisterin

Ja, praktisch bin ich es gewesen, die die Leiche der Frau im Graben gefunden und gleich mit dem Handy die Carabinieri gerufen hat, ohne zweimal zu überlegen. Was hätte ich denn sonst machen sollen, in aller Seelenruhe wieder heimfahren, mir einen Kaffee kochen und die Sache vergessen, nichts gesehen, geht mich nichts an, irgendwer wird die Nutte schon finden?

Nein, das ist nicht meine Art, und außerdem wird von mir als Hausmeisterin erwartet, dass ich die Augen in alle Richtungen offenhalte. Cesare, mein Mann, hat mir fast eine Szene gemacht, er ist so einer, der immer sagt – und so auch diesmal –, dass man sich aus gewissen Angelegenheiten lieber raushalten soll, ist ja ein gefährliches Milieu, Drogen, Sexsklavinnen, Luden, illegale Einwanderer von überall her, wenn man davon nicht die Finger lässt, kann das böse enden. Ein Mindestmaß an Vorsicht, an Vernunft, sagt er. Ein Höchstmaß an Schiss, sage ich, Cesare ist nämlich ein Schisser, ein Duckmäuser, das habe ich nur zu oft erlebt. Na ja, typisch Mann, so was, bloß keinen Ärger, keine Komplikationen. Deswegen gehen sie ja zu den Nutten: rasch ein paar süße Wonnen im Wagen, dann wird gezahlt und das war's schon, auch wenn sich hinterher rausstellt, dass sie sich den Virus eingefangen haben.

Ich weiß nicht, ob Cesare das auch macht, süße Wonnen und so, hoffentlich nicht, ich will's lieber gar nicht wissen! Aber die da, das war todsicher eine Nutte, keine Frage. Tot? Ja, sicher war sie tot. Angefasst hab ich sie nicht, da wäre mir dann ehrlich gesagt doch etwas anders geworden. Jedenfalls hat sie nicht geschlafen und war auch nicht bewusstlos, das sah man gleich. Sie lag da wie ein Sack Mehl. Roter Minirock aus falschem Krokodilleder, schwarze Netzstrümpfe, ein schwarzes Top, das bis zu den Achseln hochgezogen war, eine Sandalette mit einem meterhohen Absatz, die andere weiß Gott wo verschwunden. In Arbeitsuniform also. Kein Blut, zum Glück. Sie lag auf der Seite, das Gesicht konnte man nicht richtig sehen unter den Haaren und den Gräsern im Graben. Eine große, ziemlich dünne Frau, aber im guten Sinn dünn, nicht mager, meine ich. Jung, würde ich sagen, aber bei denen weiß man ja nie, ob sie siebzehn sind oder fünfunddreißig.

So wie es mir der Carabiniere am Telefon gesagt hatte, hab ich mich nicht von der Stelle gerührt. Es war Sonntagvormittag, Ende Mai, fast wolkenloser Himmel, milde Luft. Ich hab auf die Uhr gesehen, vielleicht würde das den Carabinieri von Nutzen sein: 10:42 Uhr. Ich war höchstens eine Viertelstunde vorher mit dem Moped hingefahren, über einen von diesen Wegen, die durch die Felder führen – soweit es noch Felder sind –, zwischen Beinasco und Rivalta, am San-Luigi-Krankenhaus vorbei. Es waren noch drei weitere Personen in Sichtweite, zwei Frauen und ein Mann, allerdings ziemlich weit weg. Sie waren schon bei der Arbeit, sie standen nämlich aus demselben Grund auf dem Feld wie ich: um etwas von dem wilden Gemüse zu sammeln, das wir hier *girasoli* nennen, aber es sind keine echten Sonnenblumen, sondern so niedrige weiß-grüne Büschel, die isst man als Salat mit gekochten Eiern. Nichts Besonderes, aber Cesare ist ganz wild darauf, wenn Saison ist, jedes Jahr im Frühling, will er sie wieder. Übrigens ist das Zeug mittlerweile eine Art Ökoleckerbissen geworden, ein paar Stände auf dem Markt verkaufen es für ein Heidengeld.

Wie ich ihnen den Ort beschrieben hatte, haben die Carabinieri problemlos hergefunden, es dauerte keine zehn Minuten, da waren sie schon da. Ich sah den dunklen Wagen mit dem roten Streifen abbiegen, aber nicht auf meinen Weg, sondern auf einen anderen weiter drüben, auf der Seite von dem Viereck, wo auch ein kleiner Pappelhain ist. Die drei anderen *girasoli*-Sammler haben sich aufgerichtet, um zu schauen, was los ist, und ich habe die Arme gereckt und gewinkt, hierher, Mensch, hierher!

Einer, der aus dem Auto gestiegen war, hat mich dann gesehen, und ich hab ihm Zeichen gemacht, dass sie fast bis zu den Pappeln vorfahren sollen, und von da ging dann mein Pfad ab, mitten durch das Feld mit dem Graben und der Leiche, die ich gemeldet hatte. Sie sind ganz langsam bis an die Gabelung gefahren, oder wie das heißt, und da haben sie den Wagen stehen lassen und sind zu Fuß auf mich zugekommen, einer nach dem anderen, auf dem Grasstreifen in der Mitte des Wegs. Sie sahen auf den Boden, um nach Reifenspuren zu suchen und nichts zu verwischen, wenn es welche gab. Natürlich gab es da meine und die von dem Barfräulein mit dem Karnickel. Die war ja auch mit dem Moped gekommen. Sie waren freundlich zu mir, haben aber nicht viel gesagt. Es ist nur einer in den Graben gestiegen, schön vorsichtig, wo er hintrat, hat sich zu der Frau runtergebeugt und ihr an den Hals gefasst. Keine

Frage, sie war tot. Daraufhin haben sie noch andere Kollegen aus Turin hergerufen, und beim Warten haben sie mir ein paar Fragen gestellt. Ob ich die Verstorbene vielleicht gekannt hätte, was ich dort gewollt hätte, seit wann ich dagewesen bin und so weiter.

Wenn man sich dazu entschlossen hat, die Wahrheit zu sagen, dann kann man auch gleich alles sagen, obwohl Cesare das nicht einsehen will. Also habe ich erzählt, dass ich schon mitten auf dem Feld stand und gerade mit der Ernte angefangen hatte, da sehe ich auf einmal, wie das Fräulein aus der Bar mit dem Moped angefahren kommt, absteigt und anfängt, mit dem Gartenmesser das Gras im Graben zu schneiden, für ihr Kaninchen. Nach ein paar Metern bleibt sie plötzlich wie angewurzelt stehen, richtet sich auf, wirft noch mal einen Blick in den Graben und läuft zu ihrem Moped. Dann steigt sie auf und nix wie weg. Ich stand dreißig oder vierzig Meter entfernt und konnte ihren Gesichtsausdruck natürlich nicht erkennen, aber eins war mir klar: Was sie da im Graben gesehen hatte, konnte nichts Angenehmes sein. Und wirklich!

Aber warum zum Henker steckst du deine Nase in diesen Graben, sagt Cesare, und wozu soll das gut sein, Mara mit hineinzuziehen, ein kluges Mädchen, das nichts mit der Sache zu tun hatte, deshalb ist sie ja auch abgehauen. Kannst du mir vielleicht erklären, was dir das bringen sollte? Stinksauer war er, weil, als er von seinem sonntäglichen Fahrradausflug mit den Freunden zurückkam (sagt er jedenfalls), da war niemand daheim und von den *girasoli* keine Spur. Da musste er sich mit den Resten begnügen, der Held, im Kühlschrank gab's nur noch Frikadellen, Spinat, Sardellen und allerlei Käse. Und die Salami in der Speisekammer. Davon wird natürlich kein Mensch satt.

Nach kurzer Zeit trafen weitere Autos und ein Krankenwagen ein. Die drei *girasoli*-Sammler kamen angelaufen, um zu schauen, was los ist, wurden aber höflich zurückgehalten: Gehen Sie bitte weiter, hier gibt es nichts zu sehen, und schon wurde der Ort mit diesem rot-weiß gestreiften Band abgesperrt. Sie blieben eine ganze Weile, die einen in Uniform, die anderen in Zivil (zwei Frauen waren auch dabei), und am Ende, als sie die Leiche abtransportierten, haben sie mich höflich gebeten, mit aufs Revier zu kommen, um das Moped würden sie sich schon kümmern. Und dann haben sie mich bis drei Uhr nachmittags dabehalten. Ein ums andere Mal musste ich dieselbe Geschichte wiederholen, hätte ja sein können, dass mir noch irgendeine Einzelheit einfällt (aber ich bin ja nicht von gestern, sie wollten auch sehen, ob ich mich in Widersprüche verstricke). Vom Fernsehen ist niemand aufgetaucht, aber am Abend lief auf einem Lokalsender in den Nachrichten ein Interview, nicht mit mir, sondern mit Miss Karnickel, der schönen Mara, der Besitzerin von der Bar Ciro, sonntags geschlossen. Die und ihr schwarzes Kaninchen.

Die Barbesitzerin

Man muss sie verstehen, mein süßer Nerino, man muss ihr das nachsehen, dieser blöden Zicke von Hausmeisterin, der hochverehrten Signora Covino. Sie hätte ja die Klappe halten und sich um ihren eigenen Dreck kümmern können, aber nein, eine mit einer solchen Spitzelmentalität lässt sich doch die Chance herumzuschnüffeln nicht entgehen, bei mir schon gar nicht, und zwar nur, weil ihr Mann so oft zu mir in die Bar kommt und seine Witzchen reißt; der spielt gern den Scherzbold, klopft dumme Sprüche über meine sogenannten Kurven, die dürften ruhig ein bisschen ausgeprägter sein. Also eifersüchtig ist sie, und wie, bloß völlig ohne Grund, Cesare mag ja ein guter Mann sein, aber ich will ihn nicht geschenkt, und wenn es auf einer einsamen Insel wäre, so einen Schlappschwanz von Rentner, sechzig ist der locker, Glatze, X-Beine, ich habe ihn mal ganz verstohlen aus einem Pornokino kommen sehen am anderen Ende von Turin.

Und darunter hast du dann leiden müssen, mein armer Nerino, stundenlang allein ohne dein Frauchen, komm, mein Schatz, lass dich ein wenig herzen und dir erzählen, wie es war. Ich weiß schon, Hafer ist das passende Fressen für dich, aber eine Handvoll frisches Gras magst du doch für dein Leben gern, einmal im Jahr kann dir das nicht schaden, davon bekommst du schon keine Luft im Bauch, mein Süßer. Deshalb bin ich ja auch auf dieses Scheißfeld gefahren, und da habe ich die Leiche gefunden und bin abgehauen, ohne irgendwem Bescheid zu sagen.

Ordnungsgemäße Meldung heißt das bei den Carabinieri. Ich hätte es melden, hätte sie anrufen müssen, wie es dann die hochverehrte Frau Hausmeisterin von der Fachoberschule G. Delessert getan hat. Ein Unterlassungsdelikt. Aber wieso denn? Ich habe sie doch nicht angefahren! Ich hatte sie noch nie gesehen, ich kannte sie überhaupt nicht.

Sie haben mir die Fotos unter die Nase gehalten, nur das Gesicht, schön war sie, etwas blass vielleicht, etwas bleich, die Ärmste, klar, im Leichenschauhaus macht man keine gute Figur.

Sie kannten sie nicht etwa aus Ihrer Bar? Nein, ich habe sie noch nie gesehen. Und was haben Sie auf dem Feld gemacht? Ich habe ein wenig Gras für mein Kaninchen geschnitten, für meinen Nerino. So ging das zwanzig Mal, immer wieder, erst der eine, dann der andere, bumm bumm bumm, ich kam mir vor wie ein Sandsack: Meine Aussage würde sie nicht überzeugen, sie würden mir das nicht abkaufen, und ich saß da, urplötzlich in diese krasse Geschichte verwickelt, ich saß da und zitterte.

Und warum haben Sie den Ort dann fluchtartig verlassen? Also bitte, Nerino, wärst du etwa dageblieben? Eine Leiche, eine Tote, die vielleicht an einer Überdosis gestorben ist, oder es hat sie weiß Gott wer aus Rache umgebracht? Und überhaupt, mich gruselt's halt vor Leichen, ich hab's mit der Angst bekommen, kann man mir das vorwerfen? Ja, und da bin ich eben abgehauen. Der Gedanke, das zu melden, ist mir gar nicht gekommen. Früher oder später würde sie doch sowieso jemand finden und die ordnungsgemäße Meldung machen, oder? Die Opfer von

Verbrecherbanden in einem Fernsehfilm sehen ist eines, aber wenn man sie auf einmal vor sich liegen hat, dann ist das was ganz anderes, ich bin ja fast über die Leiche gestolpert. Ob ich sie wirklich noch nie gesehen hätte? Nein, hab ich doch schon gesagt!

Aber immer noch saß ich auf meinem Stuhl und zitterte. Nicht wegen mir, sondern wegen Chris, meinem Freund, denn der ist wirklich in Ordnung, aber vor Jahren ist er halt, wie man so sagt, auffällig geworden, Lappalien, längst vergessen und begraben. Bloß nicht für die Bullen auf dem Revier, mit all den Computern, die sie da haben. Einer in Uniform war dabei – ich hatte ständig sein Namensschild vor der Nase: Pocopane, Attilio, ein hübscher Junge mit blonden Locken – und eine Frau in Zivil, auch mit so einem Schild, Margherita Soundso, und wegen der unterlassenen Meldung hatten sie mich schon am Wickel. Aber noch mal: Warum Unterlassung, sie war doch schon tot? Ob ich sie nicht gekannt hätte? Noch mal: Ich bin ihr noch nie begegnet. Nicht mal vom Sehen? Noch mal: Auch nicht von Weitem.

Sie machten auf verständnisvoll und erklärten es mir ganz geduldig: Wissen Sie, wir müssen allen möglichen Verbindungen nachgehen, wir ermitteln in alle Richtungen. Und genau bei dem Wort Verbindungen ist mir der Schreck in die Glieder gefahren. Denn falls sie mich fragten, ob ich einen Freund hätte, konnte ich persönlich natürlich dichthalten, ich kann auch zwölf Freunde verleugnen oder sagen, wir wären gestern Abend zusammen gewesen, das wäre ein Superalibi – auch wenn's nicht stimmt. Aber wenn man vor denen auf dem Stuhl sitzt und kapiert, dass man nicht weiß, was die schon alles wissen, ob sie schon angefangen haben, Verbindungen zwischen diesem und jenem herzustellen – die Arbeit, der Freundeskreis, mit wem man ausgeht, derzeitige und frühere feste Freunde –, dann kommt man ganz schön ins Schwitzen.

Und gestern Abend, wo waren wir da gewesen? Um wie viel Uhr? Vielleicht hat mich die Petze vom Istituto Delessert ja mal mit Christian gesehen, vielleicht geht die hin und steckt das den Bullen, einfach so, um ihre Bürgerpflicht zu tun, in Wirklichkeit natürlich aus Eifersucht und blankem Neid, diese abgewrackte Hausmeisterin – Chris sieht nämlich richtig gut aus und hat es bestimmt nicht nötig, sich in Pornokinos rumzutreiben.

Aber am Ende haben sie mir dann keine Fragen mehr gestellt, Nerino-Schätzchen, und da habe ich tief durchgeatmet und selbst was gefragt: Wer denn die Tote überhaupt war? Das wüssten sie nicht, die Frau hatte keine Papiere bei sich. Und an was war sie gestorben? Wüssten sie auch noch nicht, da müsste man die Autopsie abwarten. Aber der Carabiniere mit dem Lockenkopf hat mir dann, als er mich durch den Korridor hinausbegleitete, quasi als Entschädigung anvertraut: »vermutlich stranguliert«, aber ich solle das besser nicht weitererzählen.

Wie könnte ich, mein Ninchen.

So wie sie mich von zu Hause abgeholt hatten, hat mich der hübsche Blonde dann auch wieder heimgefahren, und vor der Haustür standen schon drei Leute von einem lokalen Fernsehsender und die warteten tatsächlich auf mich. Ich hab sie gebeten mit hochzukommen, weil ich's kaum erwarten konnte, dich wiederzusehen, mein Schatz, und dann habe ich ihnen das wenige erzählt, was ich von dem famosen Leichenfund wusste, eine Minute hat das gedauert, maximal zwei. Aber sie hatten schon längst mitbekommen, dass die Frau angeblich erdrosselt worden ist, und wollten sogar wissen, ob ihr vielleicht die Zunge heraushing, wie sie da im Graben lag. Jaja, vertrauliche Informationen.

Und dann hab ich dich in den Arm genommen und konnte gar nicht mehr aufhören zu heulen, Tränen in alle Richtungen, die Nerven, ist doch ganz normal nach so einem Tag. Am Ende habe ich meine Eltern in Condove angerufen und dann auch noch Chris, aber der hatte immer noch das Handy aus und war irgendwo unterwegs. Wo steckt der bloß, mein kleines Langohr? Und mit wem?

Die Carabiniera

Die beiden Frauen, so von Frau zu Frau, nein, die haben mir nicht gefallen, weder die Hausmeisterin noch die Barbesitzerin mit ihrem Kaninchen. Aber wenn der Chef etwas gegen einen hat und einen das auch spüren lässt, dann behält man seine Eindrücke lieber hübsch für sich. Es fängt schon damit an, dass das ein komisches Zusammentreffen war. Na gut, beide wohnen im Mirafiori-Viertel, einen Katzensprung vom Fiat-Werksgelände. Aber dass beide rein zufällig am selben Sonntagvormittag aufs Moped steigen und rein zufällig an denselben Ort fahren, um Grünzeug zu ernten? Und die eine findet die Leiche und macht sich schnurstracks aus dem Staub, und die andere sieht sie abhauen und geht nachgucken, was los ist, und nachher erstattet sie bei uns Meldung? Kurzum, ich glaube, die können einander nicht ausstehen. Aber warum? Was steckt dahinter? All dem könnte man nachgehen, wenn der Chef nicht so eine Einstellung hätte. Als Erstes müsste man Informationen über ihre Männer einholen.

Die Hausmeisterin ist verheiratet, mit einem Rentner, der Gelegenheitsarbeiten übernimmt und gern Fahrrad fährt, Spritztouren mit seinen Freunden und so. Aber sie hat zu Hause die Hosen an, das ist sonnenklar. Und es würde überhaupt nichts kosten, ihn mal kurz zur Einvernahme zu bitten, ihren Cesare, herauszufinden, was das für ein Typ ist, mit wem er Umgang pflegt, man könnte ein Persönlichkeitsbild erstellen, in groben Zügen. Was Miss Karnickel betrifft – so wird sie von der Hausmeisterin genannt –, die ist Single, wohnhaft in der Via Terzi, in einem Ein-Zimmer-Appartement mit großer Terrasse, ich habe sie ja selbst abgeholt. Alles sauber und ordentlich, bis auf dieses schwarze Kaninchen, das frei in der Wohnung herumläuft.

Sind andere Haustiere nicht pflegeleichter, habe ich sie gefragt, ein Hund oder, noch besser, eine Katze? Kaninchen kann man doch gut essen, gebraten oder geschmort, nicht wahr? Da war sie gleich eingeschnappt und hat ihr Schoßtier in den Arm genommen, wehe, jemand rührt ihr Kaninchen an, schon bei der bloßen Vorstellung, es in der Pfanne zu sehen, lief es ihr kalt den Rücken runter, geht's noch! Es war ein Geschenk ihrer Eltern, die in Condove ansässig sind. Da könnte man auch weiterbohren, bei den Eltern. Aber vor allem über die junge Frau müsste man mehr herausfinden. Warum ist die Single? Ein hübsches Ding wie sie und hat keinen Freund? Oder gleich mehrere? Schließlich steht sie am Tresen, da versucht's doch jeder mal, vom ersten bis zum letzten Gast. Ja, wo wir sie schon mal auf dem Revier hatten, hätten wir ihr ruhig noch ein paar Fragen mehr stellen können, betreffend Freunde, Bekannte, die Kreise, in denen sie verkehrt, ihre Freizeitbeschäftigungen.

Aber ich habe nicht mal damit anfangen können, der Chef hat entschieden, das hätte keine Priorität, die höchste Priorität hätte die Identifikation des Opfers, und da hatte er ja sogar recht, für den Anfang. Aber dann kam der fiese Hund mit den üblichen Witzchen, ich mit meiner Rasterfahndung und so. Wenn's nach mir ginge, behauptet er, würden wir jeden, der hier auftaucht – etwa um zu melden, dass er den Führerschein verlegt hat –, für drei Tage in Sicherungsverwahrung nehmen. Hausdurchsuchung, Nachforschungen über sämtliche Gewohnheiten, die Verwandtschaft, Telefon abhören, rausfinden, was er isst, welche Schule er besucht hat, wann er's zum ersten Mal getrieben hat und so weiter. Ein Leben. Das ganze Leben, in allen Details. So macht er sich über meinen sogenannten Übereifer lustig, und zum Abschluss folgt dann die Lektion: Du musst dich damit abfinden, Rita, du kannst nicht alles über alle erfahren, ein Mensch hat seine Geheimnisse und die muss man ihm auch lassen, sonst verschwendet man nur seine Zeit damit, die ganze Welt zu verdächtigen, Hund und Karnickel eingeschlossen.

Aber die Identifikation war gleich durch, ohne lang die üblichen Kreise abklappern zu müssen, mit dem Foto in der Hand. Fingerabdrücke in die Datenbank, und obwohl es Sonntag war, lagen schon am Nachmittag die Eckdaten auf dem Tisch: Milena Martabazu, zweiundzwanzig, vor vier Jahren illegal aus Rumänien eingereist. Danach der übliche Lebenslauf.

Der Presse haben wir noch nichts davon gesagt, die sind einstweilen ganz glücklich damit, sich Schlagzeilen über ein geheimnisvolles Verbrechen auszudenken, das Rätsel der erwürgten Frau im Graben. Ja, erwürgt schon, aber am Unterarm hatte sie auch eine eindeutige Einstichspur. Nahm sie Drogen? Oder hat ihr jemand anderer etwas gespritzt? Dafür wird man die Obduktion abwarten müssen, aber schon jetzt gibt es eine ganze Reihe Seltsamkeiten an diesem scheinbar alltäglichen Verbrechen aus dem Milieu.

Die Tochter

Ja, ja, die Tochter, ich bin seine Tochter, worum geht es denn … ich bin nicht … nein, ich bin nicht in Turin, ich bin auf dem Land, ich … ich kann Sie nicht richtig hören, die Verbindung ist so schlecht, ich höre Sie nur kurz und dann wieder nicht … aber was ist mit meinem … gütiger Himmel, ist ihm etwas zugestoßen … nein, er ist nicht hier, er ist auf Sardinien, für … aber von wo aus rufen Sie denn an? Aus Sardinien? Haben Sie ihn gesehen, was ist mit ihm … entschuldigen Sie, könnten Sie das wiederholen, ich verstehe Sie nicht, was haben Sie gesagt, hallo, hallo … aus Turin rufen Sie an, ach so, aber mein Vater... bitte, was ist ihm denn passiert? … nichts, ihm ist nichts passiert, ach, aber haben Sie denn mit ihm gesprochen, geht es ihm gut? … nicht erreichbar, wie meinen Sie das? … er geht nicht ans Telefon, ja, das glaube ich gern, natürlich hat er das Handy ausgeschaltet, er ist zu einem Turnier nach Sardinien geflogen, er steht auf dem Platz … ich kann ihn doch auch nicht erreichen, verstehen Sie, aber sagen Sie mal, warum wollen Sie überhaupt mit ihm sprechen, was ist denn vorgefallen? … wie bitte? Ich kann Sie immer noch nicht gut hören, die Verbindung reißt ständig ab … hören Sie, geben Sie mir Ihre Nummer, dann rufe ich Sie vom Festnetz aus an … ja, das wird das Beste sein, machen wir es so, ich höre … 112 und dann verbinden lassen mit … wie bitte? Ja, Durchwahl 3624. Drei sechs zwei vier, Capitano … wie sagen Sie? … Capitano Jodice, J-o-d-i-c-e, ja, habe ich verstanden, ich gehe gleich ins Haus und rufe Sie zurück …«

Aber ich habe mich erst mal hinsetzen müssen, bevor ich irgendwohin gehen konnte. Weiche Knie. Papa und sein vermaledeites Golf. Infarkt am siebten Loch, man kennt das ja. Casimiro hatte schon eine Weile hergesehen und kam nun zu mir.

»Du bist ja ganz außer dir, was ist denn los?«

»Das waren die Carabinieri.«

»Die Carabinieri?« Auch er musste sofort an Papa denken. »Ein Anruf aus Is Molas?«

»Nein, aus Turin.«

»Wegen Papa?«

»Nein, dem geht es gut, er ist nicht erreichbar, aber soweit ich weiß, geht es ihm gut. Der Anruf war nicht seinetwegen.«

»Warum dann? Ist bei dir eingebrochen worden? Doch hoffentlich nichts mit den Kindern …?«

Ich bin geschieden. Ich habe zwei Kinder im Alter von sieben und fünf, dieses Wochenende sind sie bei ihrem Vater.

»Nein, um Himmels willen, die Kinder haben nichts damit zu tun. Ich weiß nicht, ich konnte nicht hören, was mir dieser Capitano sagen wollte, die Verbindung war furchtbar schlecht, gleich rufe ich ihn zurück und finde heraus, worum es geht … Die Durchwahl ist drei sechs zwei vier, drei sechs zwei vier … Komm, lass uns reingehen.«

»Warte, ich hole dir ein Glas Wasser. Rühr dich nicht von der Stelle.«

Ich sah ihm nach, wie er davonging, energisch, entschlossen, elegant. Und wo ist jetzt der Unterschied, dachte ich matt, zwischen ihm und meinem Ex-Mann? Es gab keinen. Wie oft hatte auch er mir, ebenso elegant – sogar noch eleganter, ein schönerer Mann auch –, ebenso entschlossen und energisch ein Glas Wasser oder auch Champagner geholt, während ich sitzen blieb, im Haus oder im Garten. Nein, es gab keinen Unterschied. Die beiden mochten sogar dieselben Filme, eher pubertäre Streifen, wenn ich ehrlich sein soll.

Und doch war alles ganz anders, ich weiß nicht, warum. Schwer greifbare Nuancen, vielleicht etwas im Blick oder im Lächeln. Bei dem anderen wirkte Höflichkeit wie eine gesellschaftliche Pflichtübung, während der hier eine ganz persönliche Aufmerksamkeit daraus macht, die sich wirklich an dich richtet. Ist es das? Oder bin nur ich es, die um jeden Preis diesen kleinen Unterschied sehen will, weil es eine objektive Erklärung für ein Gefühl nicht gibt und nicht geben kann?

Ich stecke mir eine Zigarette an, weißgraue Rauchschwaden, wie sie auch dort hinten aufsteigen und sich verlieren, hinter der halb zylindrischen Glasfront des Gewächshauses, wo der Partyservice lange Tische für das Grillfest aufgestellt hat. Etwa dreißig Gäste, die noch ein paar Häppchen zu sich nehmen, etwas trinken, in verstreuten Gruppen plaudern, auf das Meer von Hügeln hinaussehen, das sich zu Füßen des Schlösschens erstreckt. Apfel- und Mandelbäume, Kirschblüten, ein Ausblick, den Papa liebt. Er hätte ja auch dabei sein können, sogar sollen, aber sein Dickschädel ist härter als die Steinbank hier; er war für das Turnier schon seit Monaten gemeldet, das erste schöne Turnier des Jahres, darauf verzichten, niemals, er musste da unbedingt hin, er und seine Freunde, die genauso golfverrückt sind wie er: Mir geht es bestens, ich bin in einer großartigen Form, sieh dir nur meinen Schwung an ... Na ja, diesem Capitano zufolge ist ihm ja wirklich nichts passiert, sein Handy ist aus, und er steht auf dem Platz und schlägt seinen Golfball zweihundert Meter weit, glücklich und zufrieden. Aber was ist dann los?

Casimiro ist wieder da, den Becher bis zum Rand gefüllt. Aber hinter ihm kommt auch schon Beatrice mit einer ganzen Flasche Mineralwasser unterm Arm. Praktisch wie immer; und immer übertreibt sie's ein wenig, wie damals, als sie der armen Mama zur Seite stand. Ausgesprochen tüchtig, und dabei hat sie etwas, wie soll ich sagen, so etwas Unnachsichtiges, etwas still Unbeugsames, genau. Mamas beste Freundin bis zum Schluss und dann auch die von Papa und meine, sosehr sie mich anfangs auch überzeugen wollte, ich müsste mich doch nicht gleich scheiden lassen: Lass es gut sein, am Ende sind die Männer ohnehin alle gleich und so weiter. Zynismus? Eher Resignation, würde ich sagen, arme Beatrice, doch ihren Stolz hat sie sich nicht nehmen lassen. Aber der Schmerz. Den Schmerz versteht sie, den hat sie schon immer verstanden.

Die beste Freundin

Vielleicht klingt das etwas banal, aber der Mai ist für mich der schönste Monat im Jahr, und ich habe diese sanfte Hügellandschaft mit echtem Bedauern verlassen. Vor allem die Blumen. Den Flieder, das dichte Wäldchen aus Flieder- und Nussbäumen zur einen Seite des Schlosses unter dem kleinen Turm. Und natürlich die Rosen, Tulpen, Hortensien, die spektakuläre gelbe Flut von Schwertlilien über der Laube. Alles so festlich, gelöst und harmonisch.

Am meisten aber bezaubert mich die unendliche Zartheit der Grüntöne. Grün, so weit das Auge reicht, Seite an Seite in allen Abstufungen, noch schüchternes Grün, kindliches Grün, wie ich es nenne, Grün, das sich schon voll und ganz entfaltet hat, aggressives Grün, Grün, das auch blasse, fast weiße Schattierungen zulässt, bebende Übergänge ins Graue, Rote, Himmelblaue. Ja, einst, vor Ewigkeiten, habe ich gemalt, halb ernsthaft, halb so zum Vergnügen. Aber vielleicht war es gerade die schwindelerregende Vielfalt von Grüntönen im Mai, die mich dazu brachte, Farben, Pinsel, Terpentin und alles andere wegzulegen. Erniedrigung, Stolz.

Durch eine unter dichtem Gewirr von Kletterpflanzen fast unsichtbare Tür sind Camilla, Casimiro und ich ins Haus gegangen, zum Telefon im Salon mit den Bandera-Stickereien, und dann hat Camilla den Capitano angerufen.

Milena. Tot. Ermordet aufgefunden in einem Graben bei Mirafiori. Sie möge bitte zur Identifizierung der Leiche nach Turin kommen, man könne sie auch mit einem Wagen abholen lassen.

Camilla brach in Tränen aus, Papa, Papa, armer Papa! Aber wer, wie, warum? Und dann sofort, zwischen Schluchzer und Schluchzer: Ich wusste es ja, ich hab's doch gleich gesagt, ich habe schon damit gerechnet, dass früher oder später… Ich ließ mir den Hörer geben, sagte dem Capitano, ich würde Camilla selbst nach Turin bringen, höchstens eine Stunde, und wir seien da.

Wohin? Äh, ja, auf die Wache, das ist das Einfachste, und dann fahren wir sie ins Leichenschauhaus. Also gut, wir machen uns gleich auf den Weg. Camilla war fix und fertig, apathisch saß sie auf dem Bandera-Sessel, schüttelte den Kopf: Ich wusste es ja, ich hatte schon damit gerechnet, wie sollen wir das jetzt Papa beibringen?

Es gab eine Riesendiskussion. An sich sollte Papa am morgigen Montag zurückkommen, mit dem 11:30-Uhr-Flug von Cagliari, Ankunft in Turin-Caselle um 12:45 Uhr. Er steigt aus dem Flugzeug, holt an der Gepäckausgabe seine Golfschläger ab, kommt stolz und frohgemut heraus, und da stehen seine Tochter und ich und überbringen ihm die große Neuigkeit.

Das geht nicht, sagte Camilla, das kommt nicht infrage, das können wir nicht machen, das wäre wie ein Faustschlag ins Gesicht.

Aber wenn ihr ihn schonend darauf vorbereitet, meinte Casimiro, wenn ihr ihm erst mal sagt, es sei etwas Schreckliches passiert, ihr wisst schon, eben mit Takt.

Das hat bei Papa keinen Zweck, der reißt dir den Takt runter wie ein Enthaarungswachspflaster, er kommt immer direkt zur Sache, das ist nun mal seine Art. Nein, das geht nicht, ich kann das nicht, da müssen wir einen anderen Weg finden. Und heute Abend ruft er sowieso an, sobald er seine sechsunddreißig Löcher gespielt hat. Und was sagen wir ihm dann, na, was sagen wir ihm dann?

Lass uns mal in Ruhe nachdenken. Er ruft zu Hause an und niemand hebt ab. Oder ist vielleicht eine Nachricht von den Carabinieri auf dem Anrufbeantworter? Nein, glaube ich nicht, sicher nicht. Allenfalls hinterlässt du ihm eine Nachricht, Camilla. Auf jeden Fall ruft er dich an. Was passiert dann? Erzählst du ihm alles am Telefon?

Irgendwas wird man ihm schon sagen müssen, sagte Casimiro, eine Halbwahrheit, etwas von einem Unfall, Milena im Krankenhaus, noch keine Prognose zu den Heilungsaussichten, was weiß ich, einfach um Zeit zu gewinnen, ihn ein wenig vorzubereiten. Was gibt's denn da vorzubereiten?, widersprach Camilla, damit erreichen wir doch nur, dass er eine grauenvolle Nacht verbringt; da tut er kein Auge zu, stell dir doch vor, wie beklemmend, wie niederdrückend das sein muss in so einem Hotelzimmer. Nein, besser nicht, alles ist gut, Milena ist, sagen wir, ins Kino gegangen. Aber du kennst ihn doch, widersprach Casimiro, er versucht es auch zwanzig Mal, bombardiert sie die ganze Nacht mit Anrufen, um zwölf, um eins, um zwei. Und wenn sie nie rangeht, ruft er noch mal Camilla an, und wir sind wieder da, wo wir vorher waren.

Lass uns in Ruhe nachdenken. Das Schlimmste ist, wenn er die Nacht ganz allein im Hotel verbringt und an die unklaren Heilungsaussichten denkt. So weit einverstanden? Also gibt es nur eine Möglichkeit, nämlich dass wir ihn dazu bringen, noch heute Abend den letzten Flug zu nehmen und sofort herzukommen. Aber er hat doch für morgen gebucht, heute Abend ist bestimmt nichts mehr frei, wir haben schließlich Sonntag. Na, dann lassen wir uns mal was einfallen, jetzt gleich! Rufen wir im Hotel an, beim Flughafen, bei der Fluggesellschaft, für Notfälle haben die doch immer einen Platz übrig.

Rufen wir Angeleri an, ich rufe Angeleri an, sagte Casimiro. Aber die Carabinieri selbst, sagte ich, die werden doch etwas tun können, oder? Für einen solchen Fall müssen sie doch Kapazitäten frei haben, und überhaupt, Papa ist ja nicht irgendwer, da wendet man sich halt an den Präfekten oder an den Polizeipräsidenten, was weiß ich, an die Leute eben, die etwas zu sagen haben.

Okay, angenommen, es ist so. Er kommt am Abend mit dem letzten Flug, ist schon erschrocken, zu Tode besorgt, wer geht dann hin und überbringt ihm die Nachricht? Ich nicht, schluchzte Camilla, ich kann das nicht, vor allem, ich wusste es ja, ich hab's mir schon vorgestellt, ich habe schon immer befürchtet, dass so etwas passiert, und ich habe ihm das auch immer wieder gesagt, wir sind uns ganz schön in die Haare geraten, eine Zeit lang haben wir gar nicht mehr miteinander geredet, armer Papa, was für ein schrecklicher Schlag.

Casimiro wäre am liebsten auch mitgefahren, um zu sehen, ob er in Sachen Presse etwas ausrichten konnte, aber als Gastgeber musste er bei seinen Gästen bleiben; Camilla und ich suchten in aller Eile unsere fürs Wochenende eingepackten Siebensachen zusammen, und weg waren wir, ohne uns von irgendwem zu verabschieden, nicht einmal von der Großmutter oben in ihrem Turm, adieu Blumen, adieu Meer von grünem Email und Samt, adieu rote Mauern des Schlösschens: ab ins Leichenschauhaus.

Die Carabiniera

Noch zwei Frauen in diesen Ermittlungen, und auch die sind nicht gerade überzeugend. Die Tochter mit ihrem Papa, Papa, armer Papa, dazu die andere, Ältere – eine Verwandte? eine Freundin? –, Gefasstere. Die hatte das Heft in der Hand, das sah man sofort. Alle beide sehr schick, wie man früher sagte, wahrscheinlich sagen Leute wie die das auch heute noch: Taschen, Schuhe, Modeschmuck (?) –, das haben sie alles in die Wiege gelegt bekommen, die gute Fee hat das schon vor drei Generationen erledigt. Die Tochter in Hosen, die andere in Rock und Jäckchen. Ein Weekend auf dem Land, ja, da waren sie gewesen, da kamen sie her, um das gleich mal klarzustellen. Ein paar Tage auf dem Landschloss, verstehst du? Bei einem Freund, der später auch noch kommen würde, zwecks moralischer und materieller Unterstützung für den armen Papa oder auch für die Tochter besagten armen Papas. Über die arme Tote, die arme Milena, habe ich kein Wort gehört, während wir beim Chef im Büro saßen.

Wo nach einer Weile auch der Oberchef aufgetaucht ist, sogar mit Handkuss, alte Schule. Freundschaftliche Verhandlungen über die Hausdurchsuchung. Uns lag daran, möglichst rasch den Ort in Augenschein zu nehmen, wo alles angefangen hatte, aber dafür bräuchte man eine richterliche Anordnung, in diesem Fall wohl auch die Erlaubnis des Hausherrn, des Bankiers. Aber man könnte eine erste Inaugenscheinnahme vornehmen, eine formlose Inspektion, und die Villa vielleicht überwachen lassen. Ob die Tochter des Eigentümers einverstanden wäre, in ihrem eigenen Interesse einen, vielleicht auch zwei oder drei unserer Leute ins Haus zu lassen und ihnen einen ganz kurzen ersten Blick zu gestatten, ohne dass etwas angefasst würde? Aber selbstverständlich, bitte sehr, hier sind die Schlüssel.

Gilardo wurde gerufen – »einer unserer besten Männer« –, der sollte die Schlüssel entgegennehmen; dann gab es Mineralwasser und Kaffee, es fehlten nur noch die sündhaft teuren Beignets aus der renommierten Konditorei Querio gegenüber. Wenn ich daran denke, dass ich heute eigentlich gar keinen Dienst hatte! Ich hatte den von Rossella übernommen, ich hoffe, sie springt auch mal für mich ein.

Dann rief der Schlossherr an, es war alles arrangiert, der arme Papa würde ein Privatflugzeug nehmen, Ankunft 22:20 Uhr. Aber hast du's ihm erzählt?, wollte die Tochter wissen, was hast du ihm gesagt? Hast du ihm gesagt, dass Milena …? Äh, ja, ging ja nicht anders, ein schlimmer Zwischenfall, ein tragisches Ereignis, ich kann ihn doch nicht mit dem Zweifel im Herzen die Reise antreten lassen. Na bravo, habe ich mir gedacht, so reist er nun mit dem Tod im Herzen, ich weiß ja nicht, was besser wäre, wenigstens ein Fünkchen Hoffnung, eine klitzekleine Möglichkeit. Tja. Vor zwei Jahren habe ich einen internen Fortbildungskurs belegt, wie man den Hinterbliebenen solche schönen Nachrichten übermittelt, aber letzten Endes, wenn's hart auf hart geht, gibt es kein Patentrezept, da kommt es ganz auf die Person an, auf den Moment, das muss man im Gefühl haben, man muss gleich kapieren, wie es steht, im Vorzimmer, im Aufzug, wo auch immer.

Mit ruhiger Stimme reden, deutlich sprechen. Mit dem Blick Mitgefühl ausdrücken. Menschliche Geste: bereit sein, dem anderen die Hand auf den Arm zu legen, auf die Schulter. Und dann los: Gnädige Frau, ihr Sohn hat seine Freundin umgebracht, achtzehn Messerstiche, und dann ist er aus dem zehnten Stock gesprungen.

Ich persönlich tausche da liebend gern mit einem Schusswechsel vor der Bank, aber solche Situationen sind in unserem Beruf nun mal unvermeidlich. Ganz zu schweigen vom alten Vorurteil: Frauen sind da sensibler, die können mit Gefühlen besser umgehen, mit Unglück, Trauer und so. Also habe dann ich die beiden ins Leichenschauhaus begleitet, während Gilardo und die anderen mit Blaulicht zur Villa des Bankiers und der Toten fuhren, um sich nach Zigarettenkippen, Zetteln, Fingerabdrücken und randvoll mit DNA gefüllten Gläsern umzusehen. Wohlgemerkt ohne etwas anzufassen.

Wir sind reingegangen, aber im Flur hat die Jüngere – Camilla heißt sie anscheinend – einen Rückzieher gemacht: Ich kann nicht, ich halte das nicht aus, arme Milena – na endlich! –, ich fasse es nicht, und dabei hatte ich's doch gesagt, ich hab's doch gewusst, ich hab doch nur darauf gewartet, Beatrice, kümmere du dich darum, mach du das, du hast sie doch genauso gut gekannt wie ich, und so weiter.

Am Ende ist sie draußen geblieben, und diese Beatrice hat die Identifizierung vorgenommen. Ja, das war Milena, die da noch auf dem Tisch lag. Ich stand neben Beatrice, bereit, sie in den Arm zu nehmen, sie zu trösten. Aber das erwies sich als unnötig, sie stand da und starrte gut eine Minute lang in das verzerrte Gesicht, und dabei hatte sie so einen Blick, ich weiß nicht, so einen komischen Blick.

Die Journalistin

Du musst Stein und Bein schwören, dass du nichts weitersagen, dass du keine Zeile davon veröffentlichen, dass du schön brav stillhalten und auf grünes Licht von oben warten wirst, um die laufenden Ermittlungen nicht zu behindern. Aber das ist nie mehr als Schauspielerei, von beiden Seiten. Wenn es dir irgendwie gelungen ist, einen freundschaftlichen Kontakt zu knüpfen, muss gar nicht besonders hoch oben sein, dann erzählen dir die Ermittler so einiges, dann packen sie schon aus.

Und zwar erstens, weil einer, der über vertrauliche Informationen verfügt, es sich niemals nehmen lässt, sie zu verbreiten, die Lust daran ist stärker als wir, ob Minister, Staatsanwalt, Präsident oder Gefreiter der Carabinieri; und wir Journalisten, die wir das aus rein beruflichen Gründen machen, tragen de facto die geringste Schuld. Manchmal, wenn ich wie jetzt am Steuer sitze, unterwegs in die Höhle des Löwen – na ja, in Wirklichkeit bloß nach Vercelli –, da denke ich an diesen alten Griechen, der vierzig Kilometer weit gerannt ist, um von der Schlacht bei Marathon zu berichten. Ist nicht ganz dasselbe, aber im Grunde doch. Zweitens gehen die obersten Chargen mit gutem Beispiel voran, keiner ist mehr fähig, wirklich dichtzuhalten. Sie reden von absolutem Stillschweigen. Aber so lange ich schon als Reporterin im Geschäft bin, ich habe es noch nie erlebt, dieses absolute Stillschweigen. Mauert der eine, dann gibt dir sein Stellvertreter freie Bahn, und sonst tut's der Stellvertreter des Stellvertreters, womöglich mit Billigung des Ersteren. Eine undichte Stelle, so nennen sie das, so nennen wir es selbst. Aber wir haben unsererseits auch immer den Verdacht, dass wir manipuliert werden, dass bei denen ein Kalkül, eine Absicht dahintersteht, ein geheimes Zeichen oder eine Nachricht an weiß Gott wen. Im Endeffekt benutzen sie uns. So wie wir versuchen, sie zu benutzen. Es ist alles Theater, nur ein Spiel.

Und daher wusste ich schon am ersten Abend – die Quellen werden nicht preisgegeben, auch wenn sie jeder kennt –, dass die Tote Rumänin war, Name: Milena Martabazu, zweiundzwanzig Jahre alt, vor vier Jahren illegal nach Italien eingereist und dann an diversen Orten auf den Strich gegangen, mit diversen Festnahmen, Ausweisungen und so weiter; schließlich die Rettung durch Don Traversa, den Priester aus Novara, der eine Beratungs- und Rehabilitationseinrichtung leitet, just in Vercelli, wohin ich gerade unterwegs bin, deutlich über dem Tempolimit.

Erdrosselt in einem Graben zwischen Beinasco und Rivalta, am westlichen Stadtrand von Turin. Aus dem trauten Heim in Vercelli geflohen, wieder in die Szene abgerutscht, könnte man meinen.

Aber eines ergab keinen Sinn: Sie war gekleidet wie eine Nutte, trug eine schwarze Netzstrumpfhose und darüber, jawohl, darüber einen Tanga, türkisfarben, hieß es. Wie sie auf dieses Feld gekommen ist, weiß man nicht, aber es liegt auf der Hand, dass sie schon tot gewesen sein dürfte, als sie dorthin gebracht wurde. Und den Tanga hat oder haben ihr die Mörder übergestreift. Sie wurde quasi verkleidet. Eine offensichtliche Inszenierung. Also vielleicht ein Racheakt ihrer alten Zuhälter: verschleppt, in Nuttenmontur gesteckt, erdrosselt und in den Straßengraben geworfen, das hast du nun davon. Von wegen neues Leben.

Denn dort draußen in Vercelli steht genau das auf dem Programm: Monatelang lässt man sie das Trauma von Prügeln und Straßenstrich verarbeiten, und dann sucht man ihnen in Ruhe eine geregelte Arbeit, als Küchenhelferin, Verkäuferin, am häufigsten als Pflegerin in Privathaushalten mit alten oder kranken Menschen. Ich habe ihn mal interviewt, diesen Priester, diesen Don Traversa, ein Mann um die fünfzig, strahlt selbstredend Energie und innere Ruhe aus, nicht besonders sympathisch, aber auch nicht ölig.

Ich persönlich bin ja immer skeptisch bei diesen Beschützer- oder Rettertypen, ich vermute da von vornherein … ja, was eigentlich? Also, Eitelkeit vielleicht, im besten Fall. Altruismus, Selbstlosigkeit und Hingabe sind ja wunderschöne Eigenschaften, und natürlich gibt es sie. Besteht ja auch Bedarf daran, wer wollte das bestreiten. Aber ein Ex von mir, der sich für einen Intellektuellen hielt, hat mir mal ein Buch von Schopenhauer geschenkt, dem großen Philosophen des Pessimismus, und irgendwo bei diesem großen Denker steht, fünf Sechstel der Menschheit seien widerwärtiges Gesindel, Pöbel, Abschaum, von dem man sich tunlichst fernhalten sollte. Nun, der Gedanke ist mir irgendwie hängen geblieben.

Das Rehabilitationszentrum in Vercelli ist in einem Mehrfamilienhaus an einer Vorortallee untergebracht. Man versucht, es geheim zu halten oder wenigstens etwas abseits vom Schuss, damit keiner den Nutten einen, äh, Strich durch die Rechnung macht. Zwanzig Plätze, fast immer volle Auslastung, aber manchmal kommen mit den

Frauen auch deren Kinder, und so haben das Haus und das Kommen und Gehen dort nichts Zweideutiges an sich. Im Souterrain gibt es den unvermeidlichen Ping-Pong-Tisch, dazu diverse Werkräume, Papierblumen, Kopiergeräte, Nähmaschine, eine kleine Tischlerei.

Von innen habe ich das Zentrum allerdings nie gesehen. Das hat mir alles der Priester erklärt, als ich ihn interviewte, ich habe meine hübsche Recherche – mit Foto – noch immer im Archiv. Um die Verwaltung kümmern sich ein halbes Dutzend reifere Damen und junge Mädchen mit »sozialem Engagement«, wie sie es nennen. Es gibt freiwillige Ärzte und Pflegekräfte, Ehrenamtliche, die immer mal wieder mithelfen, und einen zweiten Priester, der in der kleinen Kapelle, einer umgewandelten Garage, die Messe zelebriert – nicht dass die Mädchen dazu verpflichtet wären, aber sie kommen haufenweise, sagte er mir. Kurz, der Laden läuft. Seinerzeit hatten sie vor, sich zu erweitern, das heißt, weitere solche Zentren in anderen Städten zu eröffnen; nicht auf dem Land, nicht in irgendeinem Nest, wo man zu sehr auffällt, man kann sich unschwer ausmalen, was das an Scherzen und Schlimmerem geben würde, die Schmähsprüche an den Mauern, hingesprüht von den fünf Sechsteln, die der erwähnte Maestro des Pessimismus errechnet hat.

Als ich in Vercelli eintraf, war es schon fast zehn. Ich war mehrmals mit einem anderen Ex-Freund dort gewesen, einem, der verrückt nach Froschschenkeln war, nach Reis mit Froschschenkeln, gebratenen Froschschenkeln, Froschschenkeln gedämpft, *à la provençale*. Wenn Saison war – im Juni? im Juli? –, nahm er mich immer mit zum Festmahl, er meinte, das seien die letzten Gelegenheiten, weil die Frösche aus den Reisfeldern verschwinden würden, die Pestizide machen ihnen den Garaus. Die besten Froschschenkel der Welt, sagte er immer, kein Vergleich mit den Riesenfröschen aus Australien oder Afrika, genau weiß ich das nicht mehr. Dann ist er nach Paris gegangen, um sein Glück als Fotograf zu versuchen – er war Fotograf –, und seitdem habe ich das Schicksal der Frösche von Vercelli nicht weiterverfolgt, womöglich sind sie tatsächlich ausgestorben, die knackigen kleinen Hüpfer.

Kurz: Von der Stadt selbst weiß ich kaum mehr, als dass es dort eine berühmte Kirche gibt – die ich nie besucht habe –, mit großartigen Fresken oder Gemälden. Aber als ich ungefähr im Zentrum war, habe ich mich bei zwei Typen erkundigt, die auf einer Bank saßen, dann noch mal in einer Eisdiele, und so kam ich schließlich auf diese schon etwas außerhalb gelegene Allee, kümmerliche Beleuchtung, zu beiden Seiten rötliche Baumreihen. Ich fand das Haus, klingelte, sagte an der Gegensprechanlage, ich käme von den Fernsehnachrichten. Es gab die etwas längere Pause, die entsteht, wenn sie dich am liebsten zum Teufel schicken würden, aber zweierlei sie davon abhält: erstens der Einfluss der Medien (!) und zweitens die Angst, du könntest es in den falschen Hals bekommen und trotzdem etwas über sie bringen, aber dann negativ und fies. Also haben sie mich am Ende doch reingelassen.

Die Ehrenamtliche

Bevor ich der Journalistin aufmachte, habe ich natürlich die Frau Direktorin angerufen, die heute Abend an einer Sitzung in Mailand teilnehmen musste. Ich habe ihr auch schon am Nachmittag Bescheid gesagt, gleich nachdem ich durch die Turiner Carabinieri von der Tragödie erfahren hatte, aber sie hat die Fassung bewahrt, sie ist eine sehr charakterstarke Frau, dem Himmel sei Dank: Jetzt sei doch bitte nicht so eine Heulsuse, Lucia, tu mir den Gefallen, hat sie sofort zu mir gesagt, ich stand nämlich kurz davor, in Tränen auszubrechen. Ein herber Schlag für uns, hat sie gesagt, wirklich ein hinterhältiger Schlag des Teufels.

Don Traversa zu benachrichtigen, darum würde sie sich kümmern, hat sie gesagt, ich solle heute Abend kein Wort zu unseren Gästen sagen, überhaupt zu keinem, wer es auch sei. Und wenn sie's im Fernsehen sehen?, fragte ich. Wenn es plötzlich in den Nachrichten kommt? Jetzt hör mit dem Gejammer auf, Lucia, sagte sie. Ja, kann sein, dass über die Angelegenheit berichtet wird, aber die Medien haben wenig in der Hand, die Carabinieri waren ja gleich bei der armen Milena, aber Bilder haben die Medien nicht, sie sind über die Identität des Opfers nicht informiert, vorerst handelt es sich bloß um einen stinknormalen Mord an einer Prostituierten – Entführung, Abrechnung, ein

Triebtäter, die üblichen Vermutungen. Also stillhalten und nicht heulen, das hilft sowieso nichts.

Eine resolute Frau, Maria Ludovica, sie weiß immer, was zu tun ist, und verliert nie die Nerven. Ich habe meinen Rosenkranz aus der Tasche gezogen und ein wenig für unsere liebe, arme Milena gebetet, und ganz allmählich habe ich mich beruhigt. Zwei Dinge braucht es bei unserer Aufgabe: Geduld, und die hat der Herr mir gegeben, und Kaltblütigkeit, und daran hapert's bei mir, wenn mich etwas wirklich berührt, fange ich gleich an zu heulen, da ist nichts zu machen.

Trotzdem habe ich ein wenig mit den Mädchen ferngesehen, ich weiß nicht mal mehr, was, ich war mit dem Kopf ganz woanders, und auf einmal klingelt es und diese Journalistin steht vor der Tür.

Ich wusste es, ich hatte es ja gesagt, am Ende finden die immer alles raus, überall schleichen sie sich ein, lässt sich das jemals verhindern? Also habe ich noch mal Maria Ludovica angerufen, und offen gestanden habe ich von Kopf bis Fuß gezittert. Jetzt verlier nicht den Kopf, Lucia, hat sie gesagt. Es wird jetzt das Beste sein, diese Journalistin zu empfangen, aber du darfst ihr nur das Allernötigste erzählen, also dass die arme Milena eine Zeit lang bei uns war und dass sie ein ganz feiner Mensch war, sonst nichts, verstanden? Was heißt das, sonst nichts? Großer Gott, hat sie gesagt, stell doch jetzt bitte das Geheule ein, ist ja gut, wenn man betroffen ist, aber es gibt gewisse Grenzen, komm, komm, jetzt hol dir erst mal ein sauberes Taschentuch und putz dir die Nase.

Aber ich war nicht nur betroffen, ich war erschüttert, ich hatte einen Knoten im Hals, ich konnte es einfach nicht fassen, was für ein Gedanke: die arme Milena im

Graben, in der Nähe der Fiat-Werke. Was hatte sie dort verloren? Bestimmt war sie entführt worden. Gewaltsam dorthin verschleppt von diesen gottlosen Leuten. Aus Rache, um Don Traversa, um der Frau Direktorin und allen anderen zu zeigen, dass es kein Entkommen gibt, dass ihre Hand überallhin reicht, wo du auch sein magst, und dann schicken sie dich wieder auf den Strich. Oder du bist tot.

Aber das ist doch furchtbar, habe ich zur Direktorin gesagt, könnten Sie nicht herkommen und mit der Presse sprechen, Maria Ludovica? Mit dem Auto sind Sie in einer Stunde da, und in der Zwischenzeit passe ich auf, dass die nicht reinkommt, ich lasse sie nicht herein, ich sage ihr, sie soll in einer Stunde wiederkommen, soll sie doch solange in die Bar gehen und ein Eis essen, oder? Nein, hat Maria Ludovica gesagt, ich komme zwar, aber erst später, das kann Mitternacht werden, und morgen sind wir dann beide da, Don Traversa und ich, und halten die Stellung. Oh Gott, wie meinen Sie das, welche Stellung? Na, überleg doch mal, da kommen die Carabinieri, die Fernsehleute, das wird ein Mordsdurcheinander, entschuldige den Ausdruck, aber ganz ruhig, wir überlassen dich nicht alleine dem Schicksal, und in der Zwischenzeit, schau, wenn du meinst, dass es dir wirklich zu viel wird, dann ruf Semeraro an, sag ihm, er soll kommen, oder weißt du was, das ist sowieso das Beste, der kocht dir die Journalistin schon weich, ruf ihn gleich auf dem Handy an, die Nummer ist … Ich hab sie hier, ich hab die Nummer, habe ich gesagt, aber wissen Sie, ich und Semeraro … Ich weiß schon, Lucia, ich weiß, aber Semeraro ist ein resoluter Kerl, dem macht nichts Angst, und das Wichtigste ist jetzt, dass wir nur das Allernötigste nach außen dringen lassen und dass wir dieser Journalistin zu verstehen geben: Wir haben zwar nichts zu verbergen, aber aus naheliegenden Gründen, sag ihr das so, aus naheliegenden Gründen ist für uns strengste Zurückhaltung geboten. Und ja, wenn ich mir das so überlege, also, wenn du es schaffst, mit deiner Heulerei aufzuhören, dann lass sie vielleicht doch für fünf Minuten rein und sieh zu, ob du nicht was aus ihr herausbekommst, verstehst du, Lucia, bitte sie in mein Büro und versuch sie ein bisschen auszuhorchen, aber sie darf mit niemandem reden, ja?, mit absolut niemandem!

Und dann hat sie doch wieder einen Rückzieher gemacht: Nein, lieber nicht, hat sie gesagt, vergiss es, Herrgott, was für ein Schlamassel, gütiger Himmel, so etwas Schreckliches, nein, pass auf, lass diese Journalistin draußen, sprich nicht mit ihr, darum soll sich Semeraro kümmern, du bist dafür … also, ein bisschen zu emotional, meine arme Lucia.

Emotional, schön und gut, aber ein dummes Huhn bin ich ja nun auch nicht. Also habe ich Semeraro angerufen und die Journalistin reingelassen. Das Allernötigste würde ich ihr schon sagen können, ohne dass dieser … aber lassen wir das.

Nur, was ist das Allernötigste? Die Journalistin wusste es schon. Name, Nachname, Alter, dazu unsere Adresse, die nicht gerade ein Staatsgeheimnis ist, aber doch zurückgehalten wird, aus Sicherheitsgründen. Ich hatte sie kaum gebeten, auf der anderen Seite des Schreibtischs Platz zu nehmen, da wollte ich schon wissen, von wem sie die Adresse hatte. So etwas spricht sich herum, antwortete sie mit einer vagen Handbewegung, so etwas ist doch bekannt. Und außerdem kenne sie Don Traversa persönlich, sie habe ihn einmal interviewt, ein außerordentlicher Mann. Das beruhigte mich ein wenig, und so fragte ich sie, was sie denn sonst noch über Milena wisse. Ob sie sie etwa gesehen hatte? Nein, sie hatte nichts gesehen, sie wusste nur von dem Graben und dass Milena erwürgt worden ist. Da bin ich leider schon wieder in Tränen ausgebrochen. Ein richtiger Heulkrampf. Die Frau hat versucht mich zu trösten, rührend von ihr, sie hat mir ihre Papiertaschentücher gereicht, na kommen Sie, wird schon wieder, sprechen wir ein wenig über die arme Milena.

Sie war ein wunderbarer Mensch, ein großer Sieg für uns alle. Wir hatten sie gern, mit unserer Hilfe hatte sie sich aus dem Sumpf herausgezogen, aber es war allein ihr Verdienst, sie war es, die sich retten wollte, denn wenn Wille und Glaube fehlen, gibt es keine Hoffnung, keine Erlösung. Aber wie war sie denn so? Sie war sehr schön und auch sehr intelligent, sie sprach einwandfrei Italienisch, und vom ersten Tag an bei uns hat sie kein einziges hässliches Wort mehr gesagt, höchstens mal »ojemine!« oder »verflixt«, und sie betete, sie betete sehr viel, auf ihrem Zimmer, in der Kapelle, ganz still saß sie da und ich fragte sie dann, was machst du denn da? Und sie: Ich bete, Lucia. Mit einem Lächeln wie ein Engel, wie die Heiligen von Gaudenzio Ferrari in der Christophoruskirche.

Die nette Journalistin wollte wissen, ob ich nicht zufällig ein Bild von Milena hätte, und ich habe ganz schnell gesagt: Nein, tut mir leid, aber dann habe ich das Fotoalbum geholt, das Maria Ludovica in der dritten Schublade der Kommode aufbewahrt, wo Bilder von all unseren Gästen drin sind, und die anderen Fotos habe ich mit zwei Blättern abgedeckt, so dass man nur das von Milena sehen konnte, Gott sei ihr gnädig.

Ja, wirklich bildschön, sagte die Journalistin, während sie das Porträt betrachtete, ein Brustbild, das nur einen unzureichenden Eindruck vermittelte, aber, na ja, die Augen, die Züge, der Mund waren ausdrucksvoll genug. Das Lächeln macht's, sagte die Journalistin. Ja, das stimmt, ihr Lächeln war ganz bezaubernd, damit gewann sie einen für sich, unsere liebe Milena.

Und wie kam es, dass sie fortgelaufen ist, wann habt ihr das bemerkt?, fragte die Journalistin. Wieso fortgelaufen, das ist sie doch gar nicht. Sie fühlte sich sicher, wir waren uns ebenfalls sicher, und da haben wir sie schließlich in einer anständigen Familie in Novara als Pflegekraft untergebracht, sie hat sich um eine arme kranke Frau gekümmert, die im Begriff stand, vor den Herrn zu treten, das hat sich über Monate und Monate hingezogen, ein Leben in völliger Hingabe, ohne eine Minute Ruhe, weder bei Nacht noch bei Tag, sie schlief auf einer Pritsche im selben Zimmer, immer sofort zur Stelle, denn die Kranke jammerte, sie brauchte tausenderlei Dinge, wälzte sich im Bett herum, hatte am ganzen Leib Schmerzen. Und nur ein einziges Mal ist Milena zu uns zu Besuch gekommen, und da hat sie mir erzählt, was sie alles durchmachen musste, aber immer mit ihrem schönen Lächeln auf dem Gesicht, immer im Geiste christlicher Nächstenliebe, auch wenn sie orthodoxen Glaubens war. Ein leuchtendes Beispiel, unsere Milena, eine wahre Heilige.

Und dann, hat die Journalistin gefragt, was ist dann passiert? Ist sie hierher zurückgekommen? Oder hatte sie es satt, die Heilige zu spielen, und gab lieber wieder die Hure?

Ja, das war das Wort, das mir den Mund verschlossen hat. Das hat mir nicht gefallen. Schon der ganze Tonfall der

Frage hatte mir missfallen: zynisch, sarkastisch. Diese Journalistin war bloß eine herzlose Heuchlerin. Darum habe ich nichts mehr gesagt, mehr Allernötigstes gab es nicht, und so habe ich sie freundlich zum Ausgang begleitet.

Die Journalistin

Schwein gehabt, will ich gar nicht bestreiten. Bleibt aber die Tatsache, dass ich mich erstmal höchstpersönlich aufraffen und im Schweinsgalopp nach Vercelli begeben musste, sonst wäre ich den dreien gar nicht begegnet, die genau in dem Moment in das Haus zurückkamen, als ich mehr oder weniger vor die Tür gesetzt wurde. Zwei breitlippige Schwarze und eine dünne weiße Blondine. Drei Ex-, das sah man auf den ersten Blick. Drei Gerettete. Da war zur Abwechslung mal ich der Lockvogel, also ein breites Lächeln aufgesetzt, ein großes Guten-Abend-zusammen und für einen Moment lang die Möglichkeit im Raum stehen lassen, ich selbst könnte gerade zu meiner Erlösung angetreten sein.

Eine der beiden Schwarzen hatte vom Eisessen einen netten kleinen Schnurrbart, und ich wies sie darauf hin. Merci, merci, sagte sie und schleckte sich mit geübter Zunge die Reste ab. Senegalesinnen. Beim Lachen zeigten sie Zähne, um die sie ein Krokodil beneidet hätte, sagten, das Eis in der Gelateria Gelandia sei klasse, *très bon, vachement bon, formidable.* Die Blonde schwieg dazu und starrte mich an, beäugte mich von oben bis unten. Bist du auch hier im Haus, fragte sie, bist du heute Abend gekommen? Keine Spur von Herzlichkeit in der Stimme. Nein, ich bin Journalistin, ich bin wegen einer schlechten Nachricht hier.

Die beiden Schwarzen wichen ein, zwei Schritte zurück. Journalistin? Sicher hatte man ihnen gesagt, sie sollten sich von meinesgleichen fernhalten. Aber jetzt wollte die Blonde auch wissen, was los war, was denn für eine schlechte Nachricht? Eine Freundin von euch, ein Mädchen, das auch hier gelebt hat, der ist was passiert, Milena, sie hieß Milena, habt ihr sie gekannt? Die beiden Schwarzen hoben die Hände wie zwei schwarzrosa Schmetterlinge, nein, *pas du tout, connais pas, connais pas*, und wichen noch ein paar Schritte zurück. Aber die Blondine – gefärbt – wollte mehr über den Vorfall hören: Was ist ihr passiert, wo? In Turin. Ein Autounfall oder was? Nein, auf einer Wiese gefunden. Tot? Ja, tot. Drogen? Na ja, vielleicht, weiß man nicht genau. Sie grinste leicht. Auf einer Wiese, ja? Hatte sie Milena denn gekannt? Na klar, die wunderschöne Milena, die oberheilige Milena. Sie kniff die Augen zusammen und faltete die Hände wie zum Gebet, noch immer ihr Grinsen im Gesicht.

»Aber wieso meinst du dann …?«, soufflierte ich.

»Du jetzt komm rein, Seda«, sagte eine von den Schwarzen, »wir reingehen, ist spät«, und dabei klopfte sie mit einem unlackierten Fingernagel auf ihre protzige Armbanduhr. »*Alors, tu viens*, kommst oder was?«

Aber diese Seda, die wollte etwas loswerden, die hatte aus irgendeinem Grund etwas gegen die Tote. Geld, Eifersucht, was weiß ich. Jaja, sagte sie, ich komme gleich, eine Sekunde.

In dem Moment erschien der Bullige, wie ich ihn gleich getauft habe. Ein Mann um die fünfzig, nicht sehr groß, stämmig, in kurzärmeligem Karohemd, aus dem zwei kurze, behaarte Unterarme herausragten.

»Na na na, was ist los, lungert ihr immer noch draußen rum?«, sagte er, ohne mich anzusehen.

Er war wohl so etwas wie ein Wachhund oder Aufpasser, denn die beiden Schwarzen sind sofort abgezogen. Aber die Blonde hat sich nicht beeindrucken lassen, im Gegenteil.

»Und was ist mit dir, willst wohl noch eine schnelle *pizda*, bevor du ins Bettchen gehst?«

Er legte ihr eine Hand auf die Schulter.

»Na komm schon, Seda, ab in die Heia«, brummte er sanft.

»Finger weg, Semeraro«, fauchte sie und wand sich los.

Da drehte der Bullige sich zu mir um, ein extrabreites Lächeln im Gesicht, die Liebenswürdigkeit in Person.

»Gestatten, wir haben uns noch gar nicht vorgestellt. Mein Name ist Semeraro. Sind Sie die Journalistin?«

Bestimmt hatte ihn die Tussi von dort drinnen eilends herbestellt, diese Lucia mit ihrer Pressephobie. Der Mann drückte seinen dicken Zeigefinger an die Schulter der Blonden und gab ihr einen Schubs, nicht allzu fest, und sie verzog sich ohne ein weiteres Wort.

»Journalistin, eh? Von welcher Zeitung?«

»Fernsehen, ein Privatsender.«

»Und wo haben Sie das ganze Arsenal?«

»Das hole ich raus, wenn ich's brauche.«

Wir standen in dem mageren Vorgarten und sahen uns in die Augen, er mit einem breiten Lächeln, meines war nicht ganz so breit. Ich fragte mich, ob er mir für Geld alles Mögliche erzählen würde, dieser Bullige. Ich hätte Gift darauf nehmen können, aber leider hatte ich kein Bündel Scheine dabei, das ich ihm in die Hemdtasche hätte stecken können. Außerdem steckte da schon eine schwarze Sonnenbrille.

»Ich bring Sie zum Wagen. Sie sind doch mit dem Wagen da?«

Er streckte die Hand aus, als wollte er mich am Arm fassen, berührte mich aber nicht. Ohne Hast gingen wir die Allee hinunter.

»Die armen Mädchen«, seufzte er. »Wir tun, was wir können, aber es ist nicht einfach.«

»Und was ist Ihre Aufgabe hier?«

»Na ja, von allem etwas, ich fungiere ein bisschen als Verbindungsmann, sozusagen. Fahre die Mädchen herum, kümmere mich drum, wenn der Wasserhahn tropft, repariere den Ping-Pong-Tisch, kenne Leute in Krankenhäusern, für den Fall der Fälle ...«

»Und Sie halten die Journalisten fern.«

»Was wollen Sie, geht ja nicht anders. Ich hab auch so meine Kontakte bei der Polizei, Sie wissen schon, wegen der Papiere oder wenn's mal Komplikationen gibt. Kann im Notfall immer von Nutzen sein.«

Ein Ex-Bulle? Auf mich wirkte er eher wie ein Ex-Knacki.

»Und die Geschichte mit Milena? Was ist da passiert?«, interviewte er mich.

»Das habe ich der da drinnen schon erzählt – das wenige, was ich weiß.«

»Ach, der Lucia. Braves Weib, aber man kann nicht behaupten, dass sie die nötigen ... Attribute hätte. Eine schreckliche Nervensäge, die Ärmste. Aber ich geh ihr auch auf die Nerven, so viel ist sicher. Wenn bloß ein Keks zerbricht, ruft sie schon nach Semeraro, dass er ihn wieder heil macht. Und dann beschwert sie sich, dass ich rauche und ein schlechtes Beispiel gebe und dass ich so … ordinär wäre! Nur weil mir manchmal ein nicht ganz so feines Wort rausrutscht, der eine oder andere Kraftausdruck, na, Sie wissen schon.«

»Und ob, mich hat sie wegen einem einzigen Wort vor die Tür gesetzt.«

»Na bitte, da haben wir's!«

Er sah mich an und lachte, mit einem Anflug von Respekt.

»Als wären wir hier im Kloster, oder?«

»Bei all der *pizda*, die hier frei rumläuft«, sagte ich.

Er blieb stehen. »Sie wissen, was das heißt? Können Sie Rumänisch? Sind Sie etwa auch Rumänin?«

»Nein, aber das eine oder andere habe ich halt so aufgeschnappt.«

»Tja. Die *pizda*.«

Er stieß die Luft aus, als müsste er husten, und grinste fröhlich. Das war der Moment, mich mit diesem netten Kerl anzufreunden.

»Setzen wir uns doch einen Augenblick auf die Bank da drüben und rauchen eine, weit weg von der Nervensäge.«

»Ah, Sie rauchen auch? Sehr gut!«

Wir setzten uns, und jeder zog sein Päckchen hervor.

»Harte Zeiten für uns Tabakfreunde.«

Eigentlich rauche ich ja nur bei solchen Anlässen, wenn ein bisschen Minderheiten-Kameradschaft angesagt ist. Ein kleiner Trick, habe ich von einem Ex-Freund gelernt, der Haustürgeschäfte machte, ich weiß nicht mehr, womit.

»Aber die arme Kleine hatte doch aufgehört mit der *pizda*, oder? Lucia sagte, man hätte sie in einer anständigen Familie in Turin untergebracht.«

»Zuerst in Novara«, korrigierte er mich, »dann in

Turin. Die war nämlich, abgesehen von der *pizda*, auch eine Wahnsinnsköchin.«

»Ist sie denn nicht als Pflegekraft tätig gewesen, als Krankenhelferin? Bei einer todkranken Frau? So hat mir das Lucia jedenfalls erzählt.«

»Ach ja, Lucia ... Die weiß immer über alles Bescheid, aber in Wirklichkeit hat sie keine Scheißahnung. Kindermädchen, am Ende war sie Kindermädchen bei einer Bankierstochter.«

»In Novara?«

»Ach was, in Turin.«

Ein Wagen der Carabinieri fuhr vorbei, gestreift vom Licht der Laternen.

»Die haben sich aber beeilt«, sagte ich und wollte aufstehen. »Donnerwetter!«

Er legte mir eine Hand aufs Knie, um mich auf der Bank zu halten.

»Nein, die fahren zu langsam, das ist nur 'ne Streife, Präsenz auf der Straße zeigen, so heißt das bei denen. Uns rücken sie erst morgen auf die Pelle, aber dann bekommen sie's mit Don Traversa zu tun und sicher auch mit der Giraffe.«

Er nahm die Hand nicht von meinem Knie. Wenn das kein Angebot war: Informationen gegen *pizda.* Ich starrte auf die ekligen behaarten Unterarme und dachte: Als Nutte kannst du so einen nicht abweisen, da musst du praktisch jeden nehmen, ob alt, jung, hässlich, dreckig, zu keinem kannst du Nein sagen. Wie jede Frau würde auch ich gern begreifen, wie man so weit kommen kann. Muss man dafür als Zehnjährige vergewaltigt worden sein? Oder fängt man mit fünfzehn mit dem ersten Freund an und macht dann immer weiter, von einem Ex zum nächsten, bis es einem egal ist? Oder ist es eher eine Art Spaltung, einerseits vollziehst du diese Handlungen automatisch, auf der anderen bleibst du du selbst, bist immer noch dasselbe Mädchen wie früher, unberührt, keusch, wie man so schön sagt. Zweigeteilt. Quasi schizophren.

Ich legte meine Hand auf die von Semeraro.

»Semeraro, Semeraro …«, sagte ich kopfschüttelnd. Er starrte mich an und lächelte, dann zog er die Hand weg.

»Wie habt ihr es überhaupt angestellt, die arme Milena vom Strich zu holen? Hat sie keinen Zuhälter gehabt, keine Bosse, die sie für teures Geld aus Rumänien geholt hatten?«

»Aber klar hat sie die gehabt, eine Frau und zwei Männer, zwei Albaner. Killertypen, und natürlich hatte sie vor denen eine Heidenangst. Da war einige Überzeugungsarbeit nötig, bis sie die angezeigt hat.«

»Und hat man sie gefasst, sitzen sie jetzt?«

Semeraro zog eine Grimasse.

»Sitzen, sitzen, in Italien sitzt keiner lange, da blickt doch niemand mehr durch bei den Gesetzen, die wir haben.«

»Aber dann sind sie vielleicht zurückgekommen, dann sind sie es, die sie umgebracht haben, um sich zu rächen!«

»Kann schon sein, jaja, bestimmt war das so, auch wenn die Sache schon drei Jahre her ist.«

»Wieso, war sie denn schon seit zwei Jahren Kindermädchen bei diesem Bankier?«

»Nein, bei seiner Tochter: Der Bankier hat eine geschiedene Tochter mit kleinen Kindern.«

»Und dann? Ist sie gegangen? Hat man ihr gekündigt?«

Semeraro lachte höhnisch.

»Von wegen gekündigt, dem schönen Kindermädchen doch nicht! Es war der Coup ihres Lebens!«

»Was hat sie gemacht? Hat sie die Bank ausgenommen?«

»Noch besser: Sie hat sich zur Ehefrau befördern lassen, sie ist Bankiersfrau geworden, Signora Milena Masserano. Letztes Jahr im September.«

Die Carabiniera

Keiner verlangt das von dir, ist nur ein Botendienst, ich kann jemand anders schicken, und du hast für heute Schluss, kannst ins Kino oder in die Disko gehen, du brauchst nicht zum Flughafen rauszufahren, das ist nicht nötig, geh heim und leg dich hin, jetzt hör schon auf mich. So weit der Chef. Zwei Möglichkeiten: Erstens, er hat ganz im Ernst den Väterlichen gespielt, mich vor meinem Übereifer beschützen wollen, wie er das nennt. Oder zweitens, er wollte mich auf die Probe stellen, sehen, wie weit das Engagement, die Hingabe, das Pflichtbewusstsein und so weiter bei seiner Untergebenen reichen.

Und wo bleibt da die schlichte Neugier?

Der Flug aus Sardinien sollte um – circa – 22:20 Uhr landen, die Tochter und die andere waren nach Hause gefahren, um schnell zu duschen. Nach Hause, das hieß natürlich ins Crocetta-Viertel. Weiße Villa mit drei Stockwerken, zweite Hälfte neunzehntes Jahrhundert, großzügiger Garten mit gusseisernem Zaun, unsichtbar unter einer Hecke aus Efeu oder so. Soweit ich mitbekommen habe, wohnt die geschiedene Tochter mit den Kindern, für die sie das Sorgerecht hat, im Erdgeschoss. Und darüber der arme Papa mit Milena. Aber soweit ich nur erraten habe, ist die Beziehung zwischen Vater und Tochter nicht gerade idyllisch, da muss es Meinungsverschiedenheiten gegeben haben, und zwar heftige, vielleicht wegen der Scheidung oder wegen dieser Milena, die der Tochter nicht übermäßig gepasst haben wird. Eine rumänische Ex-Nutte als Stiefmutter, kannst dir ja denken. Ja, das muss eine bittere Pille gewesen sein, zumal in solchen Kreisen.

Ich habe wirklich nichts gegen solche Leute. Es ist mir egal, seit wann sie reich sind und wie sie es dazu gebracht haben, das ist allein ihre Sache. Manche Kollegen gehen lieber in sogenannte Risikoviertel – behaupten sie jedenfalls –, San Salvario, Porta Palazzo, Stazione Dora, wo keine Efeuranken herumhängen, sondern Drogen-Pusher, Handtaschendiebe, Zuhälter, Räuber und Dealer aller Rassen mit ihren Telefonläden und ethnischen Metzgereien. Wir sind Soldaten – sagen sie –, und der wahre Krieg läuft dort ab, das ist unsere wahre Arbeit. Kann sein, aber vielleicht erklärt mir mal jemand, was daran so aufregend sein soll: Personenkontrolle, Prüfung der Ausweispapiere, Feststellung falscher Personalien, und nach einer halben Stunde sind sie wieder auf freiem Fuß. Und so geht das tagein, tagaus, bis ans Ende der Zeiten.

Das Risiko eines Schusswechsels, Hand an der Pistole, Verfolgungsjagd bei 140 km/h? Statistisch kommt das eher selten vor, und ich stehe sowieso nicht auf diese Art Kitzel. Ich habe eine ordentliche Ausbildung und halte mich fit, ich würde schon klarkommen, aber ich stehe nicht drauf. Pantoffelheldin? Hätte ich vielleicht diesen Vollidioten von Stefano heiraten sollen und einen Kurzwarenladen in der Via San Donato führen wie meine Schwester? Die allerdings nicht überrascht war, als ich beschlossen hatte, die Aufnahmeprüfung bei den Carabinieri zu machen: Das ist deine Berufung, hat sie gesagt, Recht und Gesetz, die Kräfte der Ordnung und Neugier. Und was mache ich mit der Neugier, wenn ich jeden Abend überprüfen darf, ob Nassim Al-Soundso in Wirklichkeit nicht Aziz-el-Soundsoanders ist? Hier dagegen, bei diesen feinen Leuten mit ordentlichen Papieren und Privatflugzeug, da kann man wenigstens seiner Neugier nachgehen und herausfinden, wie eine einundzwanzigjährige rumänische Prostituierte die Frau eines Bankiers oder Ex-Bankiers werden konnte, der auf die sechzig zugeht. Und ihn in Augenschein nehmen, den armen Witwer, *povero papà*.

Die Villa wurde natürlich »formlos« überwacht, vor der Einfahrt hatten wir ein Zivilfahrzeug stehen – Handkuss, Bankier = Diskretion –, und drinnen suchten drei Kollegen das Haar in der Suppe, ohne es anzufassen, unter ihnen der großartige Gilardo, wie es dem feinen Haus angemessen war. Eine Eingangshalle wie ein Ballsaal – und vielleicht wurde da tatsächlich getanzt, um 1880 –, ein Teppich von der Größe des Kleinen Sees von Avigliana, eine doppelte Freitreppe hinauf in den ersten Stock, Marmorschere mit rotem Läufer. Und unter dieser Art Bogen zwei Sessel mit hohen Rückenlehnen und ein goldenes Wandtischchen, auf dem eine große Schale voller Obst stand.

Wow, da braucht man schon mindestens eine Bank, um einen solchen Haushalt führen zu können, in meinem Zwei-Zimmer-Appartement bin ich ja schon froh, wenn es mir beim Heimkommen gelingt, die Winterjacke auszuziehen, ohne mit den Ellenbogen an die Wände zu stoßen.

Gilardo kam uns sofort entgegen, Vorsicht, nicht auf den Teppich treten, bitte außenrum gehen. Da sah ich die Mohnblumen, die in der Nähe der Tür verstreut lagen. Nicht viele, kreuz und quer und so welk, dass sie kaum röter waren als der Teppich. Auch die beiden Damen des

Hauses sahen sie, sagten aber nichts dazu. Ich erkundigte mich, ob sie die zu Hause gehabt hätten, aber Camilla schüttelte den Kopf, nein, sicher nicht, auf dem Feld seien Mohnblumen schön, aber sobald man sie pflücke, welkten sie, auch in der Vase seien sie nach zwei Stunden hin. Dann gingen sie am Seeufer entlang zu ihrer, Camillas, Wohnung, wo sie seit der Scheidung mit den Kindern lebt. Um sich umzuziehen, sich frisch zu machen, wie es so schön heißt.

»Und was ist mit dem Mohn?«

»Sehr nützlich, sehr wichtig«, sagte Gilardo.

»Wegen der Fingerabdrücke?«

Gilardo ist unempfänglich für Ironie – oder tut er nur so?

»Nein, Fingerabdrücke werden wir da kaum finden, aber für den Modus Passierendi.«

Irgendwer hat sich diesen Witz vor Jahren ausgedacht, und wie es halt so passiert, hat sich der Ausdruck eingebürgert, er ist in unseren Alltagsjargon eingegangen, keiner lacht mehr darüber, man verwendet ihn ganz normal.

»Wenn's dich interessiert«, sagte Gilardo, »erkläre ich dir den Modus Passierendi, jedenfalls soweit ich ihn rekonstruieren kann.«

Wir gingen in den ersten Stock, wo der Bankier mit seiner strangulierten Gattin gewohnt hat. Am Ende der Doppeltreppe befand sich eine kleine Galerie, die auf den Ballsaal hinunterblickte und über die man in die Wohnung gelangte. Salons und Salönchen, Vasen, Teppiche, Stilkommoden, Diwane und Diwänchen, große Wandspiegel. In einem der Salönchen stand ein Fernseher mit Ultraflachbildschirm, ein Couchtisch, darauf eine Silberdose voller Zigaretten, ein Buch, ein Colaglas, eine Schale halb voll mit Gianduiotti. Und auf dem Teppich verstreut Modezeitschriften.

»Also, sie sitzt in aller Ruhe hier, der Fernseher läuft …«

»Wieso, lief der etwa noch?«

»Nein, das hab ich nur so gesagt, aber sie kann ihn auch ausgeschaltet haben, bevor sie runtergegangen ist. Oder sie hat eben in einer Zeitschrift geblättert. Spielt keine Rolle.«

Und dann hat es vermutlich am Tor geklingelt, sie stand auf, schaute vielleicht aus dem Fenster, das zur Straße hinausgeht, konnte aber niemanden sehen, der Efeu wächst zu dicht, das sieht man auf den Bildern der Überwachungskameras. »Da laufen Überwachungskameras?«

»Klar doch. Zwei, eine am Vordereingang und eine an dem kleinen Tor hinten im Garten. Aber man sieht nur Blätter, sie haben den Efeu zu sehr wuchern lassen.«

Der Besucher gab sich jedenfalls zu erkennen, sie musste ihn gekannt und sich nichts dabei gedacht haben, sie ging hinunter, öffnete die Tür, und er hielt ihr den Strauß Mohnblumen entgegen.

»Aus den Mohnblumen ergibt sich, dass die Hypothese falsch ist, sie hätte von sich aus das Haus verlassen. Sie wurde also nicht beim Spazierengehen entführt, verstehst du?«

Wer mochte ihr die so kurzlebigen Blumen gebracht haben? Ein Verwandter vielleicht. Diese Mädchen haben doch immer irgendwelche mehr oder minder zwielichtigen Verwandten, Cousins, Schwäger, trinkende Väter. Man konnte sie sich ohne Weiteres vorstellen, wie sie da saß, Süßzeug knabberte, rauchte, sich langweilte … Hatte sie das neue Leben schon satt? Ging ihr der Bankier bereits auf die Nerven?

»Und was hatte sie an? Weiß man das?«

Nein, das war noch ungeklärt. Etwas musste sie angehabt haben, denn nachher war sie ja ausgezogen und als Nutte verkleidet worden. Aber über dieses Etwas wusste man nichts, vielleicht ein Hauskleid. Morgen würde der Gatte mit seiner Tochter kommen und den Kleiderschrank inspizieren, um zu sehen, was fehlte.

»Werfen wir doch mal einen Blick hinein.«

Aber in dem kleinen Ankleidezimmer, so einem begehbaren Kleiderschrank mit Schiebetüren, fanden sich keine offensichtlichen Lücken, erloschen hingen die Kleider da, wie zerflossenes Wachs von dreißig Grabkerzen. Mein Gott, wie traurig, dachte ich, für all die Kleider ist kein Körper mehr da. Obwohl ich mir dann, Trauer hin oder her, die Musterkollektion der halben Saison schon ansehen musste, Seide, Baumwolle, Leinen, Samt, ein halbes Dutzend Modelle hätte ich gern mal rausgezogen – und anprobiert. Als ich das zu Gilardo sagte, sah er mich entgeistert an: »Das geht nicht, du hast keinen richterlichen Beschluss.«

Bewunderungswürdig. Das Schlafzimmer riesig, mit riesigem Ehebett. Im Studierzimmer des Bankiers das Porträt einer schönen Dame in den Vierzigern.

»Und wer ist die?«

»Seine erste Frau, nehme ich an. An irgendwas gestorben.«

Sie saß vor einem ovalen Tischchen, eine Hand am Dekolleté, die andere neben einer großen Schale voller Obst, derselben, die unten im Erdgeschoss stand.

»Siehst du? Alles an seinem Platz, hier drin ist keiner gewesen.«

Wir gingen wieder nach unten, um den See herum,

und Gilardo schloss seine Ausführungen zum Modus Passierendi: Also wenn du mich fragst, die haben sich sofort auf sie gestürzt, gleich hier auf dem Teppich, sie lässt die Mohnblumen fallen, wahrscheinlich fällt sie selbst hin, bewusstlos, geknebelt oder sonstwie außer Gefecht gesetzt, und dann heben sie sie auf, laden sie sich auf die Schulter, tragen sie raus in den Wagen und weg sind sie.

»Warum sagst du ›sie‹?«

»Weil einer allein das nicht geschafft hätte, da muss mindestens noch ein Komplize dabei gewesen sein, einer, der mit ins Haus kam, vielleicht auch noch ein Fahrer im Wagen.«

»Also eine Bande.«

»Na ja, die sind doch immer als Bande unterwegs.«

»Aber sie haben nichts mitgenommen?«

»Anscheinend nicht, bis auf die junge Frau.«

Wir machten noch eine Runde durchs Erdgeschoss, Gilardo öffnete seelenruhig alle Türen: Bei der Arbeit, ob förmlich oder formlos, kann ihn nichts schrecken, da hält ihn nichts auf. Die Tochter Camilla steckte kurz den Kopf aus einem kleinen Korridor heraus, rubbelte sich dabei mit ihrem sündteuren weißen Frotteebademantel ab, Entschuldigung, ich bin gleich so weit. Die andere war nirgends zu sehen. Auch hier kleine Salons, ein großer Salon mit Erker und Doppelfenster, großformatige Gemälde, Teppiche, Silberzeug, das Esszimmer und dann eine schwarze Steintreppe runter ins Souterrain, die Kinderzimmer, dreihundert Spielsachen, eine Küche – wahrscheinlich die von 1880, mit Lastenaufzug –, alles in lupenreiner Ordnung, nicht eine umgeworfene Lampe oder ein Kissen, das nicht an seinem Platz gelegen hätte.

»Hier unten waren sie auch nicht«, sagte Gilardo.

»Aber ich frage mich doch, wenn du erlaubst…«

Sonst war es immer Gilardo, der sich fragte, alle zogen ihn damit auf. Er schloss dann die Augen, bildete mit Zeigefinger und Daumen einen Ring, hob die Hand und fragte sich. Meist nach trivialen Dingen, aber ich bewunderte ihn schon für seine Gabe, immer wieder auf dieselbe fixe Idee, auf das schon Erwogene, schon Gesagte und Wiederholte zurückzukommen, unbeirrbar.

»Bitte sehr, tu dir keinen Zwang an«, sagte er mit ernster Miene, und sein Ansatz von Doppelkinn bebte kaum merklich.

»Wieso ist sie eigentlich nicht auch mit zum Weekend in dieses Landschloss gefahren, zusammen mit der Tochter und der Freundin des Hauses? Schließlich gehörte sie doch zur Familie, oder? Wie kommt es, dass die anderen sie hier allein gelassen haben?«

Aber noch während ich redete, wurde mir klar, wie die Antwort lauten musste. Es war nicht so, dass sie nicht eingeladen worden war, sondern sie selbst hatte nicht kommen wollen, die Rumänin, die gerade erst den Straßenstrich hinter sich gelassen hatte, die Prostituierte, die Nutte. Was hätte sie dort auf dem Schloss verloren gehabt, was verband sie schon mit all diesen feinen Leuten auf dem Grillfest? Bestimmt drängte ihr Mann sie jedes Mal, schleppte sie mit, versuchte sie hocherhobenen Hauptes da und dort vorzustellen. Meine Damen und Herren, dies ist meine Frau! Aber es musste hart, sehr hart gewesen sein für die arme Milena. Ja, sie hatte sich den Bankier geangelt, aber die feinen Leute konnten sie mit einem einzigen Blick vernichten. Ein halbes Lächeln. Eine höfliche Geste zu viel. Niemand konnte auch nur für eine Sekunde vergessen, woher sie kam, diese Gattin vom Balkan. Besser, sie blieb zu Hause, mir ist nicht gut, ich bin müde, habe Kopfschmerzen.

Und in der Tat, als die beiden Damen frisch gemacht und parfümiert wieder auftauchten, haben sie das beide – auf ihre Art – bestätigt. Nein, Milena wollte nicht mit aufs Land, sie litt an Allergien, bekam von den Pollen schreckliche Anfälle, da blieb sie lieber zu Hause, hinter zugezogenen Vorhängen. Kannst dir ja denken.

Beim Rausgehen habe ich mich noch mal umgedreht, um einen letzten Blick auf die verstreuten, welken, zu Staub zerfallenen Mohnblumen zu werfen. Wer – habe ich mich wie Gilardo gefragt – mag die der schönen Erdrosselten mitgebracht haben? Eine Frau, eine ebenfalls erlöste oder noch überhaupt nicht erlöste Ex-Kollegin? Eine Verwandte, der sie vertraute? Oder nicht doch ein Liebhaber, ein Mann aus der guten alten Zeit auf dem Strich, der grimmige Zuhälter, in den sie trotz allem immer noch verliebt war? Blinde Prügel, aber das Herz hat seine eigenen Gründe. So was kommt vor, das gibt es jeden Tag, und wenn es den reichen Bankiers noch so wenig passt in ihren blütenweißen Villen an der Crocetta.

Ja, ich habe einen letzten Blick auf den Teppich-See geworfen, auf die Doppeltreppe, auf den Stuck, die weiße Weite des Ballsaals. Alles makellos, alles unberührt und bereit, am nächsten Tag haarklein durchsucht zu werden. Was mich aber nicht betrifft, ich bin nicht von der Spurensicherung.

Nur eine große Nervensäge, das war ich jedenfalls für Michele geworden, Michele alias »Il Mitile«, die miese Muschel, wie ich ihn getauft hatte am Ende unseres kurzen Zusammenlebens. Du siehst nur das, was nicht passt, du siehst immer nur die Fehler, immer musst du an allem und jedem herumnörgeln. Aber wenn ich ihn damals nachts an der Ausfahrt Asti-Ovest nicht angeschrien hätte, dass er bremsen soll, dann wären wir geradewegs unter diesem riesigen Lastzug aus Holland (NL) gelandet, so viel ist sicher. Und dauernd würde ich an den Spaghetti rummeckern – zu viel Peperoncino – und an seinem neuen Hemd – zu viele Streifen – und an seiner Unordnung – der andere Schuh? Wahrscheinlich unterm Sofa – und an seinem Friseur – der ist doch ein Stümper, lässt dir immer diese schrecklichen Koteletten stehen.

Obwohl meine Mutter und meine Schwester mir das ja auch immer gesagt haben, wenn auch in anderen Worten, bei uns im Piemont heißt das Quälgeist: Ein Quälgeist bist du, immer hast du was auszusetzen! Und Frau Feldwebel haben sie mich genannt und sind strammgestanden, wenn ich vorbeikam. Ach, ihr könnt mich doch alle …

Und außerdem, man kann nun mal nicht aus seiner Haut – das hören sie aber gar nicht gern –, und hier bei den Carabinieri wird diese Nervensägerei, diese Quälgeisterei von Kollegen und Vorgesetzten durchaus geschätzt, hier heißt das »ausgeprägte Beobachtungsgabe«, so stand es in einem Bericht über mich, schwarz auf weiß. Braucht man das, um das Haar in der Suppe zu finden? Nein, meine Herren, man braucht es, um den Apfel zu finden oder, besser gesagt, um zu sehen, dass in der Schale mit dem Marmorobst dort unter der Treppe ein Apfel fehlt.

»Gilardo.«

»Was gibt's?«

»Ich glaube, da fehlt ein Apfel. Auf dem Bild dort oben gibt es einen Apfel, der hier unten fehlt.«

Die beiden Frauen standen an der Tür, also haben wir sie gefragt. Nein, nein, der Apfel müsste schon da sein, da ist nichts zerbrochen, nichts verloren gegangen, vorgestern lag er noch da, inmitten der Bananen, Birnen und Pfirsiche. Wir sind noch mal raufgegangen und haben das Bild mit dem Apfel geholt, zur Gegenüberstellung.

Die Pyramide sah ein bisschen anders aus, auf dem Bild zeigte die Banane mehr nach links, von den schwarzen Feigen konnte man zwei gut erkennen, die Ananas stand ganz oben. Äpfel sah man drei, einen gelben, einen grünen und dann den roten. Das war der, der fehlte. Ob ihn vielleicht die Kinder genommen hatten? Nein, auf keinen Fall, mit diesen Marmorgeschossen zu spielen war ihnen strengstens verboten. Oder dass einer der peruanischen Hausangestellten ihn hatte fallen lassen, ohne dann etwas zu sagen? Nein, unmöglich: Es war Felipes Aufgabe, mit dem Wedel staubzuwischen, und Felipe hatte einen federleichten Anschlag, ein wahrer Staubwedel-Debussy, nie wäre dem ein Apfel heruntergefallen. Was dann? Dann musste ihn jemand mitgenommen haben, aber zu welchem Zweck? Als Erinnerungsstück? Aber kannst du dir einen Mörder vorstellen, der mit so einem Apfel in der Tasche oder in der Hand aus der Villa kommt? Das fragte sich Gilardo an der Tür, als wir hinausgingen, und auch ich habe mich das gefragt, als ich mit den beiden Frauen in den Wagen stieg.

Die Barbesitzerin

Zeit: 21.05

Xxx Chris-schatz wo steckst du?

Zeit: 21.07

Warum gehst du nicht ran?Hab dir so viel zu sagen.Heut früh ist was irres passiert,das gibts nicht noch mal,unglaublich + ich glaubs auch selber nicht,bis ichs

Nachricht unvollständig...

dir erzählt hab schatz, ich packs nicht,aber morgen kannst dus in der zeitung lesen (schon klar, liest du eh nicht)

Zeit: 21.12

Aber wenn du mich anrufst,erfährst dus aus erster hand.Deine mara ist nämlich die,die alles weiss,hab ja selber den fund gemacht.Aber mehr verrat ich nicht,

Nachricht unvollständig...

sonst isses vorbei mit der grossen (+ fiesen) überraschung.Also ruf endlich an,mach schon. Xxxxxx

Zeit: 21.15

Nerino wartet auch auf dich,will kuscheln + gestreichelt werden.

Zeit: 21.29

Xxx wo steckst du bloss warum meldest du dich nicht?Ist dir was passiert,liegst du im krankenhaus oder was?

Zeit: 21.32

Langsam krieg ich angst,wenn du nicht anrufst schatz.Wie soll ich denn schlafen,wenn ich mir sorgen mach dass du verletzt bist oder so.

Zeit: 21.35

Oder bist du bei ner andern,so ner nutte schlampe flittchen wie die heut morgen im graben,die kann ruhig auch abkratzen verdammt.Und von wegen ich mit meiner

Nachricht unvollständig...

eifersucht.Eifersüchtig bist du auch,nur ohne grund (bis jetzt).Ruf doch endlich an blödmann.Xx

Zeit: 21.54

Hey was geht eigentlich ab?Bist du tot?Ist ja nicht das erste mal dass du dich ausklinkst + nicht rangehst + ich find das langsam echt ätzend schatz

Zeit: 21.57

Ich halts nicht mehr aus!

Zeit: 22.05

Ausgerechnet an so nem tag wenn ich fix und fertig bin wegen den bullen und so,obwohl sie waren ganz nett zu mir,freundliche jungs,im unterschied zu gewissen

Nachricht unvollständig...

anderen.Klar du kannst die nicht ab,findest den roten streifen an der hose zum kotzen,aber wenn so einer zb gross + blond ist steht ihm das nicht übel.

Zeit: 22.10

Jetzt reichts,ich lass es jetzt,ich warte dass du direkt herkommst,zu deiner mara im lybischen seidentanga (den hab ich an schatz) + sonst nix.Mach schnell.Xxx

Zeit: 22.14

Sag mal, was soll das für ne scheissbeziehung sein?Du weisst genau dass ich nicht auf heiraten steh,so wie das bei meinen eltern + meiner schwester gelaufen ist,

Nachricht unvollständig...

+ lebenspartnerschaft wie bei den schwulen ist auch nix.Aber bisschen als partner darfst du dich schon benehmen nach 8 monaten,oder?Mir zb sagen wo du bist sa-

Nachricht unvollständig...

+ so-abend.Arbeiten sicher nicht, hast ja schon 4,5 sachen angefangen und dann nix.Kurier zu stressig pizzeria zu heiss mechaniker ja nie bäcker unmenschliche

Nachricht unvollständig...
arbeitszeit,also was?

Zeit: 22.17
Manchmal frag ich mich + dich frag ich das auch ob du nicht bloss n taugenichts bist + nur nen nagel suchst zum hut hinhängen (dh baseballkappe).Also ich sags
Nachricht unvollständig...
dir gleich:bei mir nix mit nagel, akla?No illusion schatz.Mir gehts hier super mit meinem nerino,das reicht,macht mir schon genug mühe.

Zeit: 22.21
Nee,nix mit nagel,merk dir das und such dir ne andre dumme,ich bin doch nicht blöd,jedenfalls nicht so blöd.Akla?

Zeit: 22.25
Ich schalt jetzt ab,zieh den scheisstanga aus und geh im pyjama schlafen,dem mit den blauen tulpen,und tschüss.Akla?

Die Carabiniera

Also habe ich sie zum Flughafen gebracht, jemand musste es ja tun, wir Carabinieri stehlen uns in solchen Fällen nicht aus der Verantwortung. Stets aufmerksam und freundlich, auch in heiklen Situationen immer im Dienst des Bürgers. Aber deshalb nicht auch blind: Wenn wir schon da sind, nehmen wir doch mal die Beteiligten im kritischen Augenblick unter die Lupe, sehen uns an, wie sie unter Druck reagieren. Außerdem hatte ich noch den Blick der älteren, dieser Beatrice, im Leichenschauhaus in Erinnerung. Ein komischer Blick, aber verstehe mal einer, in welchem Sinn. Perplex? Entsetzt? Nein, eher eine große Betroffenheit, wie soll man das ausdrücken, ein universelles Mitleid: Ach, da hast du nun so viel getan, um dich aus dem Sumpf zu ziehen (arme Milena), und dann so ein Ende! Oder allgemeiner: Alle Anstrengungen, die man in diesem Leben unternimmt, sind zwecklos, führen zu nichts.

Die Frau Beatrice hatte sich nicht umgezogen – sie war nicht bei sich zu Hause, wo die wohl wohnen mag? –, die Tochter trug jetzt einen dunkelblauen Hosenanzug aus Gabardine, farblich dazu passende Handtasche und Schuhe, und sie hatte sich neu geschminkt und ein herberes, etwas stechendes Parfüm aufgetragen. Ich kam mir völlig durchgeschwitzt vor, war ich ja auch.

Wir haben sie hingefahren, in unserem Dienstwagen,

Nazza saß am Steuer. Auf dem Rücksitz die beiden Frauen, die praktisch die ganze Fahrt über nicht den Mund aufgemacht haben. Irgendwann hat die Ältere dann die Jüngere an der Hand genommen, nach den Kindern gefragt, die beim Vater in Courmayeur waren und es dort gut hatten. Subtext: Auch ihnen wird man die Nachricht von der armen Milena beibringen müssen, die sie treppauf, treppab seit mindestens zwei Jahren immer gesehen und sicher ins Herz geschlossen haben. Gibt es eine Bezeichnung für diese Verwandtschaftsbeziehung? Stiefgroßmutter vielleicht. Klingt allerdings ziemlich doof. Wie war diese Stiefoma wohl zu den Kindern? Bestimmt total lieb. Mehr noch, das wird einer der ausschlaggebenden Gründe für die Ehe gewesen sein, neben den Titten. Sie ist so wundervoll zu den Kindern, sie kann so gut mit ihnen umgehen, die beiden beten sie an. Also los, ab zum Altar.

Ich hätte die beiden hinter mir gerne gefragt, wo die Hochzeit stattgefunden hat, still und heimlich auf dem Standesamt und dann einen Cappuccino zu Hause oder doch eine blumengeschmückte Zeremonie in der Kirche und danach ein rauschendes Fest, im Golfclub vielleicht. Aber dafür war jetzt nicht der richtige Augenblick, und außerdem waren wir fast da. Wir wurden in den Bereich für Privatflugzeuge durchgewinkt, und Nazza ging fragen, ob der Flug pünktlich sei. Camilla stieg aus und zündete sich eine Zigarette an, die andere blieb mit mir im Wagen.

»Schlimme Sache«, sagte ich, um irgendwas zu sagen.

»Grauenvoll«, raunte sie. Dann räusperte sie sich und wiederholte in normalem Ton: »Grauenvoll.«

Wir blieben etwa zehn Minuten sitzen und sahen auf den Flughafen hinaus, der sich flach in der Dunkelheit erstreckte, zerteilt von weißen, gelben, roten Lichtern, einige davon ruhig, andere unangemessen festlich flackernd. Dann und wann kamen im Zickzackkurs Flughafenfahrzeuge vorbei, ein großer Gelenkbus, zwei, drei Jeeps, ein silberner Tanklaster. Nazza kam zurück und verkündete, die Maschine sei schon im Landeanflug, und tatsächlich sahen wir kurz darauf ihre kleinen Positionsleuchten, die in der Dunkelheit herabschwebten, die Maschine rollte auf einer Landebahn aus und kam hundert Meter vor uns zum Stehen.

Die Tochter stieg wieder ein, und wir fuhren alle zusammen zu dem kleinen weißen Flugzeug, wo bereits die Treppe heruntergelassen wurde. Die Tür ging auf, der Herr Papa erschien in der Öffnung, blickte sich um und kam die Treppe herunter. Die Tochter lief auf ihn zu und umarmte ihn, und für kurze Zeit blieben sie so stehen, regungslos. Sie weinte. Dann war die andere dran. Die Beleuchtung war schlecht, und ich konnte sein Gesicht nur undeutlich erkennen, die hohe Stirn, die langen gewellten, fast weißen Haare und die Falten, die seine sonnengebräunten Züge durchfurchten. Ein attraktiver Mann, immer noch, der nicht weinte und wohl auch im Flugzeug nicht geweint hatte. Er schüttelte mir mit einem gewissen Nachdruck die Hand, ohne etwas zu sagen. Sein Blick schweifte ziellos umher. Doch nachdem Nazza ihm den Koffer und die Tasche mit den Golfschlägern abgenommen hatte und wir wieder im Wagen saßen, ließ er sich zurücksinken und bedeckte das Gesicht mit den Händen.

»Sie haben sie mir umgebracht!«, murmelte er, als müsste er sich davon überzeugen. »Mein Gott … ich Idiot … Nichts, nichts habe ich unternommen …«

Er schluchzte trocken, die Wärme der beiden Frauen

neben ihm hatte ihn völlig wehrlos gemacht, das habe ich schon oft miterlebt. Was hätte ich dazu sagen sollen? Wir werden die Täter finden? Dafür werden diese Schweine teuer bezahlen? Das wäre ja gar nicht wahr gewesen, in acht von zehn Fällen kriegen wir sie nicht zu fassen, die Schweine, sie tauchen in Albanien unter, in Rumänien, in der Ukraine oder bleiben sogar in aller Seelenruhe hier, mit falschen Papieren, wechseln lediglich die Stadt.

Dann straffte er sich von einem Moment auf den anderen und wurde wieder zum Bankier, zum Mann, der Befehle gibt.

»Aber Dragonero ...? Hat Dragonero seinen Job erledigt?«

Ich fragte nach, und man erklärte mir, dass Dragonero der Gärtner war, er hätte den Efeu stutzen sollen, vor allem vor den Überwachungskameras.

»Ich hatte es ihm schon gesagt«, erwiderte Frau Beatrice, »aber es ist meine Schuld, ich habe nicht nachgehakt, ich habe es nicht überprüft ...«

»Dieser Stümper, dieser Versager«, erregte sich der Bankier. »Er weiß ganz genau, was er zu tun hat, aber egal, worum es sich handelt ... So geht das seit Jahren ... Und man kann gar nichts sehen, ja?« Er drehte sich zu mir um.

»Nur Laub.«

»Dieser Versager! Auf den Mann ist kein Verlass mehr, gleich morgen werde ich ...« Aber dann sank er wieder in sich zusammen und schüttelte den Kopf. »Auch für ihn bleibt die Zeit nicht stehen, er wird langsam alt ...«

Nach dem Besuch im Leichenschauhaus – er wollte sie unbedingt noch ein letztes Mal sehen, blieb aber dann ganz beherrscht – fingen sie an, über die Bestattung zu reden, da gab es das Problem mit der Liturgie, Milena war orthodoxen Glaubens gewesen, man würde wohl einen orthodoxen Geistlichen brauchen, eine Kirche, wo die Messe nach orthodoxem Ritus gefeiert wurde. Die Freundin Beatrice sagte, sie würde sich darum kümmern, sie kenne da jemanden. Und dann die Frage der Grabstätte. Aber er schloss sofort aus, die Leiche nach Rumänien überführen zu lassen, er wollte sie hier bestattet wissen, sie sei seine Frau, seine angetraute Ehefrau gewesen, abgesehen davon, dass sich in ihrem Dorf irgendwo dort unten auf dem Balkan sowieso niemand mehr für sie interessieren würde.

»Das können wir nicht wissen«, sagte die Tochter, »sie hatte Familie, Vater und Mutter, zwei Schwestern …«

»Schöne Familie«, knurrte er, »sieh nur, wie sie ihr geholfen, wie sie auf sie aufgepasst haben …« Aber eigentlich meinte er damit sich selbst. Er war es, der sie nicht zu schützen gewusst hatte, er hatte zugelassen, dass sie umgebracht wurde, der Ring am Finger hatte nicht genügt, die Villa an der Crocetta hatte nicht genügt, der Zaun nicht, die Efeuranken und Überwachungskameras nicht. Am Ende hatte er es nicht vermocht, sie zu retten, der großmächtige Herr Bankier, der Golfspieler im roten Lacoste-Hemd und Hirschlederblouson.

»Und was machen wir mit den Zeitungen?«, fragte er, »mit den Medien?«

Die Tochter seufzte: »Was willst du groß machen, diesmal ist da nichts zu machen, die werden sich auf uns stürzen wie die Geier.«

Frau Beatrice meinte, um die Zeitung *La Stampa* könne sie sich kümmern und dort um ein Mindestmaß an Diskretion bitten, aber bei den anderen Blättern und den TV-Sendern sei es nicht zu verhindern, da müsse man mit dem Schlimmsten rechnen. Aber am Eingang zum Haus, zu Beatrices Haus, während sie sich bei mir bedankten – die Tochter hätte mich fast umarmt –, ging mir nur eins durch den Kopf: das Wort »diesmal«! Warum »diesmal«? Hatte es schon ein anderes Mal gegeben?

Die Hausmeisterin

Also wirklich, du hast das Pulver nicht erfunden, hat mein Cesare gesagt, sämtliche Zeitungen vor sich aufgeschlagen auf dem Küchentisch. Ja kapierst du denn nicht, dass sie dir einen Gefallen tun, indem sie deinen Namen nicht reinschreiben, die wollen dich doch nur beschützen, dich aus diesem brutalen Mordfall raushalten.

Das Pulver nicht erfunden, da redet der Richtige, seine eigenen grauen Zellen sind so schlaff wie der Schlauch von seinem Fahrradreifen, ich sag jetzt mal nichts anderes. Weil das ist doch sonnenklar, dass ich sowieso schon aus dem brutalen Mordfall raus bin, ich hab ja nichts damit zu tun, hab nichts gesehen, bloß die Leiche im Graben, basta, oder? Und deshalb hätten sie ruhig meine gesamten Personalien reinschreiben können, Covino Angela, Alter sechsundfünfzig, Beruf Hausmeisterin, seit dreiundzwanzig Jahren im Dienst der Berufsschule G. Delessert. Jawohl, dann hätte ich wenigstens mal sehen können, wie das in der Zeitung gedruckt aussieht, bevor Gevatter Tod mit der Sense daherkommt und ich auf der Liste der Neugeborenen und der Verstorbenen von Turin lande oder vielleicht in einem schönen Nachruf von der Schulleitung – aber da mache ich mir keine großen Hoffnungen.

Cesare hab ich losgeschickt, dass er mir nicht nur *La Stampa* holt, sondern auch die Blätter aus Mailand und

Rom wegen der nationalen Reichweite des tragischen Ereignisses. Bankiersgattin erwürgt im Straßengraben, und ich, Covino Angela, habe sie gefunden.

Aber nix war's mit der Namensnennung. In einem Artikel steht: »Die Frau, die den Fund der Leiche meldete«, in einem anderen: »Nach Angaben der Augenzeugin A. C.«, ein anderer Journalist ganz überschwänglich: »Eine Bürgerin, die alles wusste« – na, vielen Dank! –, »wurde eingehend von der Polizei befragt.« Tja, diesem Affen von Suppo sag ich's trotzdem noch, dass *ich* das gewesen bin, die besagte Bürgerin, aber wenn er's schwarz auf weiß gedruckt sehen würde, hätte es eine ganz andere Wirkung.

Eine Enttäuschung auf der ganzen Linie, diese Tageszeitungen, da muss man wohl die Wochenblätter abwarten. Das Foto des Opfers? Keine Ahnung, wo sie das herhatten, aber da sieht sie ganz anders aus, als wie ich sie gesehen habe. Auf dem Foto hat sie ein ganz normales Gesicht – nicht »bildschön«, wie die da schreiben –, und man muss sich erst ausmalen, wie sie auf dem Strich eine gute Figur macht, nuttig geschminkt, im nuttigen Minirock und nuttigen Stiefeln, fünfzig Euro die Nummer, wenn überhaupt. Es heißt, sie wäre ausgestiegen, dieser Priester Don Traversa soll ihr aus dem Sumpf geholfen haben, und der Bankier hat sich dann in sie verliebt und sie schließlich geheiratet. Erlösung. Ein neues Leben. Und wieso dann jetzt *das*?

Dieses Märchen vom neuen Leben finde ich persönlich ja etwas dürftig, denn solchen Personen, so leid es mir tut, denen muss der sogenannte Verkehr nicht übel Spaß machen, sie treiben's ja bei Tag und bei Nacht, immer und immer wieder. Das muss wie bei den Kindern auf der

Schulhofrutsche sein, wenn die mal anfangen, hören sie auch nicht mehr auf, ein Pfeifen reicht da nicht, um sie zur Ordnung zu rufen.

Und ihr Herr Gemahl, da soll mir keiner was erzählen, ihr Herr Gemahl ist der Täter, zu neunzig Prozent. Aber er hat doch ein Bombenalibi, sagt Cesare, er war auf Sardinien, wie stellst du dir das vor? Ich stell mir vor, dass es für so einen millionenschweren Bankier keine große Sache ist, einen Privatflieger zu nehmen, kurz nach Turin zurückzukommen und nach dem brutalen Mord wieder abzufliegen.

Aber denk doch mal nach, selbst wenn du einen Privatjet hast, das ist nicht wie Fahrradfahren, du musst angeben, wohin du fliegst, um wie viel Uhr, wer an Bord ist, eine richtige Prozedur, und die beobachten dich jede Sekunde per Radar. Och, mal davon abgesehen, dass solchen Leuten die Prozedur ganz egal sein kann, die haben doch immer irgendeinen Amigo, der ihnen das Schlangestehen erspart, wer sagt dir denn, dass er nicht einen Killer angeheuert hat? Der ist doch Bankier, der hat einen Haufen Geld, was bedeuten dem schon hundert- oder zweihunderttausend Euro, um die Frau umlegen zu lassen? Und dabei spielt er Golf auf Sardinien und steht mit weißer Weste da, er, der Anstifter. Schon, ja, sagt Cesare, aber dann erklär mir mal den Grund, das Tatmotiv.

Ganz einfach: Er hat rausgefunden, dass sie immer noch die Nutte macht, und deshalb hat er sie umgelegt.

Woher willst du das wissen, wer hat dir das erzählt, sie hat doch die Welt des Lasters hinter sich gelassen, sie hat sich gerettet, und vor allem hatte sie's doch gar nicht mehr nötig, auf den Strich zu gehen, sie war doch genauso steinreich wie er, was wird er ihr für Geschenke gemacht haben, Villa an der Crocetta, Luxuslimousine, Köchin, zwei, drei Hausangestellte, warum zum Teufel sollte sie wieder ins alte Geschäft eingestiegen sein? Sie war doch ein neuer Mensch geworden, die Ärmste, sie hatte es geschafft, sich aus dem Sumpf herauszuziehen, Erlösung zu finden.

Die Ärmste, die Ärmste. Wie kommt das bloß, dass die Männer bei Nutten immer so ein weiches Herz kriegen? Sie gehen hin, treiben's mit ihnen im Auto, auf freiem Feld, auf öffentlichen Toiletten, und dabei haben sie Mitleid mit ihnen, wollen sie erlösen, sie nehmen sie von vorn und von hinten, und dabei vergießen sie Tränen über diesen gefallenen Engel! Und die Flittchen, klar doch, die stellen sich ins beste Licht, von wegen zweijähriges Kind, das sie in der Ukraine zurücklassen mussten, querschnittsgelähmter Opa in Moldawien, kleine Schwester in der Gewalt der Zuhälter.

Mal ehrlich, habe ich Cesare gefragt, hast du jemals eine getroffen, die wirklich ein neues Leben angefangen hätte?

Ich kenne gar keine, sagt er und hebt die Hände, weder so 'ne noch solche, ich red nicht mit denen, ich sehe sie gar nicht, von solchen Weibsbildern hält man sich besser fern. Na bravo. Aber das sag ich dir gleich, wenn du eines Tages rein zufällig doch mit so einem gefallenen Engel aus der Ukraine rummachst und den Retter spielst, vor mir rettet dich dann keiner, hab ich mich klar ausgedrückt?

Die Journalistin

Ich hätte nicht wenig dafür gegeben – wenn auch nicht die *pizda*, verstehen wir uns recht –, die Nacht in dem Rehabilitationszentrum zu verbringen und einen kleinen Plausch mit den Erlösten oder auf dem Weg zur Erlösung Befindlichen halten zu können. Aber meine Beziehung zu der tränenreichen Lucia war irreparabel beschädigt, und wahrscheinlich sah die Hausordnung sowieso keine Spontangäste ohne den passenden Lebenslauf vor. Semeraro, Single mit Zweizimmerwohnung, hat gegrinst und mir seine Gastfreundschaft angeboten. Ich habe zurückgegrinst und dankend abgelehnt. Das Wichtigste hatte er mir ohnehin schon gesagt, nämlich dass diese Milena zur Gattin eines steinreichen Bankiers avanciert war, und das war nicht mal eine Exklusivnachricht, zu dem Zeitpunkt wusste es bereits alle Welt, von den Carabinieri bis zum letzten Polizeireporter. Bestimmt standen schon zehn Fernsehkameras vor der Villa des Witwers. Was tun? Sollte ich wieder in meinen alten Fiat Punto steigen und zurück nach Turin fahren, um mich dort mit auf den Gehsteig zu stellen, an der Crocetta, ich hab's gleich überprüft?

Nein, dachte ich mir, da ich nun schon mal hier im Land der Frösche war, konnte ich auch morgen früh bei dieser Rosticceria in Novara vorbeischauen, wo Milena ihre erste Stelle angetreten hatte, als sie das Haus in Vercelli verließ. Natürlich nicht am Tresen als Brathähnchen- und Lasagne-Verkäuferin, denn je weniger Umgang sie hatte, desto besser – hätte ja sein können, dass zufällig ein ehemaliger Freier oder einer ihrer früheren Zuhälter vorbeikam. Aber es gab da eine Mutter oder Schwiegermutter mit Alzheimer, und dort, an diesem ehrbaren Krankenbett, hatte man einen Platz für Milena gefunden.

Warum war sie da eigentlich nicht geblieben?

Okay: Während alle anderen Schlange standen, um Bilder vom Tor des Witwers zu schießen, würde ich sprechende Zeugen an Land ziehen, Menschen, die sie näher gekannt hatten. Nicht dass der Sender, für den ich arbeite, besonders scharf auf Nachrichten wäre, zu fünfundneunzig Prozent gibt's da bloß Werbesendungen für Kochtöpfe, Möbel, Astrologiezeug, Gebrauchtautos und nach Mitternacht nackte Weiber, die sich unter der Dusche Haare und Titten einseifen. Aber eine unter mysteriösen Umständen in einem Vorort ermordete Nutte – erwürgt, verbrannt, erstochen –, das hat immer einen gewissen Marktwert. Und wenn sie dann zufällig auch noch die Frau eines einflussreichen Bankiers ist, sind wir auf Sendung! Ich rief bei der Redaktion in Turin an – drei Hanseln –, aber da war keiner mehr, hätte mich auch gewundert. Als Nachricht hatten sie mein Interview mit der jungen Barbesitzerin gebracht, die die Leiche entdeckt hatte, 180 Sekunden. Und dann ab in die Heia, um Platz zu machen für die Pseudo-Lesben in Aktion. Vielleicht wussten die das noch gar nicht, das mit dem Bankier.

Also bin ich ganz allein nach Novara gefahren, wie sich das für eine freie Mitarbeiterin gehört – wobei dieses »frei« in Fällen wie meinem bedeutet, dass es den Chefs freisteht, mir etwaige Spesen zu erstatten, wann und soweit es ihnen passt. Da muss man schon kämpfen wie eine Löwin, um ihnen eine Pizza abzuringen oder einen Froschschenkel.

Semeraro, stets aalglatt – aalglatt? Nein, vielleicht nur ein Schlauberger, ein Oberschlauer, einer von denen, die sich verpflichtet fühlen, es bei jeder Frau zu versuchen, einfach so, für die ist das wie Nasebohren –, Semeraro also, oberschlau, aber immerhin freundlich, hat mir die Adresse der Rosticceria gegeben und mir eine Ein-Stern-Pension hinter dem Bahnhof von Novara empfohlen. Eine Absteige, aber halbwegs sauber, akzeptabel, nur die Matratze, da wäre mir eine aus den Fernsehspots lieber gewesen, die auf meinem lieben Sender Ekel-TV laufen, zwanzig, dreißig, fünfzig Mal am Tag.

Nach dem Frühstück hab ich dort noch mal angerufen und ihnen das mit dem Bankier erzählt, aber sie wussten es schon, es stand in allen Zeitungen: nicht nur Bankier, zehn Aufsichtsratsposten, jede Menge Beraterverträge, ein richtig großes Tier, ein lupenreiner Skandal, komm her, so schnell du kannst. Nein, liebe Leute, ich bin in Novara, und da bleibe ich auch, ich habe hier nämlich eine Spur. Was denn für eine Spur? Tiziana, hör doch auf! Ciao dann, ich melde mich später, ciaociaociaociao. Ciao.

Ich griff mir die Fernsehkamera, machte mich auf die Suche nach dieser Pizzeria-Rosticceria und fand sie schließlich mitten im Zentrum, in einer Gegend voller Büros. Eine enge Tür, eine einsame Vitrine, in der zwei Hühner aus der Dritten Ägyptischen Dynastie lagen, dazu vereinzelte Bratkartoffeln, ein paar Reisbällchen, alles Reste vom Samstag. Drinnen gab es einen langen Gang mit Tresen, an der Wand schwarze Plastiktische und in der Mitte zwei Öfen, einen elektrischen und einen Holzofen, beide noch aus. Ein verrußtes Loch, obwohl man anscheinend vor Kurzem die Wände geweißelt hatte.

Der Wirt war ein spindeldürres Männlein, ein Sarde namens Melis, der noch nichts von der Sache mit Milena wusste, er las nämlich immer erst nachmittags Zeitung, und Radio hörte er nie. So eine Kirchenmaus, hatte Semeraro mir erzählt, und deswegen habe ihm Don Traversa die Kleine anvertraut bei ihrem ersten Ausflug in die weite Welt – passen Sie gut auf sie auf, Melis …

Das Lokal war nichts Besonderes, aber für die nahen Büros lag es günstig, bestimmt war es in den Stoßzeiten randvoll mit Kunden und die Kasse randvoll mit Geld. Milena? Ach herrje, was sagen Sie da, das arme Mädchen, was für ein furchtbares Ende! Acht oder neun Monate lang hatte sie hier die kranke, schwerkranke Schwiegermutter gepflegt, die für alles Hilfe brauchte, teils lag sie im Bett, teils im Sessel, sie konnte nicht mehr sprechen, aber manchmal fing sie an zu schreien, und dann schrie und schrie sie …

Seine Frau kam herein, also die Frau Melis, sie kam gerade vom Einkauf mit ihren Tüten. Gab sich von Anfang an verschlossen, streckte die Nase vor, um möglichen Ärger zu wittern. Journalistin, soso. Sie stellte die Tüten auf einen kleinen Tisch, ohne mir die Hand zu geben oder sonst was. Von Milena hatte sie schon gehört und wollte nicht über sie reden, sie habe nichts zu sagen, das sei vor zwei Jahren gewesen, ein tüchtiges Mädchen, schade, dass sie so ein schlimmes Ende genommen hat.

Aber warum war sie denn weggegangen, wenn sie's doch hier so gut hatte? Zu viel Arbeit? Nein, nein, vor der Arbeit hat sie sich nicht gescheut, sie hat immer kräftig angepackt, war den ganzen Tag bei der Mama, hat ihr die

Hand gehalten, ihr mit dem Löffel zu trinken gegeben, sie sauber gemacht, sie umgedreht …

Aber nicht allein, sagte der Mann, dazu war sie nicht kräftig genug, manchmal bin ich ihr mit meinem Sohn zur Hand gegangen, meine Schwiegermutter ist ein bisschen schwer, wissen Sie, und da …

Wo war sie denn untergebracht? Wo hat sie gewohnt?

Oben auf dem Dachboden, sagte die Melis, über Mamas Zimmer gibt's einen Dachboden, da musste sie bloß ein paar Stufen runterkommen, wenn die Mama nachts was gebraucht hat. Wenn sie hörte, dass die Mama schwer atmete oder schrie, war sie immer gleich da.

Hier hatte sie's gut, sagte ich – und dachte, nur Mut, Mädels, kommt weg vom Strich, hier wartet der Biomüllcontainer auf euch –, ein sicherer Posten für sie. Aber warum war Lady Nightingale dann weggegangen? War die alte Dame etwa … verstorben? Nein, die alte Dame sei jetzt in einem spezialisierten Pflegeheim auf dem Land untergebracht, in der Gegend von Borgomanero, und da werde sie hervorragend betreut, das sei nicht ganz billig, ziemlich teuer sogar, aber sie hätten dort Ärzte und ausgebildete Krankenschwestern, nicht dass Milena nicht auch …

In dem Moment kam durch die hintere Tür, die zum Innenhof führte, ein Junge herein, verquollene Augen, schwarzes T-Shirt, ausgeprägter Bizeps, kein Gruß. Der Laufbursche. Der Heizer des Pizzaofens. Aber als die Frau ihm zunickte, begriff ich, dass er ihr Sohn sein musste. Er sah meine umgehängte Kamera und sagte: »Wegen Milena, hä?« Und dabei verzog er das Gesicht.

Seine Mutter biss sich auf die Lippen, und ich legte los mit Lächeln und Beileid, jaja, wegen der armen Milena, ich sammle Aussagen von Menschen, die sie gekannt haben, die mit ihr gearbeitet haben, wie wär's mit einem kleinen Interview. Nein, bitte, keine Interviews, das sind alte Geschichten, das war vor zwei Jahren, sagte die Mutter, die immer schroffer wurde, und du, mach, dass du diese Sachen holst, es ist schon spät, Marschmarsch. Der Junge ging zur Vordertür, drehte sich um und starrte mich an, aber dann überlegte er es sich anders, ging wortlos hinaus und schlug die Tür hinter sich zu.

Das war die Erklärung, hundertprozentig. Er hatte sich in die schöne Milena verliebt, er war ihr nachgestiegen oder sie ihm, er wollte sie heiraten oder er hat sie im Hinterzimmer gevögelt, jedenfalls war da was, und sie ist gegangen oder die Eltern haben den Priester eingeschaltet, ihn dazu gebracht, dass er einschreitet – weg von den Hähnchen, weg von den Reisbällchen, Nutte bleibt Nutte, unser Junge mit so einer, das hätte uns gerade noch gefehlt! Aus dem Dorf gejagt, die Sünderin, für die es keine Rettung gibt. Ja, so muss das gelaufen sein, und schöne Grüße an den verehrten Don Traversa.

Ich habe noch versucht zu erfahren, wie sie Milena denn ersetzt hätten und wo sie nachher hingegangen sei, beiläufige Fragen, aber Melis hatte sich hinter dem Tresen an den Mineralwasserkisten zu schaffen gemacht, und die Schreckschraube konnte sich an nichts mehr erinnern, sie hatte nichts mehr zu sagen, Arrivederci.

Was tun? Sollte ich zurück nach Vercelli fahren, zu Semeraro? Es noch mal bei Lucia versuchen? Jedenfalls würde mir jetzt ein Kaffee sicher guttun.

Die Tochter

Dir fällt eine Tasse aus der Hand. Nichts Tragisches, das kann jedem passieren, das ist normal. Aber wenn dann endlich alles klar ist, versuchst du dich wie verrückt zu erinnern, wann es angefangen hat, der Tag, die Stunde, der genaue Moment, welche Tasse. Aber es ist zu spät und außerdem, was würde es nutzen. Und doch haben wir mit Beatrice bestimmt tausendmal darüber geredet: Wann ist es dir zum ersten Mal aufgefallen, wann hast du's gemerkt, wann gab es das erste verdächtige Zeichen?

Beatrice war damals Mutters engste Freundin, noch aus Kindheitstagen. Sie sahen sich fast täglich, verreisten zusammen, machten Besuche, gingen auf Wohltätigkeitsveranstaltungen, spielten Bridge und Tennis und derlei mehr. Beatrice war Witwe, kinderlos, während ich mit meinem Mann – meinem Ex-Mann – und den Kindern in dieser schrecklich unbequemen und feuchten Villa in den Hügeln wohnte, unterhalb der Superga-Kirche. Mutter sah ich eigentlich nicht oft, ich brachte ihr die Kinder vorbei, oder sie kam sie abholen, aber meistens erledigte das ein Au-pair-Mädchen, das wir hatten, eine ganz tüchtige junge Frau – wie hieß sie noch gleich? Mutter hatte sie sehr gern, eine echte Perle.

Ja, zuerst muss es Beatrice gemerkt haben. Papa ist nichts aufgefallen, nicht etwa, weil er gleichgültig gewesen wäre, nein, die Männer sind nun mal so, jedenfalls solche wie Papa. Sie kommen abgehetzt ins Abteil, verstauen ihr Gepäck und kümmern sich um nichts weiter: Ihr Part ist erledigt, der Zug steht auf dem Gleis, das Leben steht auf dem Gleis, schlagen wir also die Zeitung auf und fahren ab, mit der Frau, den Kindern, den Enkeln, alle schön untergebracht auf oder unter den Sitzen. Egoismus? So einfach ist das nicht, glaube ich. Außerdem saß Papa schon in diesem Zug, als er geboren wurde, Vaters Bank, Großvaters Bank, Urgroßvaters Bank, jeder mit seinem Ölporträt im Büro. Eine hübsche Dynastie. Mama hätte zwanzig Espressotassen zerdeppern können, bevor er etwas gemerkt hätte.

So war es also Bea, die Mutters kleine »Missgeschicke« zu einem Bild zusammenfügte: die Gabel, die ihr auf den Teller, die Zigarette, die auf den Teppich fiel, der Handschuh, den sie nur mit Mühe überstreifen konnte. Mutter war damals zweiundfünfzig und sah blendend aus. Sie sagte dann immer: Wie ungeschickt von mir, wie tölpelhaft, und hob die Gabel wieder auf oder den Plastikdinosaurier bei den Kindern. So vergingen Monate, Jahre, bis Beatrice die ersten Zweifel kamen.

Zuerst hat sie mit mir darüber gesprochen, besorgt, aber nicht beunruhigt. Weißt du, mir ist da aufgefallen, dass, es kommt mir so vor, als ob, vielleicht übertreibe ich, aber ich habe den Eindruck, dass … Mit Papa habe dann ich geredet, und dann haben wir gemeinsam – ein sofortiger Entschluss, wie gewohnt – Mama darauf angesprochen. Sie fiel aus allen Wolken, was für ein Unfug, das verstehe ich nicht, das sehe ich nicht, mir geht es bestens, so etwas passiert doch jedem mal, ich bin vielleicht etwas zerstreut, ein wenig tapsig, aber ich finde, ihr macht da aus einer Mücke einen Elefanten. Und dazu öffnete und schloss sie die Finger, um uns zu zeigen, wie gut sie funktionierten.

Aber sie nahm es nicht gut auf. Es begann eine schlimme Phase, denn sie hatte das Gefühl, wir würden sie bei jedem Handgriff überwachen, und so überwachte sie ihrerseits uns und sich selbst. Ab und zu fiel ihr die Espressotasse aus der Hand, aber wie soll man unterscheiden, ob sie einfach so hingefallen ist, zufällig, normal, oder ob es daran lag, dass ihr Gehirn nicht die richtigen Signale geschickt hatte oder ihre Muskeln den Dienst versagten? Und mehr noch: Konnte die Tasse nicht gerade deshalb fallen, weil wir alle nur darauf warteten, dass sie fiel? Wir versuchten es mit Humor zu nehmen, aber es war eine unschöne Situation. Papa befürchtete das Schlimmste, einen Gehirntumor, ich hatte etwas weniger Tragisches im Sinn, wer weiß, irgendeine Störung eben, eine vorübergehende Beeinträchtigung. Am Ende fand sich Mama mit den Arztbesuchen ab, nein, mir fehlt nichts, aber ich halte es nicht mehr aus, dieses dumme Spionagespielchen. Und dabei betrachtete sie ihre Hände.

Papa ließ Dr. Lorenzi kommen, den Arzt der gesamten Bank, den Mama nicht mochte. Und Lorenzi ließ sich alles haarklein erzählen – was gibt's denn da zu erzählen!, echauffierte sich Mama – und sprach dann von Stress, Erschöpfung, nötiger Ruhe und anderen vorhersehbaren Banalitäten. Banalitäten, sagte Mama, der kapiert überhaupt nichts, so ein Dummkopf. Trotzdem empfahl der Dummkopf einen Besuch beim Neurologen, dem besten Neurologen von Turin, natürlich Rotarier und alles. Einfach um sicherzugehen. Mama unterzog sich Analysen, Tests, Röntgenaufnahmen, der ganzen lästigen Litanei. So, jetzt atmen Sie mal tief ein, jetzt nicht atmen, nach rechts umdrehen, die Füße bitte parallel. Sie verdrehte die Augen, befolgte brav die Anweisungen, aber innerlich kochte sie. Man muss dazu sagen, dass sie nie ernsthaft krank gewesen war, und sie war überzeugt, dass ihr auch jetzt nichts fehlte, all diese Aufmerksamkeit für ihren Körper, in dem sie sich immer pudelwohl gefühlt hatte, ging ihr gegen den Strich, kam ihr lächerlich vor. Sie war in erster Linie verärgert. Genervt.

Als sich herausstellte, dass es kein Tumor war, haben wir gefeiert. Die Köchin bereitete uns ein Festessen zu, Papa fasste sein Weinglas am Stiel und hob es gen Himmel wie das Schwert des Königs Artus, armer Papa.

Aber dann, drüben im gelben Zimmer, als Mama ihren Espresso getrunken hatte, ohne etwas fallen zu lassen, da wollte sie aufstehen. Sie stützte sich auf die Armlehnen des Sessels und drückte. Nichts. Sie versuchte es noch einmal. Nichts. Beatrice und ich liefen hin, um ihr hochzuhelfen, das ist nur die Aufregung, der Stress, die Erschöpfung, Lorenzi hat recht. Doch zum ersten Mal war sie erschrocken.

Die beste Freundin

Die Kindheit, die Puppen gemeinsam, die Schule gemeinsam, die Jugend, die ersten Verliebtheiten, die ersten Obszönitäten, von denen wir Lachkrämpfe bekamen, auch der erste Kuss fast gemeinsam. Und auch geheiratet haben wir kurz nacheinander, beide in Weiß, mit Hochzeitsmarsch und Reiskörnern auf den Stufen zur Kirche. Dann zog ich mit meinem Mann nach London, und sie blieb mit ihrem Giacomo in Turin, mit dem Bankier, der mich nicht sonderlich begeisterte, damals. Der entscheidet ja alles allein, wagte ich anzumerken. Nein, das ist nicht wahr, protestierte sie, und außerdem, bei meiner Trägheit passt mir das wunderbar, wir sind wie füreinander geschaffen.

Trägheit. Da lag der Schlüssel für alles. Und als ihr die Espressotassen aus der Hand zu rutschen begannen, dachte auch ich erst mal nicht weiter. Die Trägheit, die Bequemlichkeit, eine Art matter Alltagsfatalismus, was kommt, kommt.

In der Zeit, in der man befürchten musste, entführt zu werden, von Banditen oder Terroristen oder sonst wem, weigerte sie sich strikt, zusammen mit der Kleinen Turin zu verlassen, denk nur, die Umstände, die Sterbenslangeweile! Aber kommt doch nach London, insistierte ich, da wird es dir gefallen, der Kleinen auch. Am Ende hat dann eben wieder Giacomo entschieden: Lugano mit dem schönen

See, den Tretbooten, dem Schweizer Recht, der Schweizer Ordnung. Die Kleine hatte sich bald eingelebt, sie aber nicht. Ich besuchte sie mehrmals dort, und sie langweilte sich zu Tode, gähnte ständig, ging nur ungern aus. Es regnet immer, der Spaziergang ist immer der gleiche, das ist doch keine Stadt, das ist ein Dorf voller reicher Rentner.

Sie blieben zwei Jahre dort, Giacomo kam sie fast jeden Samstag besuchen, mit Semeraro, seinem Leibwächter und Chauffeur, im gepanzerten blauen Lancia. Dann beruhigte sich die Lage allmählich, und die beiden kehrten nach Turin zurück. Semeraro brachte die Kleine zur Schule, er begleitete sie – und mich –, wenn wir irgendwohin wollten, für sich selbst hatte Giacomo einen zweiten Gorilla angeheuert – wie hieß der noch gleich? –, der eine Weile blieb und dann von der Bank als eine Art Laufbursche übernommen wurde. Auch ich ging zurück nach Turin, als mein Mann an einem Herzinfarkt starb.

Fiorenza und ich verstanden uns prächtig, wie man so schön sagt. Aber was Freundschaft genau bedeutet, bleibt ein Rätsel. Gemeinsame Neigungen? Unsinn. Charakterliche Übereinstimmungen oder Unterschiede? Die Dinge ähnlich sehen? Einander mit Rat und Tat zur Seite stehen? Auch nur hübsche Phrasen. Am ehesten noch die instinktive absolute Gewissheit auf beiden Seiten, dass die andere nie ein Urteil über dich fällt. Du kannst zu ihr sagen, was du willst, von der größten Albernheit bis zum intimsten Geheimnis, und du wirst dafür vielleicht kritisiert, missbilligt, womöglich beschimpft, aber nicht von einer Richterin. Kurz, die völlige Meinungsfreiheit. Oder vielleicht dieses Gefühl von Unverantwortlichkeit, von Sorglosigkeit, das die unwiederbringliche Schönheit der Jugend ausmacht.

Wir waren mittlerweile zwei nicht mehr ganz junge Damen, aber noch immer bekamen wir Lachkrämpfe und drehten anderen hinter ihrem Rücken eine lange Nase. Und wir waren auch weiterhin bereit, einander gnadenlos zu attackieren, wenn es sein musste. Ein Kleid, eine Frisur, der Mann, der nur für die Bank lebt oder auf gewissen Abendveranstaltungen, wo sie nicht fehlen durfte. Manchmal blieb es auch ihr nicht erspart, so etwas zu organisieren, diese glitzernden, tödlichen Galaabende. Das ist zu viel, ich kann das nicht, das interessiert mich nicht, ich ertrage diese Leute nicht, es kommen immer nur dieselben. Und dabei räkelte sie sich gähnend in ihrem Sessel. Du bist träge, du bist einfach faul, komm, raff dich auf, das sind doch nur kleine Verpflichtungen, und mit all deinen Hausangestellten machst du doch in Wirklichkeit keinen Finger krumm.

Als es ihr nicht gelingen wollte, aus dem Sessel aufzustehen, da ist sie erschrocken, aber auch ich bekam es mit der Angst. Gut, es war kein Tumor, aber der Kopf musste da schon irgendwie beteiligt sein. Das Gehirn, meine ich. Ich habe darüber mit Camilla und Giacomo geredet, und Giacomo hat die Hände vors Gesicht geschlagen, im übertragenen Sinn. Von einem solchen Leiden wollte er nichts wissen. Alles andere, selbst Krebs, Schwindsucht oder Gelbfieber – aber mit der Psyche, dem Unbewussten, mit Analyse, Komplexen und solchen Sachen durfte man ihm nicht kommen. Für ihn, den Bankier, waren das nur frei schwebende Wörter, völlig ungedeckte Schrottanleihen. Aber ich konnte meine liebste Freundin nicht in diesem Zustand lassen.

So begann die Reihe der psychiatrischen Koryphäen, erst in Turin, dann in Mailand, Paris, Zürich. Ich begleitete sie, wir blieben ein paar Tage, und die jeweilige Koryphäe untersuchte sie, ließ sie die üblichen Tests absolvieren, sprach mit ihr, überredete sie, gesund zu werden. Manchmal mit Pillen, manchmal mit Sitzungen auf der Couch oder beides zusammen. Aber es fand sich keine wirksame Therapie, die Espressotassen fielen, und sie bekam einen Experten nach dem anderen satt, warum verschwende ich hier meine Zeit mit diesem Idioten? Bestürzt, fast resigniert, aber immer sehr klar. Ihr Gehirn funktionierte, trotz allem.

Es waren wirklich dunkle Jahre. Weder sie noch ich konnten das Wort Mut noch hören – fassen Sie Mut, gnädige Frau, Sie müssen zu einer positiven Einstellung finden – und erst recht nicht die Rede von verdrängten Kindheitstraumata. Was denn für Traumata?, sagte sie kichernd zu mir vor einem großen Stück Schweizer Käsetorte. Ich habe kein Trauma, das ich aus dem Hut ziehen könnte wie ein Kaninchen, damit kann ich nicht dienen, auf meine Traumata müssen sie verzichten, diese Kretins. Aber der Bissen Torte war zu groß, sie kaute mit Mühe, die Kiefer versagten ihr den Dienst, und so kam es schließlich zur Diagnose.

Nicht eine große Koryphäe, sondern, man hätte sich's denken können, ein Jungspund von Doktor – na ja, er war dreiundvierzig –, ein Freund einer Freundin von Camilla, der gelegentlich sonntagmorgens mit Giacomo Golf spielte. Giacomo war verzweifelt, er litt schrecklich darunter, ohnmächtig zu sein, nichts tun, nichts unternehmen zu können – das absolut Schlimmste für einen Menschen wie ihn. Und er schwang den Schläger so hart, dass die Bälle ständig irgendwo im Unterholz landeten. Er war es, der den jungen Doktor schließlich nach Hause einlud, und der untersuchte, befragte, überlegte und sagte dann, es könne sich auch – das sei nur eine Hypothese, eine von vielen Möglichkeiten – um eine Myasthenie handeln, wir hatten das Wort noch nie gehört. Schwere pseudoparalytische Myasthenie. Fortschreitend natürlich. Und natürlich unheilbar.

Die Carabiniera

Diese Sexsklavinnen sind ja zweifellos zu bemitleiden, aber am Anfang steht doch immer eine Überdosis Blauäugigkeit, um es mal nachsichtig auszudrücken. All das Vertrauen in den Verlobten, den Freund, der sie nach Italien bringt und ihnen eine ordentliche Arbeit verspricht, und dann verschwindet er, nachdem er sie an die bösen Kriminellen verkauft hat. Schläge, Misshandlungen und ab auf den Strich. Ja, wer hätte das gedacht, wer hätte das voraussehen können, ich hatte mit allem gerechnet, nur nicht damit! Also wirklich, Kinder, mit einem klitzekleinen bisschen Vorstellungskraft hätte man schon darauf kommen können. Jugendliche Illusionen, schön und gut, die hatten wir alle, und wir sind alle mal reingefallen. Aber um sich derart aufs Kreuz legen zu lassen, muss man schon ziemlich blind und taub sein, um nicht zu sagen hirnverbrannt.

Dies alles ging mir durch den Sinn, als ich die Verantwortlichen des Hauses in Vercelli vor mir hatte, die beiden Frauen und den Priester: Don Traversa, die Direktorin oder Leiterin Maria Ludovica und eine Art ehrenamtliche Helferin oder Laienschwester namens Lucia, die eine ganz rote Nase hatte, Pollenallergie oder Weinkrämpfe. Arme Milena, auch hier, und mir oblag es nun, die Vergangenheit des Opfers auszuleuchten, wie die Zeitungen das nennen. Fahr du nach Vercelli, Rita, du willst doch immer alles ganz genau wissen.

So haben sie mich losgeschickt und sich die Nervensäge vom Hals geschafft. In Zivil, mit meinem Privatauto – die Spesen gibt's dann weiß Gott wann erstattet – und in Begleitung des Kollegen Nazza, ebenfalls in Zivil. Man wollte ja keine unnötige Aufmerksamkeit auf diese Einrichtung lenken, mit Streifenwagen und weißen Schultergürteln am Eingang. Nein, Takt und Diskretion, man muss dieses Zentrum vor neugierigen Blicken bewahren. Schade nur, dass die Kollegen in Vercelli weniger skrupulös sind. Eines ihrer Dienstfahrzeuge stand groß und breit vor dem Zaun, und im Garten schob ein Kollege Wache, da fehlte nur noch der Federbusch. Ich wollte ihm schon sagen, er könnte sich wenigstens hinter ein Gebüsch stellen, aber dann hab ich's gelassen, manchmal verliere ich den Mut und denke, dass unsere Geheimniskrämerei sowieso nichts bringt, es weiß ja doch immer jeder alles.

Milenas Führung, hieß es, sei immer tadellos gewesen, sie sei kein einziges Mal weggelaufen. Wieso, kommt das denn vor? Manchmal schon, sagte der Priester mit einem Seufzer, manchmal geraten sie in eine Krise, fühlen sich gefangen, dieses Leben wie im Internat, wie in einer Kaserne, das drückt bei ihnen auf die Stimmung, heute Tischtennis, morgen Tischtennis, kochen, aufräumen, Stoffpuppen basteln, bunte Kartons ausschneiden, man kann schon verstehen, dass ein paar sich dagegen auflehnen und verschwinden. Aber die anderen, sagte ich, diejenigen, die sich retten, schämen die sich für das Leben, das sie geführt haben? Macht ihnen das zu schaffen, quält es sie?

Die Direktorin dachte ein Weilchen nach und sagte schließlich: Nun ja, wenn sie ankommen, sind sie erst einmal froh, erleichtert, der Albtraum ist vorbei, die Angst lässt nach, und eine Zeit lang sind sie ruhig, fügsam, genießen noch die kleinsten Einzelheiten dieses Lebens in Gemeinschaft. Sie sind fast alle sehr religiös, ergänzte der Priester, und beten viel. Ob sie sich schämen? Ja, die Scham ist da, auch die Reue, aber was sich die Stolzesten, die Besten unter ihnen ewig vorwerfen, ist, dass sie sich überhaupt auf eine so dumme Sache eingelassen haben, dass sie sich an der Nase herumführen ließen, dass sie nicht erkannt haben, wer sie da eigentlich …

Der Teufel, soufflierte ich. Ja, genau, der Satan. Er lächelte. Für die Besten liegt darin das wahre Trauma. Der Körper erholt sich und vergisst. Aber die Seele nicht, die Seele ist zutiefst gedemütigt. Mehr oder weniger meine Sicht der Dinge, dachte ich, nur anders formuliert: Du begehst eine Rieseneselei und kannst dir das dann nie verzeihen.

Und hier setzen wir an, weniger bei der Sünde als beim verletzten Stolz, erklärte der Priester. Es mag Ihnen seltsam vorkommen, dass ausgerechnet ich als Priester so großen Wert auf den Stolz lege, ich weiß nicht, ob der heilige Benedikt da einverstanden wäre. Aber diese Frauen sind schon genug gedemütigt worden, sie sind am Boden zerstört, ihnen bleibt nur noch ein Fetzen Würde, sie sind nichts und niemand mehr. Und an diesem Punkt wird der Stolz zu etwas Positivem, begreifen Sie? Er hilft ihnen, wieder aus ihrer tiefen Schmach herauszufinden.

Und wie war das bei Milena. War sie stolz? Oh ja, und außerdem war sie sehr intelligent, was auch nicht schadet. Na ja, sagte die Direktorin und schüttelte den Kopf, eigentlich ist Intelligenz sogar die erste Voraussetzung. Die Ärmsten müssen erst richtig begreifen, was für ein Unglück sie angerichtet haben, und Scham und Reue empfinden, und dann kommt der Stolz ins Spiel: Ich bin nicht so, ich will beweisen, dass ich noch etwas anderes in mir habe, ich bin nicht nur eine Ware, ich werde mich bessern, mich wieder aufrichten, ich werde wieder ein Mensch. Mit Gottes Hilfe, sagte die Laienschwester, und dabei bebten ihr die Lippen.

Hübsche philosophische Reden, aber wie war Milena eigentlich in das Zentrum gekommen? Wer hatte sie denn de facto vom Strich geholt?

Die Laienschwester, Lucia, brach in Tränen aus, das sei sie gewesen, eines Abends bei eiskaltem Regenwetter habe sie sie auf einer Allee in Mailand angesprochen und ihr den Regenschirm angeboten, sie ins Gespräch verwickelt, so wie sie es immer machten, sie und die anderen Ehrenamtlichen, die Don Traversa unterstützten. Sie zogen die Mädchen ins Gespräch, und manchmal, selten, ging es gut, dann öffneten sie sich und erzählten, sie hatten noch Angst, aber ein kleines Licht fing an zu leuchten …

Jetzt putz dir die Nase, Lucia, bitte, sagte die Direktorin, und reiß dich um Himmels willen ein bisschen zusammen.

War denn da kein Zuhälter, keine Bande, die sie in der Hand hatte?, fragte ich. Doch, doch, ein Albaner war da, ein Halunke, der schon drei- oder viermal aus Italien ausgewiesen worden und immer seelenruhig zurückgekehrt war, wahrscheinlich hatte er das Land gar nicht erst verlassen. Ja, ein gewisser Janko, wenn das sein echter Name war, er hatte sie drei Rumänen abgekauft, die sie ihrerseits ihrem Ex-Freund abgekauft hatten. Ein Bombengeschäft, wenn man bedenkt, wie schön sie war. Auch dieser Janko schlug sie, aber weniger schlimm, um ihre Schönheit nicht zu ruinieren. Und wenn sie gerade nicht anschaffen ging, machte er ihr große Versprechungen: Ich bring dich in einem Nachtclub unter, dort machst du Pole Dance – Sie wissen schon, diese Stange auf der Bühne, an der sie sich reiben und ausziehen. Aber das war nur Gerede, er hatte zu viel Angst, dass jemand sie ihm wegnehmen könnte, seine schöne Milena, womöglich verliebte sich einer aus dem Publikum in sie, ein Anwalt, ein Geschäftsmann, ein Witwer …

Oder ein Bankier, sagte ich. Ja, aber der Bankier hat sie nicht im Striplokal aufgegabelt, er hat sie als Kindermädchen ins Haus genommen, und er wusste nichts von ihrer Vorgeschichte, er hielt sie für eine ganz normale Immigrantin aus Rumänien, aus der Ukraine oder Moldawien. Er hat nicht gewusst, dass sie auf den Strich gegangen ist? Nein, das wusste er nicht. Und er hat nie davon erfahren? Äh, doch, am Ende hat er davon erfahren, aber er liebte sie wirklich, und da ließ er die Sache auf sich beruhen.

Wie hat er denn davon erfahren, wer hat es ihm erzählt?

Stirnrunzelndes, vielleicht auch schuldbewusstes Schweigen.

Hat er es von Ihnen erfahren, kam die Information von hier?

Nein, sie hätten nichts verraten, aus einer ganzen Reihe von Gründen …

Was war es dann? Ein anonymer Brief? Ein Anruf?

Nein, offen gestanden sei die Sache während der Hochzeit herausgekommen, weil dieser unselige Janko auf dem Landschloss aufgekreuzt sei und …

Ich habe sie gar nicht erst weiterreden lassen, sondern

sofort in Turin angerufen und gesagt, sucht diesen Janko, das ist eine heiße Spur …

Aber sie haben meine Spur überhaupt nicht gewürdigt. Über Janko wüssten sie schon Bescheid, sie gingen der Sache bereits nach. Versuch du inzwischen in Vercelli noch etwas tiefer zu bohren, weitere Informationen zu sammeln, dir ein genaueres Bild zu machen, damit kennst du dich doch am besten aus.

Die Tochter

Mama hat dann noch etwas mehr als ein Jahr gelebt, und mir kam es vor, als würde ich wie gekreuzigt auf einem Amboss liegen, über mir ein riesiger Hammer, ein Holzhammer, der auf mich herabsauste wie in den Dokumentarfilmen über die alten Schmieden von Turin, die sie heute zu Sushibars gemacht haben. Auch weil ich zur selben Zeit in Scheidung war, zugegeben.

Eine Cousine, die in Rom lebt und dort Filme produziert, hatte sich damals in den Kopf gesetzt, einen Film über Hiob zu drehen, eine wirklich starke Story, eine grandiose Figur, in der sich jeder wiederfinden kann. Gewiss, sagte Papa, und dann mietest du dir eine Reihe der größten Wüsten unseres Planeten und strahlst den Film dort aus, vor Dünen und Skorpionen. Keiner hat Lust, das eigene Unglück tausendfach vergrößert zu sehen. Das stimmt nicht, im Gegenteil, es hätte einen therapeutischen Effekt, meinte die Cousine. Du siehst dir Hiobs Leiden an, und bald erscheinen dir deine eigenen als unwesentlich: Danke, dass ich mir bloß den Oberschenkel und die Hüfte gebrochen habe.

Papa widersprach: Hiob bestätigt dich doch nur in dem negativen Grundgedanken, dass es Pechsträhnen überhaupt gibt, dass es manchen Menschen, dich eingeschlossen, immer noch schlechter und schlechter geht, dass sich böse Mächte gegen dich verschworen haben. Aber in diesem Fall ist die böse Macht Gott, der es auf Hiob abgesehen hat. Ja, schon, aber wie kommst du nur auf die Idee, dass Gott höchstpersönlich die Lupe rausholt und sich ausgerechnet dich erbärmliche Ameise als Opfer aussucht? Da stimmen doch die Relationen nicht, du denkst doch nicht, dass es gerade Gott ist, der dir Knüppel zwischen die Beine wirft, du denkst, dass es reines Pech ist, ungerecht, übertrieben, sinnlos. Oder schlimmer noch: Du setzt dir in den Kopf, du hättest diese Pechsträhne verdient, es wäre deine eigene Schuld, denn als der Leprakranke erschien und geküsst werden wollte, da hast du ihm nur zwei Euro zugesteckt und dich weggedreht.

Papa glaubte nicht an Pechsträhnen, für ihn gab es keine persönliche Unglückszuteilung.

Ich selbst bin da, ehrlich gesagt, nicht sicher, meine Meinung zu diesem Thema hat sich bestimmt schon fünfzig Mal geändert. Aber die Krankheit meiner Mutter war nun auch schon von außen schrecklich anzusehen. Diese Myasthenie besteht anscheinend darin, dass aus irgendeinem mysteriösen Grund die Muskeln nicht mehr arbeiten. Und deshalb kann man sich nicht mehr auf den Beinen halten, es fallen einem Tassen aus der Hand, die Kiefer bleiben stehen. Furchtbares Nebenprodukt: eine Art starres Lächeln, das dir das Blut in den Adern gerinnen lässt, ein erschlafftes Lächeln, ein Gesichtsverfall, den ich nicht mitansehen konnte, wenn ich meine Mutter besuchen kam.

Zum Glück war da noch Bea, die in dieser qualvollen Zeit alles in die Hand genommen hatte. Bei voller Betreuung, versteht sich: zwei Pflegekräfte in Acht-Stunden-Schichten, die dritte Schicht übernahm sie selbst. Auch

Spritzen geben konnte sie schon längst und schreckte keineswegs davor zurück, wenn sie dran war. Sie sind nutzlos, sagte sie mir, aber ich tue es für deinen Vater, er erträgt den Gedanken nicht, tatenlos zu bleiben, nicht zu kämpfen. Ihm gab sie übrigens ebenfalls Spritzen, ich weiß nicht mehr, ob zur Beruhigung oder zur Aufmunterung, Papa war nämlich abgemagert und hypernervös, er hatte sein Golfspiel aufgegeben, in der Bank ließ er sich nur noch morgens sehen, er delegierte nach da und nach dort, hin und wieder fuhr er nach Mailand, aber alle anderen auswärtigen Termine, in Rom oder Paris oder Brüssel, hatte er abgesagt, und auch der Umbau des Hauptsitzes der Bank war auf unbestimmte Zeit verschoben worden, obwohl die Pläne seit Monaten auf dem Tisch lagen.

Auf unbestimmte Zeit? Nein, Stichtag war natürlich der Tod meiner Mutter. Aber vorher kam es noch zu einem letzten Versuch, drei Wochen in einer Spezialklinik oder -kuranstalt in New York oder zwischen New York und Boston, ich weiß nicht mehr. Keinerlei Hoffnung, bei niemandem, wir hatten offen darüber geredet, aber man kann ja nie wissen, man muss sich an die kleinste Möglichkeit klammern. Die Überführung war schauerlich, ein Albtraum. Bea kam mit, immer treu an der Seite von Papa und Mama, und wie wir schon vorher gewusst hatten, war es ein Schlag ins Wasser, nachdem ein paar Therapien nur eine karge, kurzlebige Ermutigung gebracht hatten.

Rückkehr nach Turin und zur verzweifeltsten Routine, inzwischen musste man sie füttern, mit Flüssignahrung, der Kräfteverfall war immer deutlicher zu sehen, und immer dieses entsetzliche Lächeln. Uns blieb nicht einmal mehr die winzige Heuchelei des *Wie geht es dir heute? – Nun ja, etwas besser.* Morgens sah man noch eine Art fahlen

Schimmer, der Abend war eine völlige Katastrophe. Bis sie am Ende an einer Lungenentzündung starb, ich weiß nicht genau, warum, aber so wurde es uns mitgeteilt, und sie hatten damit gerechnet, die Ärzte, die bei uns ein und aus gingen. Alles normal, dies war der übliche Verlauf, dies war das Ende.

Die Carabiniera

An diesem Punkt hätte ich sie getrennt vernehmen müssen, vielleicht auch können, meine drei Aussageunwilligen. Denn aussageunwillig waren sie, ganz ohne Zweifel.

Aussageunwilligkeit ist so ein Ungetüm, dem wir in unserer Arbeit häufig begegnen, aber es gibt dabei solche und solche. Das, was man Routine-Renitenz nennen könnte, ist lästig, aber nicht schwer zu handhaben: Erst bestreitet der Befragte das Offensichtliche und man selbst beharrt darauf: Sie waren am Tatort, war ich nicht, waren Sie doch, man hat Sie gesehen, das ist nicht wahr, mich kann keiner gesehen haben ..., und so geht es weiter, bis er um ein Glas Wasser bittet und gesteht – oder er macht von seinem gottverdammten Recht Gebrauch, dem »Recht auf Aussageverweigerung«, das haben sie aus dem Fernsehen, sogar die Chinesen halten sich schon daran fest, an ihrem Lecht, die Aussage zu velweigeln; und *ich* nehme mil das Lecht, mich von denen am Alsch lecken zu lassen, ja, wenn es das nur gäbe.

Aber hier in Vercelli, in diesem kahlen Büro, belebt nur von einem schwarzen Kruzifix ohne Christusfigur, einem Papstporträt und so einer byzantinischen Ikone, dilettantisch gemalt von einer der ukrainischen oder moldawischen Bewohnerinnen des Hauses – hier war die Aussageverweigerung für diese drei rundum von Vorteil. Es wurde nicht gegen sie ermittelt, sie waren nicht vorbestraft, und ich konnte, bis auf die Leiche im Graben, nichts Belastendes gegen sie vorbringen, sie mit nichts unter Druck setzen. Sie haben von nichts Gebrauch gemacht, die drei. Sie haben schlicht und einfach nichts gesagt.

Und mit welchem Recht hätte ich sie voneinander trennen und in drohendem Ton befragen können? Ich war vor etwas mehr als einem Jahr – nicht ohne Mühe – in diese Abteilung gekommen und noch nie zuvor in einer solchen Lage gewesen. Was, wenn ich nun die Grenzen des gesetzlich Erlaubten überschritt? Wenn daraus ein richtiger Skandal wurde, ein Disziplinarverfahren – du bist zu weit gegangen, du hast die Tragweite dieses Falles nicht erfasst … Also habe ich die drei gemeinsam befragt und die Sache ruhig angehen lassen.

Warum ist Milena denn nicht in ihre Heimat zurückgekehrt, als sie von hier wegging?

Ach, das wollen die wenigsten, sagte der Priester kopfschüttelnd; zu Hause befanden sie sich in einer schwierigen Situation, keine Arbeit, familiäre Probleme, vielleicht sind da auch noch dieselben Leute, die sie nach Italien gebracht haben, und bedrängen sie weiter.

Wir suchen ihnen eine Stelle hier in Italien, bei einer anständigen Familie, sagte die Direktorin, und bis dahin sehen wir zu, dass es mit der Aufenthaltserlaubnis seine Richtigkeit hat, die Einwanderungsbehörde geht uns dabei zur Hand, wir haben gewissermaßen einen privilegierten Zugang für diese Fälle.

Und diese anständige Familie, die so eine junge Frau aufnimmt, weiß die, wo sie herkommt, fragte ich, werden diese Leute von Ihnen informiert?

Stille. Ein Räuspern. Blicke zum Kruzifix, zur Ikone.

Also, na ja, sagte die Direktorin, beim ersten Mal schon, zwangsläufig, das erste Mal ist immer sehr heikel, hier drinnen fühlt sich die junge Frau behütet, fernab von der Welt, aber sicher vor … vor den schrecklichen Dingen, die sie durchmachen musste. Erst wenn sie sich bereit fühlt, wieder hinauszugehen …

Und das muss sie selbst entscheiden, fügte der Priester hinzu, ihr Gewissen ist es, das entscheidet.

Aber auch wir, sagte die Ehrenamtliche, führen eine richtige Evaluation durch, beobachten Tag für Tag die Fortschritte, sehen zu, wie sich das Pflänzlein erholt, wie es ganz langsam erblüht, glauben Sie mir, das ist sehr bewegend, etwas Wunderbares und sehr … sehr Schönes, ja, und für mich …

Lucia, bitte, sagte die Direktorin, jetzt nimm dich doch mal ein ganz klein wenig zusammen.

Erst lassen wir sie nur eine kurze Runde durchs Stadtzentrum drehen, ein kleiner Schaufensterbummel, Kaffee trinken, sie sollen sich wieder an den Straßenverkehr gewöhnen, an den Lärm, sagte die Direktorin.

Nicht allein, sagte der Priester, immer zwei oder drei zusammen, und in Begleitung.

Wer begleitet sie da? Sie selbst?

Nein, Semeraro, sagte der Priester, ein Mann unseres Vertrauens, der früher Leibwächter war, Nachtwächter auch, er verfügt über eine langjährige Erfahrung in dem Bereich und weiß mit den Mädchen umzugehen, er lacht und scherzt mit ihnen, und sie hören auf ihn, sie mögen ihn.

So eine Art Privatpolizist?

Ja, so ungefähr, aber er erledigt auch allerlei Arbeiten hier im Haus, wissen Sie, wenn mal ein Wasserhahn tropft, ein Boiler im Bad nicht funktioniert und dergleichen. Eine tragende Säule des Hauses, sagte die Direktorin, ich würde sagen, unverzichtbar für eine Gemeinschaft wie die unsere.

Aber sie sagte das mit einem Seitenblick zu der Ehrenamtlichen und ein wenig zu nüchtern im Ton. Vielleicht lohnte es sich, das Thema Semeraro noch etwas zu vertiefen.

Wo steckt er denn? Ist er hier?

Ja, aber er wohnt nicht im Haus, er wohnt ganz in der Nähe, heute Morgen ist er früh da gewesen, gegen sieben, sagte die Ehrenamtliche. Er repariert gerade die Geschirrspülmaschine, er ist so ein Tausendsassa, obwohl …

Na, na, Lucia, wir wissen schon, dass du das nicht so siehst, aber Semeraro ist für uns alle eine große Hilfe, das wirst du doch zugeben, entschuldige.

Ja, eine echte Säule des Hauses, gab die Ehrenamtliche zu und kniff die Lippen zusammen.

Also im Klartext: genau das Gegenteil.

Sie ging raus, um den Tausendsassa zu suchen, und die Leiterin erklärte mir, Semeraro sei ein wenig ungehobelt, seine Umgangsformen seien etwas grob, seine Ausdrucksweise nicht immer frei von gewissen Kraftausdrücken …

Aber das macht er doch mit Absicht, sagte der Priester gutmütig, ja, belustigt, er redet so, um die gute Lucia zu schockieren, er provoziert sie doch bloß mit seinen Sticheleien, das ist doch nicht ernst gemeint.

Aber unsere Lucia fängt dann immer an zu weinen, seufzte die Direktorin, für sie sind das lauter Messerstiche, sie ist da sehr empfindlich, die Ärmste.

Die Ärmste kam sehr schnell zurück.

Er ist nicht hier, er ist in die Bar gegangen, um einen

Espresso zu trinken, sagt er, aber ich habe ihn auf dem Handy angerufen, er ist gleich da.

Und tatsächlich betrat er drei Minuten später den Raum.

Semeraro, zu Diensten, sagte er fast in Habachtstellung.

Ein kurz gewachsener, untersetzter Mann um die sechzig, der sich ein blütenweißes Hemd angezogen hatte, man sah noch die Bügelfalten, dazu eine schwarze Hose, ein Auftreten, das zu den Umständen passte. Für die Carabinieri, für mich, eine Art Kollege, wenn auch in Zivil.

Kaum war er da, entschuldigte sich Lucia und ging zur Tür.

Na so was, sagte Semeraro, gerade jetzt, wo's am schönsten ist?

Lucia zuckte mit den Schultern, ohne ihn eines Blickes zu würdigen, ließ dabei aber ein pfeifendes Geräusch ertönen, einen langgezogenen Zischlaut mit vielen f, eine etwas grobe, ein klein wenig ungehobelte Aufforderung: *affarinc…* – achleckmicham …

Die Tochter

Die Ermittlungen, ja. Sicher wird man ihn erst noch finden müssen, diesen Mörder, aber das dürfte nicht allzu schwer sein. Dieser Janko, dieser Ganove, der bei der Hochzeit aufgekreuzt ist, um uns das Fest zu ruinieren. Den Namen haben wir ihnen genannt, alles Weitere werden sie selbst herausfinden. Wir haben ihnen auch drei oder vier Bilder gegeben, denn drei oder vier Freunde haben die ganze Zeremonie aufgenommen, sodass die Szene mit auf der DVD ist. Er und Milena, er und Semeraro, er und Papa, er und Casimiro, alles aus verschiedenen Blickwinkeln. Kein gestochen scharfes Porträt, es ging ja sehr hysterisch und chaotisch zu, aber immerhin. Sie haben das beste Bild vergrößert, und Papa vergleicht es jetzt mit einer Sammlung von Fahndungsfotos, die ihm ein Carabiniere mit Bürstenhaarschnitt eins nach dem anderen über den Tisch reicht.

Papa ist hoch konzentriert, aber gleichzeitig weiß ich ihn distanziert und gleichgültig. Er erfüllt eine Pflicht, aber ohne Überzeugung. Wenn er den Mann in dieser Galerie mehr oder weniger eindeutiger Galgenvögel findet, umso besser für alle. Aber wenn nicht, wird er sich damit auch nicht verrückt machen, es ist ihm egal, ob der Kerl gefasst, vor Gericht gestellt und zu lebenslanger Haft verurteilt wird. Er hat ihm bereits seine ganz persönliche Todesstrafe auferlegt: Auslöschung einer untermenschlichen

Kreatur, die weder Rache noch Vergebung verdient, ein lebloses geologisches Werkzeug, vergleichbar einem Felsblock, der auf eine Bergstraße stürzt und ein Auto unter sich begräbt. Die Hand des Schicksals?

Papa würde einen solchen Ausdruck niemals verwenden, und zweifellos verwirft er die Rekonstruktion des mechanischen Ablaufs, der Klick für Klick zu Milenas Tod geführt hat, als banal und kleinlich. Er ist nicht der Typ dafür, sich mit derartigen Problemen zu belasten: Ach, hätte ich doch bloß dies getan, hätte ich doch bloß jenes nicht gesagt. Es ist eben so gekommen, basta. Der Schmerz, der unerträgliche Schmerz, mit dem wird er leben müssen. Er wird ihn ertragen.

Im Übrigen habe ich diese Fähigkeit zur – wie soll man das nennen? Hinnahme, Resignation, Auslöschung, Verdrängung? – auch schon bei ihm erlebt, als Mama von uns ging. Man kämpft gegen den Tod, hat er selbst oft gesagt, solange man glaubt, dass es etwas nützt, aber dann, nach der Niederlage, setzt man sich aufs Schlachtfeld und zählt die Ameisen am Boden, die Krähen am Himmel. Man lässt sich nicht gehen.

In den ersten Tagen hat er sich zu Hause eingeschlossen, aber immer war auch Bea da, und auch ich habe ab und zu versucht, ihm für ein paar Stunden Gesellschaft zu leisten, obwohl ich zugeben muss, dass ich wohl kein großer Trost für ihn war. Ich trennte mich damals gerade von meinem Mann und war dabei herauszufinden, dass jede Art von Trennung verdammt wehtut. Soll heißen, bei uns gab es keinen großen Eklat mit Geschrei und Geschirr auf dem Boden – oder ins Gesicht geworfen, es gab Augenblicke, da hätte ich das vorgezogen –; wir verhielten uns, wie man so sagt, wie zivilisierte Menschen, die sich doch um Himmels willen beherrschen konnten, die redeten oder schwiegen, in den Grenzen der guten Erziehung, die ihre Kinder aus den Streitigkeiten raushielten und so weiter und so fort.

Aber die Wut war ein Tiger, das Schuldgefühl ein Geier, dessen Schnabel immer mehr oder weniger dicht über meinem Nabel schwebte.

Die Wörter, die mit Ehebruch zu tun haben, sind allesamt widerlich, angefangen mit »Ehebruch« selbst. Betrug, Seitensprung, Hörner aufsetzen, Untreue, Abenteuer, Techtelmechtel, man hat sie selbst verwendet, sie gedankenlos ausgesprochen, wenn es um andere ging. Aber wenn es um einen selbst geht, gibt es da nichts mehr zu lachen oder zu lächeln, das Verschmitzt-Komödienhafte entfernt sich mit Lichtgeschwindigkeit. Auch das Wie spielt eine Rolle, und ich habe meine »Entdeckung« auf die, wie ich finde, denkbar übelste Weise gemacht: Lippenstift an seinem Kragen. Man schaut, starrt hin, man schnuppert, man sagt sich: Kann das sein, bin ich ihm derart gleichgültig, hält er mich für so dumm, dass er sich nicht mal die Mühe macht, das zu verbergen?

Es ist ein Schlag, der dir den Atem nimmt, dich buchstäblich ins Wanken bringt. Du hältst dich an den Seilen fest – im konkreten Fall an einem Wiener Stuhl, der im Arbeitszimmer stand –, du gehst in die Knie, mühst dich ab, aus dem Trauma auszubrechen: Das ist doch normal, das passiert jedem, das ist nichts wirklich Tragisches, man muss es so nehmen, wie es ist, es herunterschlucken, so tun, als wenn nichts wäre, ruhig, ganz ruhig. Aber der Tiger dreht weiter seine Runden im Käfig. Einen tödlichen Rachefeldzug, das hättest du gerne. Etwas, was ihn niederstreckt, ihn für immer aus dem Verkehr zieht. Wie konnte er nur? Wie konnte das nur passieren? Und vor allem, wie konnte ich so dumm sein und es nicht vorher merken?

An diesem Punkt stößt der Schuldgeier nieder. Habe *ich* etwa irgendwie versagt? Aber sicher habe ich das, und schon fängst du an, dein Eheleben von A bis Z durchzugehen, aha, hier, und da, und da auch, und dort, und sogar da drüben, Fehler über Fehler, eine unendliche Kette. Und die Kinder? Das ist die einzige Gewissheit, die dir bleibt, die Kinder dürfen nicht zwischen die Fronten geraten.

Darum folgen dann auf das Geständnis – ja, ich liebe eine andere (bei dem Partner eine garantiert blöde Ziege, die ich kaum kenne und auch nicht besser kennenlernen will) Monate »zivilisierten« Zusammenlebens, das heißt getrennte Zimmer, Reduktion der Sprache auf das Niveau eines englischen Konversationshandbuchs – would you open the window, please? – und eine höllische Abfolge von Momenten des Schweigens, durchdrungen vom Ticken der Bombe, die jeden Moment hochgehen kann. Und dann kommt schließlich der Tag der großen Entscheidung. Es reicht, wir lassen uns scheiden.

Papa starrt weiterhin aufmerksam auf die Fotos möglicher Mörder, Ganoven, Zuhälter, Entführer, Kuppler, mit der gewohnten – etwas ermüdenden – Hartnäckigkeit eines Menschen, der immer gründlich sein und nichts dem Zufall überlassen will. Was hätte ich einem Mann der Ordnung, wie er es ist, von meiner katastrophalen Unordnung erzählen sollen, von einer stinknormalen, heulenden Scheidung, einem kleinen Medusenhaupt, gespickt mit glitschigen, ungreifbaren Schlangen? Da hatte schon seine Frau nicht »funktioniert«, und jetzt war auch noch seine Tochter defekt.

Bea hat mich zwei Nachmittage in Folge angehört,

dazu einen Abend nach dem Kino – von dem Film weiß ich überhaupt nichts mehr –, und ihr gegenüber habe ich mich nicht geschämt, zu weinen und zu seufzen, wie es in dem alten Partisanenlied heißt. Bei Mama hätte ich mich gewiss nicht so ausheulen können, Mamas Persönlichkeit war weniger … aufmerksam, eher, ich weiß nicht, blumig, flatterhaft, ich hätte es nicht über mich gebracht, sie mit meinem schlingernden LKW voller Wut, Ressentiment, Trauer, Verzweiflung und Angst zu überfahren.

Bea hörte zu, ohne aus der Fassung zu geraten, und malte dabei immer weiter an einem Porträt von Mama, nach einem schönen Foto von vor ein paar Jahren. Der Gedanke war ihr auf dem Friedhof gekommen, als sie eines dieser lächerlichen kolorierten Porträts sah, wie es sie früher beim Kleinstadtfotografen gab. Ab und zu unterbrach sie mich mit einer Frage, und am Ende legte sie die Pinsel beiseite, stand auf, wischte sich die Hände an ihrem echten Tankwart-Overall aus blauem Drillich ab und sagte, was sie von der Sache hielt: Sie habe ihre Meinung geändert, sie sei mit mir einverstanden, ich hätte sie überzeugt, es gebe wirklich keinen anderen Weg, ein sauberer Schnitt sei die einzige Lösung, besser sich scheiden lassen und einmal richtig leiden als zusehen, wie das Gift langsam einsickert und man auf kleiner Flamme gekocht wird.

Oder doch vergeben, darüber hinweggehen, vergessen, ein neues Gleichgewicht suchen, die alte Harmonie?, schwankte ich noch einmal, ohne daran zu glauben.

Dummes Zeug aus Frauenmagazinen. Schau, erklärte sie mir, es gibt etwas, was man wirklich nicht herunterschlucken kann, und zwar das Shanghai-Syndrom. Ich nenne das so, weil ich vor Jahren mal in einem Restaurant in Shanghai exquisite Hähnchenkroketten verschlungen, buchstäblich verschlungen habe, nur dass sie, wie sich herausstellte – Surprise! –, nicht aus Hühner-, sondern aus Hundefleisch waren. Tja, natürlich wird einem da sofort schlecht, aber zudem macht es einem auch noch rückwirkend zu schaffen: Was habe ich dann wohl gestern gegessen und vorgestern und so weiter? Immer Hund? Und es hat mir sogar geschmeckt! Damit kannst du dich dann auch von allen anderen schönen Momenten verabschieden, was weiß ich, von dem denkwürdigen Abend auf Pantelleria oder dem legendären Morgen in der Verdon-Schlucht, das war alles Fake, ein anderer Film, andere Darsteller, eine andere Geschichte, verstehst du? Du hast dich anschmieren lassen, das ist es, und man kann nicht von vorn anfangen, als wenn nichts wäre, das Shanghai-Syndrom wirst du nicht mehr los, selbst wenn *er* eines Tages zu dir zurückkehren und sich einen Aschenbecher über dem Haupt ausleeren sollte. Shanghai vergibt nicht, glaub mir, das wäre bloß eine vergebliche Anstrengung, ein sinnloses Opfer.

So kam ich endgültig zu meiner Entscheidung – eigentlich stand sie schon vorher fest –, ich beruhigte mich mehr oder minder und wir beide – mein Mann und ich – vereinbarten Termine bei unseren jeweiligen Anwälten. Papa die Situation zu erklären, das hat Bea übernommen, und dabei hat sie ihm auch gleich meine Absicht mitgeteilt, aus Superga wegzuziehen, herunter nach Turin, und mich vorübergehend in seinem großen, leeren Haus an der Crocetta niederzulassen, zusammen mit den Kindern, die er ja über alles liebt. Dort würde er sie nun immer vor Augen haben, anstatt sie auf Familienfahndungsfotos zu betrachten wie die Albaner, die Kroaten, die Ukrainer hier bei den Carabinieri.

Die Barbesitzerin

Sie tappen im Dunkeln, und wie. Und das habe ich den Carabinieri auch gesagt, dem Carabiniere – dem hübschen –, der mich abholen kam. Also wenn ihr schon bei mir vorbeikommt, um mich abzuholen, während ich hier hinterm Tresen stehe und meine Arbeit mache, dann heißt das, ihr tappt noch im Dunkeln.

Wir tun unsere Pflicht, hat er gesagt, ohne eine Miene zu verziehen, aber man konnte sehen, dass ihm das nicht gepasst hat. Schon gut, nicht beleidigt sein, wie wär's mit einem Kaffee? Nein, danke, Signorina, man erwartet uns umgehend auf dem Revier. Immer noch distanziert. Auf dem Revier dann ein anderer Raum als gestern, der gleiche Tisch, der gleiche Stuhl, die Verbrecherfotos, die ich mir ansehen, die ich studieren sollte, genau wie im Fernsehen.

Haben Sie jemals eine dieser Personen in Ihrer Bar gesehen? Knastvisagen, eine wahre Musterkollektion, aber bei uns in der Bar Ciro sieht man die selten, bei uns verkehren keine komischen Leute, das ist eher ein Ort für Stammgäste, Leute aus dem Viertel wie Covino Cesare, das Ferkel von Ehemann von unserer hochverehrten Hausmeisterin, dieser verdammten Petze. Auch Studenten, zu bestimmten Uhrzeiten. Fabrikarbeiter. Und hin und wieder eine Nutte, die dann zur Arbeit geht, Richtung Stupinigi oder auf die Wiesen beim Fiatgelände.

Und die Ermordete haben Sie auch noch nie gesehen? Himmelherrgott, dann also noch einmal: Nein, nie gesehen, ich hab's doch schon zigmal gesagt, und außerdem war sie gar keine echte Nutte, oder? Na ja, eine Ex-Nutte. Herkunftsort: eine Einrichtung, wo man sie aus der Schande rettet, das verdienstvolle Centro Ianua, warum eigentlich Ianua? Was soll das überhaupt sein? Klingt brasilianisch, wie so ein Erfrischungsgetränk, das man mit dem Strohhalm trinkt. Jedenfalls war sie jetzt eine Dame, die Ehefrau von einem großen Tier, das steht in der Zeitung, ein Riesenskandal, über zwei ganze Seiten, weil was hatte eine Dame in diesem Graben verloren, kannst du mir das erklären? Die fünfzig Euro wird sie ja wohl nicht nötig gehabt haben, oder? Aber was dann?

Mein hübscher kleiner Carabiniere sagte, sie war aber als Prostituierte gekleidet und nicht als Dame. Na und? Vielleicht war sie halt so eine Schamlose, eine Perverse, die Spaß daran hatte, in diese Rolle zu schlüpfen, so was machen doch alle mal gern, bis auf meine Wenigkeit – nur dass das klar ist –, wir kennen doch alle die Ketten und Riemen und die Sado-Maso-Lederkluft (die allerdings würde ich gern mal anprobieren, wenigstens einmal), wird alles in den Sexshops völlig frei gehandelt. Ja, dann hat sie sich eben so hergerichtet, um ihrem Mann eine Freude zu machen, was weiß ich. Oder vielleicht ihrem Geliebten, auch möglich.

Schon, aber der Graben, Signorina, sagt der hübsche Carabiniere, das waren nun doch Sie, die sie im Graben gefunden hat, oder? Hör mal, sage ich, lassen wir doch die Signorina weg, ja? Und überhaupt, wollen wir uns nicht duzen, das ist viel einfacher, und was den Graben angeht, was weiß ich, keine Ahnung, ihr seid doch diejenigen, die

Hypothesen aufstellen und nichts ausschließen wollen, so steht's in der Zeitung; ich hab keinen blassen Schimmer, die werden sie hingefahren haben, als sie schon längst erwürgt war, und was sie vorher anhatte, das wird halt im Haus geblieben sein, oder sie haben die Klamotten verbrannt oder in den Müll geworfen oder sie im Wagen gelassen, und wenn ihr den Wagen findet, bingo. Habt ihr den Wagen schon gefunden?

Nein, sie hätten ihn nicht gefunden, sie wären noch auf der Suche, aber sie wüssten nicht mal, was für eine Art Wagen, mit einem Wort, sie tappten im Dunkeln. Ob sie denn nicht einmal wüssten, was sie anhatte: Jeans, Nicki, Bluse oder einen richtigen Anzug mit Jacke und Hose, nichts? Nein, nichts, auch da tappten sie im Dunkeln, zur Tatzeit war der Mann auf Sardinien, die Tochter und die Freundin auf dem Land, die Kinder … Ja, ja, weiß ich schon, in der Zeitung stand es in allen Einzelheiten: Sie war allein zu Hause, vielleicht im Pyjama, vielleicht nackt, jemand muss geklingelt haben, sie hat arglos aufgemacht, dann hat sie sich angezogen, oder der Jemand hat sie angezogen, in Nuttenmontur, und ab zum Graben. So war es doch?

So ungefähr, sagte Attilio. Der schließlich nach gut zwei Stunden kapiert hatte, dass ich nichts weiß und mich an nichts erinnern kann, und da hat er mich zu meiner Bar zurückgebracht. Kaum waren wir draußen, hab ich das Thema gewechselt, ich hatte die Schnauze voll, jetzt stelle ich mal die Fragen, mein hübscher Blonder, bist du aus Turin? Nein, war er nicht. Wie lange bist du dann schon in Turin? Seit drei Jahren, vorher war er in Sondrio und davor in Ribolla, in der Provinz Grosseto. Und wie findest du Turin? Äh, na ja, immerhin sei er hier zwar nicht direkt bei der Fahndung, aber sie lassen ihn ein bisschen mithelfen. Und eine Verlobte? Äh, na ja. Oder halt eine Freundin, ein Mädchen? Äh, na ja. Bisschen schüchtern, der Kleine, er ist ganz rot geworden. Wir kamen bei der Bar an, als ich ihm gerade von meinem Kaninchen erzählte, und da hab ich ihn eingeladen, mit reinzukommen, auf einen Kaffee.

Und am Tresen, kerzengerade und gut sichtbar, da saß mein Chris mit seinem strähnigen Pferdeschwanz im regenbogenbunten, nie gewaschenen Haarband. Und trank eine Cola. Mist. Ich musste die beiden einander vorstellen, und Chris fand das offensichtlich gar nicht toll, und auch Attilio wirkte nicht sehr begeistert. Kein Händedruck, kein Lächeln, ein misstrauischer – sehr misstrauischer – Blick auf beiden Seiten. Ein Freund, sagte ich. Sauberer Freund, wird sich der Carabiniere gedacht haben. Was würde er jetzt tun, war er im Dienst, würde er ihn befragen, ihn mit aufs Revier nehmen? Ich lief schnell hinter den Tresen, um diesen blöden Kaffee zu kochen, aber er sagte, nein danke, er könne nicht warten, er müsse schnell weiter, und dann hat er quasi die Hacken zusammengeschlagen, und weg war er. Und da habe ich Chris gefragt, einfach so, ich weiß nicht genau, warum, zu meiner Beruhigung eben: Jetzt sag mal, neulich, Samstagabend, wo warst du da eigentlich mit deinem ausgeschalteten Handy?

Die Carabiniera

Bisher wissen wir nur, erklärte ich etwas unwillig meinen drei Aussageunwilligen, dass Milena vorgestern ermordet wurde, also am Samstag, wahrscheinlich am späten Abend. Aber nicht an dem Ort, wo sie gefunden wurde. Der oder die Mörder haben sie erst nach der Tat zu dem Graben gebracht.

Aber damit sagte ich nur, was schon in den Zeitungen stand, und die hatten es von uns: eine Schlange, die sich in den Schwanz beißt. Ich sah von einem zum anderen, vom Priester zu Maria Ludovica zu Semeraro, und dachte dabei matt: die Mörder, könnten diese drei hier die Mörder sein? Einer draußen im Wagen, zwei, die in die Villa gehen. Ihnen hätte Milena vertraut, ihnen hätte sie aufgemacht … Auf dem Handy des Opfers waren keine Spuren eingegangener oder getätigter Anrufe. Also mussten die Mörder überraschend aufgetaucht sein, ohne sich vorher anzukündigen. Oder war es eine schon am Vortag oder mehrere Tage zuvor getroffene Verabredung? Hatte sie auf sie gewartet?

Das Wort »Alibi« wurde nicht ausgesprochen, das war gar nicht nötig, sie sagten ganz von allein, wo sie am Samstag gewesen waren, angeregt durch die ehrliche, spontane, schmerzliche Überlegung: Und zu denken, dass ich zu der Zeit gerade …

Ich prägte mir alles ein, wollte jetzt nicht das Notizbuch zücken. Die Direktorin in Mailand, als Leiterin einer Tagung über Drogenabhängigkeit bei Rentnern über fünfundsechzig. Der Priester in Brescia, bei Verhandlungen über eine kleine Villa, die für ein neues Rehabilitationszentrum angemietet werden sollte. Semeraro in Biella bei einem Bocciaturnier, das war sein Lieblingssport.

Ehrbare Leute, tüchtig, engagiert. Unmöglich, sie alle drei in den Wagen zu laden wie bei einer Razzia, sie nach Turin zu bringen und in drei unterschiedliche Räume zu sperren. Dazu hatte ich nicht die Befugnis, dazu hatte ich keinen triftigen Grund. Und so habe ich gegen Regel Nummer 1 verstoßen, die da lautet, ihnen von Anfang an keine Ruhe zu gönnen, sie weder zum Denken noch zum Durchatmen kommen zu lassen, sie in den ersten Stunden nach der Tat – egal welcher – mit Fragen zu bombardieren. Sie zu erschüttern, sie zu verwirren, sie zu erschrecken.

Aber hier gab es nicht viel zu erschrecken, ich konnte nur noch einmal bei der Frage ansetzen, wo sie denn diesen Janko zuletzt gesehen hätten.

Auf dem Schloss, bei der Hochzeitsfeier im September. Wie war er dort hingekommen? Wer hatte ihm von der Hochzeit erzählt? Das wussten sie nicht, aber die Hochzeit war kein Geheimnis, man hatte Einladungen verschickt, es war darüber geredet worden, eines der Mädchen aus dem Zentrum konnte ihn informiert haben. Und da hatte er vor allen Leuten …

»Wie viele Gäste waren überhaupt da?«

»Ungefähr hundert.«

Das musste *der andere Skandal* sein, von dem der Bankier und die Tochter neulich geredet hatten.

»Zum Glück war ja Semeraro dabei.«

Semeraro breitete die Arme aus und lachte bescheiden.

»Aber ich habe doch gar nichts getan, ich bitte Sie, ich habe doch nur …«

»Oh nein, Sie haben die Situation gerettet, wer weiß, wie das geendet hätte, wenn Sie nicht eingeschritten wären.«

»Der Mann war außer Rand und Band, wie ein wildes Tier.«

»Aber was wollte er denn, was hoffte er zu erreichen?«, fragte ich.

»Gar nichts, er wollte sie sich zurückholen, er hatte Schaum vor dem Mund, er war völlig außer sich.«

Hatte denn keiner daran gedacht, ihn anzuzeigen? Nein, dazu sei kein Anlass gewesen, Semeraro sei es gelungen, ihn rauszuwerfen, und eine Anzeige hätte Befragungen, Gegenüberstellungen, Gerichtstermine, eine ganze Reihe äußerst unangenehmer Prozeduren für Milena mit sich gebracht, die auch so schon erschüttert genug war. Also habe man das Ganze in Gottes Namen auf sich beruhen lassen.

»Aber ein solcher Mensch bleibt doch immer eine Bedrohung, oder?«

Ja, das sei wohl wahr, aber … Nicht aussageunwillig, eher peinlich berührt. Mehr noch: von Schuldgefühlen geplagt, Scham bis hinter die Ohren.

»Leider haben wir wohl alle die Gefahr unterschätzt«, seufzte der Priester.

»Ja, aber ihr Ehemann …«, sagte ich.

Ihr Ehemann habe natürlich schon an einen Leibwächter gedacht, er habe sogar Semeraro den Job angeboten, der früher einmal …

Aber da sei nichts zu machen gewesen, Milena habe sich geweigert, sie wollte sich nicht wieder wie eine Gefangene fühlen, zu Hause sei sie in Sicherheit, sie habe ohnehin nicht vor, viel auszugehen, sie habe den Mann, die Kinder, den Garten … Sie wollte auf keinen Fall ständig ihre Vergangenheit um sich haben, mit griffbereitem Revolver.

»Nein, da war Milena stur, kein Leibwächter, keine Wachleute.«

»Und so kam es dann …«, sagte bekümmert der Held vom Schloss.

Und so kam es dann, dachte ich, dass diese drei edlen Lebensretter das zarteste aller Lämmlein doch nicht gerettet hatten.

Die beste Freundin

Es wäre absurd gewesen, in einem Haus zu übernachten, das von Carabinieri umstellt war wie ein sizilianischer Gutshof, und so habe ich Giacomo und Camilla eben bei mir untergebracht, in meiner Mansardenwohnung am Corso Einaudi, zweihundert Meter von dort. Lindenblüten- und Malventee für Giacomo, der Psychopharmaka nicht ausstehen kann; Camilla hatte ihre Tabletten. Direkt ins Bett, ohne uns zu unterhalten oder etwas zu besprechen.

Ich hatte es zwar gehofft, aber keiner hatte eine gute Nacht verbracht. Waren die Betten bequem? Sehr bequem, sagte Camilla und verzog das Gesicht. Und Giacomo versuchte zu lächeln wie ein Schlosser, der sich mit einem blockierten Türschloss abmüht. Dann sind die beiden, wie mit den Ermittlern vereinbart, aufs Revier gefahren und ich in die Villa, wo neben anderen auch schon der Carabiniere von gestern Abend war, Gilardo – Gilardo hieß auch ein Gärtner bei uns, als wir noch drüben in Cavoretto wohnten, vor Ewigkeiten.

Er ließ mich die Kleider durchsehen, aber ich musste ihn sofort enttäuschen, die waren nicht von Milena, sie gehörten Fiorenza, Giacomos erster Frau, Milena hatte die ihren – nicht viele – in einem anderen Schrank, auf einem kleinen Gang, der zum zweiten Badezimmer führt.

»Und da fehlt nichts?«

»Es fehlt mindestens eins, würde ich sagen.«

Es fehlte das Leinenkleid von Armani, salbeigrün, vorne geknöpft, mit quadratischem Ausschnitt, breiten Trägern und großer Tasche.

»Das habe ich ihr geschenkt, aber ich kann es hier nicht finden.«

»Hat sie es denn oft getragen?«

»Keine Ahnung, ich glaube schon, für zu Hause ist es sehr bequem. Wissen Sie was, ich kann es Ihnen aufzeichnen, unten bei den Kindern liegen lauter Buntstifte herum.«

Gilardo notierte sich alles. Ob er am Ende der Sohn des Gärtners Gilardo war? Die Tür zu Giacomos Arbeitszimmer stand offen, und durch den Spalt sah man das Porträt von Fiorenza. Gilardo machte einen Schritt in den Raum.

»Ist das die erste Ehefrau?«

»Ja.«

»Eine schöne Frau, noch jung.«

»Ich habe sie nach einem alten Foto gemalt.«

»Ach, das Bild ist von Ihnen? Respekt. Ein wundervolles Porträt.«

»Danke, aber leider ist es … also, ich habe mein Bestes getan. Ich habe es für Giacomo gemalt, nachdem sie … von uns gegangen war.«

»Das Obst sieht genauso aus wie das dort unten.«

»Es ist ja auch dasselbe. Als ich noch in London wohnte, hat mich Fiorenza einmal besucht, und da hat sie zwei marmorne Zitronen gesehen, ein Geschenk eines englischen Freundes, er hatte sie in Italien aufgetrieben, wie das die Briten so machen. Es gab da einen Steinmetz in der Nähe von Carrara oder San Gimignano, ich weiß nicht mehr, der hat sie hergestellt. Jedenfalls wollte sie so etwas unbedingt auch haben und ist dann eigens hingefahren. Zitronen, Bananen, Äpfel, Ananas, farbiger Marmor von überall auf der Welt, sie hat sich eine halbe Wagenladung davon anfertigen lassen.«

»Eine schöne Komposition.«

»Vielleicht etwas überladen.«

»Tja, da haben Sie wohl recht.«

Unten bei den Kindern skizzierte ich ihm das salbeigrüne Kleid.

»So. So ungefähr sieht es aus, ganz schlicht.«

»Von Armani, sagten Sie.«

»Ja, von Armani.«

Gilardo blickte sich um, eher neugierig als polizistenhaft. Durch die drei schmalen Lichtschächte drang bereits ein intensives Licht in den Raum, fast schon sommerlich, und die alten Keramikfliesen aus Castellamonte zeigten ihre reiche Maserung, die der des Marmors gleicht. Auch ihre Risse, da und dort.

»Das hier war also früher die Küche?«

»Vor Urzeiten. Später, als die Tochter sich scheiden ließ und hierherzog, wurde daraus eine Wohnung für die Kinder. Prinzen des Souterrains. Die Glücklichen.«

»Hübsche Kinder.«

Fotos an den Wänden zeigten die beiden überall, am Meer, in den Bergen, auf dem Dreirad, unter dem Schiefen Turm von Pisa, in Vezzolano, auf Casimiros Schloss, lachend, schreiend, beim Essen. Zu viele Fotos für meinen Geschmack, aber Giacomo schoss ständig welche, wie ein Maschinengewehr.

»Und die Signora …« Gilardo zögerte. »Also bevor sie die Signora wurde …«

»Milena? Ja, sicher, sie war hier das Kindermädchen, sie hat über ein Jahr lang auf sie aufgepasst.«

»Und wie war sie so, ich meine, als Kindermädchen?«

»Ach, wunderbar. Sehr sanft, sehr liebevoll, aber auch energisch, die beiden haben sie angebetet.«

»Hatte sie in Rumänien Kinder?«

»Ich weiß nicht, keine Ahnung, mit mir hat sie nie darüber gesprochen.«

»Und nach der Hochzeit ist dann ein anderes Kindermädchen gekommen?«

»Nein, das kam nicht in Frage, Tommi und Matti haben ihr Veto eingelegt, entweder Milena oder keine. Manchmal kam abends eine Babysitterin, aber sonst wollten sie außer ihrer Mutter nur Milena. Milena und den Opa.«

»Hat sie denn viel Zeit mit ihnen verbracht?«

»Ja, wenn sie nicht im Kindergarten waren, dann hat sie immer mit ihnen gespielt, ihnen Märchen vorgelesen … Ich weiß nicht, wie wir es ihnen beibringen sollen, dass es vorbei ist mit dem … dem Trank …«

»Was für einem Trank?«

Ah, dem Zaubertrank … Alles hat damit angefangen, könnte man im Nachhinein sagen. In gewisser Weise war es wirklich ein Zauber.

Die Ehrenamtliche

Was glaubt denn der, dass ich die ganzen Kraftausdrücke nicht genauso gut kenne, dieser … dieser … Wenn's drauf ankommt, kenne ich mehr als er selbst, auf Italienisch und auch in ein paar anderen Sprachen, ich will sie bloß nicht sagen, ich lass mich nicht dazu herab, ihn zu beschimpfen, dieses … Schwein, ja, das mindestens, um nichts anderes zu sagen, Gott vergebe mir und Gott vergebe auch ihm, denn ich bin einfach nicht imstande, es gibt so Tage, da kann ich nicht vergeben und vergessen, es hilft nichts, mir kommt dann immer wieder diese Szene in den Sinn, da unten im … Nein, ich will nicht daran denken, dieser Heuchler, wahrhaftig ein übertünchtes Grab, falsch wie Judas, aber früher oder später erzähl ich das Ganze der Direktorin und Don Traversa, ich sorge dafür, dass er rausgeworfen wird, wir können so einen widerlichen, treulosen Judas hier nicht gebrauchen, weiß Gott, wie der zu uns gekommen ist, und alle vertrauen sie ihm, Semeraro hier, Semeraro da, und entschuldigen ihn, diese ach so wichtige Säule des Hauses, wehe, man sagt etwas gegen ihn, aber ich spreche darüber noch mit dem Bischof, ich erzähle ihm alles, was ich mit meinen eigenen Augen gesehen habe, Himmel, was für eine Szene, und dann auch noch dieses andere Mal in Vezzolano, auch das hat mir ganz und gar nicht gefallen, es war nur ein Augenblick, aber ich hab's genau gesehen, und er hat's nicht gemerkt, er weiß nicht, dass ich ihn da unten mit Seda gesehen habe, und auch bei Seda frage ich mich … Ja gut, einverstanden, Nächstenliebe, Verständnis, nie die Hoffnung aufgeben, nie kapitulieren, aber wenn du gewisse Szenen siehst, dann reicht das nicht mehr, dann kann man nur noch mit dem Herrn Bischof reden, ihm alles erzählen, denn bei Maria Ludovica, wenn es um dieses Schwein geht – ich bin schon drauf vorbereitet –, da ist das dann nur eine fixe Idee von mir, und Don Traversa sagt, ich würde zu wenig Spaß verstehen, das sei doch alles nur zum Lachen, aber *ihn* würde ich gern mal sehen, wenn er die Szene gesehen hätte, die ich gesehen habe, mit meinen eigenen Augen, mein lieber Schwan, da hätte es nichts zu lachen gegeben! Nein, ich ertrage es nicht mehr, das alles für mich zu behalten, ich gehe geradewegs zum Bischof und erzähle es ihm, ich sage ihm ganz ernst, dass die Situation unhaltbar geworden ist, dass einer wie Semeraro ein Judas ist, eine Gefahr für alle unsere Mädchen, Milena eingeschlossen, die arme Milena, und dann muss Seine Eminenz dafür Sorge tragen, dass er aus dem Tempel gejagt wird, der Bischof ist der Einzige, der das vermag, dieses Schwein ist nämlich zu sicher, zu gerissen, überall hat der Kerl Verbindungen, er kennt alle, sogar bei der Polizei, und wenn Seine Eminenz nicht einschreitet …

»Lucia! Lucia! Das ist doch Lucia, guten Tag, Lucia!«

Gütiger Himmel, schon wieder die Journalistin von gestern, frisch wie eine Rose, kommt die schon wieder schnüffeln, na, was ich denn hier draußen mache, auf dem Gehsteig vor der geschlossenen Eisdiele?

»Ich bin nur rausgegangen, um ein bisschen frische Luft zu schnappen, vielleicht einen Kaffee trinken oder so, montags haben sie bei Gelandia zwar zu, aber zum Glück lassen sie die Stühle draußen, die sind nur aus Plastik.«

Da fängt die an zu protestieren, zu insistieren, aber nein, aber nicht doch, ich bin gerade an einer hübschen Bar vorbeigekommen, die hat geöffnet, hundert Meter von hier, na, kommen Sie schon, ich nehme Sie mit, ich komme gerade aus Novara, wollte auf einen Sprung bei Ihnen vorbeischauen, kurz fragen, ob's was Neues gibt, waren die Carabinieri schon da?

Und ob, die sind immer noch da und reden mit der Direktorin und Don Traversa und einem ganz großartigen Mitarbeiter von uns.

Semeraro?

Ja, Semeraro, aber woher wusste die von Semeraro?

Och, sie war ihm gestern Abend begegnet, als sie gerade aus unserem Haus kam, er hat sie aufgehalten, sie haben sogar zusammen eine geraucht.

»Aber er ist so ein … also, offen gestanden, er war mir nicht besonders sympathisch.«

»Wem sagen Sie das.«

»Na, kommen Sie, gehen wir doch schnell einen Kaffee trinken, auf geht's.«

Und dann erzählte sie mir, dass Semeraro sie ebenfalls betatschen wollte, das Schwein. Wieso eigentlich Schwein? Armes Schwein, apropos, da gab's doch einen Heiligen, der immer eines um sich hatte, wie ging die Geschichte noch gleich?

»Sie als Journalistin, vielleicht wissen Sie das zufällig, da gibt's doch so einen Heiligen, vielleicht San Rocco, der immer ein Schwein dabei hat?«

Sie wusste es nicht, Journalistin und hat keine Ahnung. Aber von mir wissen wollen, wie das mit den Fröschen ist, wann man die essen kann, wann Saison ist, aber ich weiß es nicht, ich kann mich nicht erinnern, im Juli vielleicht, ich mache mir sowieso nicht viel draus, im Gegenteil, ich finde sie etwas eklig, all diese Knöchelchen, an denen man nagt und nagt und am Ende hat man fast nichts im Magen.

Wie das denn bei uns im Zentrum mit dem Essen sei, kochen die Mädchen auch selbst? Ja, tun sie, es macht ihnen Freude, ihre Spezialitäten zuzubereiten, ethnische Küche, jawohl, so nennen sie das, ethnisch, aber mir persönlich ist das alles zu pikant, zu stark gewürzt, und außerdem ist fürs Essen Mariuccia zuständig, die, ich sag mal, Frau von Semeraro, sie kommt jeden Tag kochen, Spaghetti, Minestrone, verschiedene Risottos …

»Auch mit Froschschenkeln? *Riso e rane*?«

Ja, sie kocht alles Mögliche, aber nichts Kompliziertes, und sie geht selbst einkaufen, da traut sie keinem, sie nimmt sich unseren Geländewagen und macht die Runde, sie hat ihre Lieferanten, und sie lässt sich von niemandem auf der Nase rumtanzen, sie ist die Einzige, die auch Semeraro den Marsch bläst, ja, die macht ihm Beine, sie triezt ihn, dass es eine Freude ist, und er hat Angst vor ihr, mein lieber Schwan, auch weil Mariuccia eine kräftige Frau ist, einen Sechs-Flaschen-Träger Mineralwasser hebt die mit zwei Fingern hoch, so wie andere eine Schachtel Zigaretten, und wenn Sie mich fragen, ich glaube, manchmal verpasst sie ihm auch eine, sie macht ihm ja fürchterliche Szenen, diesem … Dreckschwein, diesem Judas.

»Warum denn, ist sie eifersüchtig? Auf die Mädchen, meine ich?«

»Na sicher. Und mit Recht, weil …«

»Weil?«

»Also, ich hab ihn nur einmal dabei gesehen, aber das hat mir gereicht.«

»Mit einem der Mädchen?«

»Ja, eine Szene war das, also wirklich, eine Szene … Sie hat vor ihm gekniet, vor diesem Judas, und er …«

»Verstehe. Macht er das mit allen?«

»Ich weiß nicht, sehr gut möglich, auch wenn ich ihn nur einmal in flagranti erwischt habe, aber einmal ist schon einmal zu viel, nicht wahr?«

»Auch mit Milena?«

»Nein, ich hoffe nicht, er wird es wohl versucht haben, aber Milena war … also bei Milena …«

Mir läuft es bei dem Gedanken kalt den Rücken runter, auch wegen der Zitronenlimonade, in die sie mir zu viel Eis getan haben. Von wegen Schwein – das arme Tier –, ein Wolf ist er! Wir halten uns hier einen Wolf inmitten der Schäfchen, jawohl, das ist die Wahrheit, so muss ich es dem Bischof sagen. Raus mit ihm, raus, da ist die Tür, hinfort! Und ich möchte mal sehen, was Mariuccia macht, wenn sie ihn rauswerfen, ich versteh sowieso nicht, warum sie mit so einem zusammenbleibt, sie muss ihn wohl gern haben, oder er ist es, der sie gern hat, er macht ihr ja immer allerlei Geschenke, ein Jäckchen, ein Kettchen, einen Schal, aber die, die wird ihn massakrieren, so viel ist sicher, sie wird ihn windelweich prügeln, den Wolf …

Was es denn da zu lachen gibt, warum ich lache?

»Ach, gar nichts, ich hatte bloß so einen Gedanken, so eine verrückte Idee, ich hab an unsere gute Köchin gedacht, unsere Mariuccia …«

»Die, die mit ihm zusammenlebt?«

Nein, tut sie nicht, er wohnt allein in seiner Höhle da hinten, und Mariuccia lebt mit ihrer Tochter am anderen Ende von Vercelli. Wo? Die Via Molina ganz runter, etwa bei der ehemaligen Tessilform-Fabrik, die Tochter hatte schon als Mädchen Pech, musste mit sechzehn unbedingt heiraten und mit achtzehn war sie bereits getrennt, ihre Mutter hat sie dann wieder bei sich aufgenommen, sie vergöttert sie, arbeitet sich zu Tode, bei uns und in zwei Lokalen, einer Rosticceria und einem Fast-Food-Laden, sie ist ständig auf Achse, die arme Mariuccia – arme Frauen sind wir alle miteinander, Gott segne uns –, denn die Tochter hat jetzt nämlich angefangen zu studieren, sie geht in Alessandria zur Uni, möchte ihren Abschluss in Politische Ökologie machen oder wie das heißt, tüchtig ist sie schon, aber ich glaube, dazu hat sie nicht genug Grips, obwohl, heute bekommt man den Doktor ja nachgeworfen, kein Hahn kräht danach, ob man ihn verdient hat, kein Schwein interessiert sich dafür, aber das Schwein, das Schwein von diesem Heiligen, was macht das überhaupt da, was hat es da verloren? Ich muss das mal Don Traversa fragen, der weiß es bestimmt, aber jetzt vielen Dank, ich geh dann mal wieder zurück ins Haus, nochmals danke und entschuldigen Sie, wenn ich ein bisschen Dampf abgelassen habe, also, auf Wiedersehen. Und der Bischof wird es wohl wissen, oder, das mit dem Schwein?

Die beste Freundin

Liebenswürdig, dieser Carabiniere (oder er hat keine Ahnung von Malerei), aber das Porträt von Fiorenza ist kein gutes Porträt: nach einer Fotografie gemalt, leblos, blass. Das marmorne Obst ist ganz ordentlich geworden, aber dem Rest fehlt das entscheidende Etwas, dieses unbestimmbare Quentchen, das ferne Signalleuchten, das man niemals erreicht. Sicher, ich bin keine Porträtmalerin, das hier habe ich nur für Giacomo gemacht, und er hat es mir auch gesagt, fast zu Tränen gerührt, hat mich dabei umarmt: »Das ist wirklich mit dem Herzen gemalt!« Aber das ist es ja gerade. Die Mona Lisa ist nicht mit dem Herzen gemalt, das Herz hat dabei nichts zu suchen, es gehört nicht hierher.

Nach Fiorenzas Krankheit und Tod habe auch ich mich ganz leer gefühlt, nicht nur Giacomo. Im letzten Jahr hatte ich bei ihnen gewissermaßen ein *pied-à-terre*, eine Zweitwohnung für Notfälle, mein enges, aber reizendes Zimmerchen – ein Dienstbotenzimmer, wenn man so will – unterm Dach, ich hatte mir auch etwas Kleidung mitgebracht und pendelte zwischen zu Hause und dort hin und her. Aber das hat mir nichts ausgemacht. Wenn du einem Menschen sehr nahestehst, der im Sterben liegt, dann bleibt dir kein Raum für Traurigkeiten und Melancholie, du bist einfach da, konzentriert auf den

Morgen, den Abend, die nächste Minute, du musst tun, machen, vorbereiten, Ordnung schaffen. Das Unmittelbare zählt und nimmt dich in Beschlag. Diese Schublade da öffnen. Diesen Vorhang da zuziehen. Diesen Becher da wegräumen.

Natürlich ist eine solche Konzentration kein Vergnügen und auch keine Erleichterung, aber sie räumt einiges an Verwirrungen aus. Man kommt dadurch zum Wesentlichen, das kalt und beklemmend ist, aber doch auch klar, deutlich umrissen, unmissverständlich.

Über derartige Themen sprachen Fiorenza und ich in Zeiten, als wir noch dachten, man könnte herausfinden, wie und wer man wirklich ist. Tief in dir drin, sagte sie, bist du eine Fanatikerin, du bist eine von denen, die alles stehen und liegen lassen und nach Afrika gehen, um Kindern mit weit aufgerissenen Augen die Vesper zu bringen. Und wenn es ein Erdbeben gibt: Worauf wartest du noch, du packst deine Vuitton-Tasche und suchst nach Leichen zwischen den Trümmern.

Eine Fanatikerin? Nein, aber ich habe seit jeher das Faszinierende an solchen endgültigen Entscheidungen gesehen, an der Klausur im Kloster, an der einsamen Höhle in der Wüste. Nur dass es für derartige Entschlüsse, glaube ich, einer sehr ausgeprägten religiösen Motivation bedarf, und die fehlt mir, bei mir geht das nicht über gute Beziehungen zum Pfarrer von Santi Angeli hinaus, ab und zu ein Bazar für wohltätige Zwecke und ähnliche karitative Maßnahmen, Frauennotruf, Krankenbesuche, das Übliche. Auch Geldspenden, ohne dass jemand davon erfährt. Aber damit ist dann Schluss, das afrikanische Kind mit den weit aufgerissenen Augen bekommt von mir keine Vesper, auch weil mir keiner jemals erklärt hat, was dann passiert, wenn ich es gerettet habe: Es wird größer, wächst zu einem kräftigen jungen Mann heran, und der durchquert die Wüste, zahlt die Überfahrt auf einem Schlepperboot und ertrinkt in der Straße von Sizilien. Oder es gelingt ihm zu landen, und dann geht er fröhlich und zufrieden in Kampanien Tomaten ernten, für einen Euro pro Tag. Was soll das für einen Sinn haben? Ich bin nicht auf der Höhe dieser Ungereimtheiten, die überlasse ich den Philosophen und den Herren Pfarrern. Ich halte mich an das Unmittelbare, an das, was ich überblicken kann. An Matti und Tommi, Camillas Söhne, zwei Kinder mit weißer Haut, blondem Haar – der eine ein bisschen mehr –, wohlgenährt und bei bester Gesundheit, nach der Scheidung sind sie bei ihr geblieben, die zwei Süßen.

Da war es nicht schwer, etwas zu bewirken, bei all dem Platz in dem leeren Haus. Giacomo hat ein wenig gezögert, der Schmerz tut einem auch das an, man will nicht mehr loslassen, man würde es als Verrat empfinden, man möchte lieber allein sein und sich in seiner Trauer vergraben. Ich wäre ein jämmerlicher Opa, sagte er, es wäre nicht gut für die Kinder, mich so zu sehen. Aber ich war mir sicher, und auch Camilla zeigte sich einverstanden. So kamen sie alle drei – plus Kindermädchen – unter ein Dach, vorübergehend, versteht sich.

Das Souterrain war perfekt, in weniger als einem Monat hatten wir es eingerichtet, und dann zogen die Kinder ein, Matti – sieben Jahre, Bettgefährte: ein Stoffkamel – und Tommi – fünf Jahre, Bettgefährte: eine Plüschraupe. Natürlich bin ich ausgezogen, aber ich kam fast jeden Tag vorbei, um nach dem Rechten zu sehen. Eva, das Kindermädchen, war so lala, aber der Großvater übernahm vieles, fuhr häufig die Kinder zur Schule und zum Kindergarten, kam früher aus dem Büro nach Hause, um mit ihnen im Garten zu spielen, zog ihnen die Jacken an, brachte sie ins Bett, las ihnen Calvinos Märchen vor, wickelte sie in die Bettdecke, steckte ihnen ein letztes – verbotenes – Stück Schokolade zu. Meine zwei Schlawinerchen. Meine zwei kleinen Männlein. Er scherzte, er war vergnügt, er ließ die alte Schaukel am Hintereingang wieder in Ordnung bringen und schob sie geduldig an, bevor es zum Abendessen ging, hin und her, hin und her. Kreischen, Quietschen, *la joie de vivre*. Er nahm sie sogar ein paarmal mit auf den Golfplatz und ließ sie ein wenig den Schläger schwingen.

Camilla war glücklich und hörte nicht auf, sich bei mir zu bedanken, Papa sei wieder der Alte, ich hätte ihn vor dem Untergang bewahrt. Aber was anderes kam doch gar nicht in Frage, sagte ich, es war doch so naheliegend, unter den gegebenen Umständen.

Eines Abends fand ich sie alle drei, die Kinder und Giacomo, wie sie mit Schaufeln und Harken im Gras wühlten.

»He, wollt ihr den Rasen ruinieren, wollt ihr, dass Dragonero euch ausschimpft!« Ob Gilardo wohl wirklich der Sohn dieses anderen Gärtners in Cavoretto ist? – Nein, sie würden Würmer suchen, Insekten, Ameisen oder eine Maulwurfsgrille, das wäre das Höchste.

»Die gibt's doch hier gar nicht!«

»Wer sagt das denn, man kann nie wissen.«

Ich dachte, es gehe um den Anfang einer entomologischen Sammlung, aber plötzlich fand Matti ein winziges dunkles Tierchen, rannte zu dem gusseisernen Tisch unter der Magnolie und warf es in ein hohes goldumrandetes Glas aus rötlichem Kristall – das Service aus dem späten neunzehnten Jahrhundert.

»Was machst du denn da, bist du verrückt geworden?«

»Jetzt beruhige dich doch, das hab ich ihm gegeben«, erklärte Giacomo und lief hinüber, um es zu holen.

»Siehst du? Wir brauen einen Zaubertrank.«

In dem Glas war allerlei widerliches Zeug, das sie mir stolz aufzählten.

»Erde.«

»Zwei Fliegen.«

»Küchenstaub.«

»Eine Spinne.«

»Maismehl.«

»Verschiedene Ameisen.«

»Ein nicht näher bestimmter Wurm.«

»Eine halbe ausgepresste Zitrone.«

Es fehlten noch Frösche, Kröten, Eidechsen, Mücken, und für das nötige Blut – braucht man unbedingt! – hatte Giacomo ein paar Tropfen gespendet, indem er sich in die Fingerkuppe stach. Er zeigte mir den kleinen roten Einstich am Mittelfinger.

»Ein wunderbarer Trank wird das.«

Euphorisch. Strahlend. Wie neugeboren. Und in dem Moment wurde mir klar, dass der Augenblick für ein kleines Gespräch gekommen war, unter vier Augen.

Die Tochter

Selbstachtung, Selbstachtung, ich kann es nicht mehr hören, dieses Geschwätz von der Selbstachtung, sagte mein Mann – Ex-Mann – Jacopo. Das Wort ging ihm auf die Nerven, diese psycho-wissenschaftliche Wunschvorstellung. Würdet ihr – ich und meine Freundinnen – etwa behaupten, Jeanne d'Arc habe aus Selbstachtung gehandelt? Oder Judith, als sie diesem Holofernes den Kopf abschlug? Oder Lucrezia Borgia, wenn sie ihre Liebhaber um die Ecke brachte? Es gab da ein anderes Wort, das würde den Nagel auf den Kopf treffen: Stolz. In der Geschichte habe es jede Menge stolzer Frauen gegeben, Kleopatra, Katharina die Große, römische Matronen, Dichterinnen, was weiß ich. Jede Menge. Selbstachtung sei ein Wort für frustrierte Weiber, für Hausfrauen: selbstreinigend, selbstbratend, selbstfleckenentfernend …

Richtige Plädoyers waren das, Jacopo ist ja Anwalt. Was nichts daran ändert, dass ich mich aus Selbstachtung für die Scheidung entschieden habe, Kleopatra hin oder her. Der Ausdruck Stolz ist mir zu stark, für mich, für uns, für die Zeiten, in denen wir leben. Und außerdem käme ja auch niemand auf die Idee zu sagen, Tante Irene sei »leicht zu erzürnen«. Allenfalls jähzornig. Schnell eingeschnappt. Eine Zicke, mit Verlaub. Als ich mit Bea über meine mögliche Scheidung sprach, hat sie, soweit ich mich erinnern kann, nichts von Stolz gesagt – wobei sowieso fast nur ich redete.

Und sie, Bea, ob sie wohl stolz ist? Doch, das würde ich schon sagen, so vom Gefühl her. Tatsächlich haben wir, obwohl wir eng befreundet waren und immer noch sind, bestimmte Themen kaum jemals gestreift, bestimmte Dinge habe ich nie anzurühren gewagt. Sie sieht in mir eine Art Tochter, was unsere Beziehung in mancher Hinsicht erleichtert, in anderer Hinsicht aber auch komplizierter macht.

Und dann ist sie ja auch eine wunderbar praktische Frau, sie kommt direkt zur Sache, und man schämt sich immer ein wenig für sein Schwanken, für die Schnörkel, die man macht. Aber was Milenas Todesanzeige betrifft, da schwankt sie selbst gerade ganz schön, fast eine Stunde geht das jetzt schon, dass sie und Papa an seinem Schreibtisch sitzen und sich den Kopf zerbrechen – zwischendurch immer wieder Schweigen. Sie hat – natürlich! – ein Büchlein mit einer Reihe einschlägiger Formeln, ganze Kondolenzschreiben, Glückwunschbriefe und so weiter. Nur passt keine der Vorlagen zu einem derartigen Anlass.

Tragödie, wann, wenn nicht jetzt? Tragisches Ereignis. Tragisches Dahinscheiden. Geben das tragische Dahinscheiden bekannt. Wer? Der Ehemann. Mit Tochter, also mit mir. Mit den Kindern auch? Nein, was haben die damit zu tun. Machen wir es so einfach wie möglich. Ist verstorben – unerwartet? nein –, entschlafen, hat diese Welt verlassen, ist von uns gegangen, Milena Masserano, geb. Martabazu, unsere geliebte, unsere teure, unsere innig geliebte ... In tiefer Trauer geben bekannt. Mehr noch: von Schmerz überwältigt, zutiefst getroffen ... geben die traurige Nachricht, die schmerzliche Nachricht bekannt ...

Aber Schmerz hatten wir schon. Also die betrübliche. Die bittere.

»Etwas möglichst Neutrales wäre gut, etwas, über das man schnell hinwegliest ...«

Papa nickt, zieht an seiner Zigarette. Aber was soll denn neutral sein bei einem solchen Skandal? Denn ein Skandal ist es, daran lässt sich nicht viel ändern. Sämtliche Zeitungen sind voller Fotos von Papa, von dem Graben mit den herumstehenden Carabinieri, von der Villa des Bankiers, von der Bank und natürlich auch von Milena, ein Erkennungsfoto der Sittenpolizei – eine undichte Stelle, für ein Heidengeld von irgendeinem Maresciallo erkauft.

Aber zu Papa dringt das alles nicht durch. Ein unglaublich harter Schlag, ein Schlag, der eine Zeder fällen könnte – wie die, die auf Casimiros Gut stand, bis vor drei Jahren eines Nachmittags ein Blitz ... Weiß Gott, wie Papa sich davon erholen soll, wenn überhaupt, aber noch hält er durch.

»Aber etwas allzu ... Neutrales, wie du das nennst, das wäre ja, als ob wir zugeben würden, dass wir uns schämen, dass ich mich schäme. Und das fände ich unerträglich, niemand soll denken, dass ich ...«

Doch der Satz, der so entschieden, so stolz – schon wieder! – begonnen wurde, bleibt ihm auf der Zunge kleben, wie eine Pille, die so bitter ist, dass man sie nicht schlucken kann. Er schluchzt leise auf, Bea geht in die Küche, um ihm ein Glas Wasser zu holen. Sie lebt allein, mit einer treuen alten Zugehfrau, einer waschechten Kalabresin, die jeden Tag zu ihr kommt. Sie lebt in einer Wohnung, die ihr gleicht, alles in einem grimmigen Weiß gehalten, nur wenige Möbel, ein englischer Schreibtisch, ein seltenes Triptychon von einem berühmten Futuristen, an der Wand gegenüber ein kleines Ölgemälde von einem befreundeten Maler: ein rechteckiger piemontesischer Bauernhof, kupfergrün. Und in einer Ecke eine Bronzestatue aus dem frühen zwanzigsten Jahrhundert, zwei Liebende im Sturm, eng umschlungen – vermutlich Paolo und Francesca. Und dann fast genau gegenüber das »Memento mori«, wie sie es nennt, ein kleines weißes Regal, verziert mit blauen Blumen und rosa Voluten, völlig deplatziert, ein himmelschreiender Fauxpas, mit voller Absicht erworben in einem großen Einrichtungshaus am Stadtrand, das sich *Portaerei del Mobile* nennt – der »Flugzeugträger des Möbels«. Der Name hatte Bea fasziniert, sie musste unbedingt etwas von diesem Flugzeugträger haben, seltsame Frau, die sie ist – aber wer ist das nicht, sagte sie, seltsam sind wir doch alle, meine Liebe!

Sehr raffiniert das alles, sehr elegant, vielleicht eine Spur zu kalt, die Kinder wüssten hier nicht, wo sie sich verstecken sollten, um dem wilden Affenjäger – Papa – zu entwischen. Jacopo will sie noch ein paar Tage bei sich behalten, hat er mir gesagt, und natürlich ist er selbst schon auf die Idee gekommen, die Zeitungen aus dem Haus zu entfernen. Sie haben gebeten, sich von Milena verabschieden zu dürfen, sind aber erst mal mit einer Ausrede abgespeist worden.

Was die Beerdigung angeht, werden wir sehen, ich würde sie eher nicht mitnehmen und Bea sieht das auch so. Aber Papa hätte sie gerne dabei, auch das wegen der Scham-und-Stolz-Geschichte. Ein ganz schlichter Sarg, aber gewiss nicht billig, sonst wäre das ja … Blumen: ein Kranz, natürlich grauenhaft, und ein Bouquet mit … mit was? Mit Rosen? Aber die sind doch unmöglich. Lilien? Noch schlimmer. Mohnblumen? … Soll Bea entscheiden,

Bea wird sich darum kümmern, da kommt sie mit dem Glas Wasser wieder, streicht Papa über die Stirn, er schaut dankbar zu ihr auf. Und ich lasse eine Frage in mir hochkommen, die ich seit Monaten, seit Jahren mit mir herumtrage: Bea und Papa, hatten die eigentlich etwas miteinander, als Mama im Sterben lag? Oder womöglich schon vorher?

Die beste Freundin

Warum fahrt ihr euch nicht den Apfelhain ansehen, sagte Casimiro, jetzt ist genau der richtige Zeitpunkt dafür, alles blüht, ein echtes Schauspiel, das ist die Reise wert. Er ist ausgesprochen stolz auf seinen Hain, die Idee dazu hatte er selbst vor einigen Jahren, und zusammen mit anderen begeisterten Freunden hat er dann fünfzig bis sechzig Apfelbäume gepflanzt – »mit meinen eigenen Händen!« –, lauter verschiedene Sorten, seltene, vernachlässigte, aus dem Monferrato verschwundene Apfelbäume, seinen Pomario. Eigentlich ist ja *pomario* nur ein anderes Wort für Obstgarten, aber er hatte an dem Ausdruck Gefallen gefunden und ihn gewissermaßen französisiert: *pomario* von *pomme*, der Apfelhain. Ein Komitee, er als Präsident. Und zur Erntezeit ein großes rustikales Bankett mit Weinen aus der Region – den seinen – und allerlei Apfelkuchen nicht nur nach einheimischem Rezept, sondern auch in bayerischen, normannischen, amerikanischen, eskimoischen Varianten, kurz, aus aller Welt. Das Stück für soundsoviel, als Unkostenbeitrag.

Das alles wächst aber nicht rings um Casimiros Schloss, sondern bei der Abtei Santa Maria di Vezzolano, ein Dutzend Kilometer weiter, ein halbes Dutzend Hügel rauf und runter. Schloss und Abtei, zwei schöne alte Gemäuer aus rotem Backstein, mehr oder minder aus derselben Epoche, zwölftes oder dreizehntes Jahrhundert, in jener Zeit ist die Datierung immer schwierig, was Casimiro den Gedanken erlaubt – aber er spricht ihn nicht aus –, es sei seine Familie gewesen, die diesen alten Sprengel gegründet hat.

Wir waren alle bei ihm – an das Datum kann ich mich genau erinnern, es war nicht vor tausend Jahren, sondern vor ungefähr einem, am 12. Mai –, Camilla mit den Kindern, Giacomo und ich. Auf dem Schloss befanden sich noch drei weitere Kinder, die von Casimiros Schwester, nicht der lesbischen, die sie alle Baciccia nennen, sondern von der anderen, Giulia. Und so kam es gleich zu einem intersäkularen Krieg mit Pfeil und Bogen, Maschinenpistolen, Schwertern, Raketen, Harnischen und Laserkanonen. Giacomo hätte am liebsten mitgemacht, aber welche Rolle hätte er schon spielen können unter diesen rasenden, atemlosen Schreihälsen? Den alten Magier, auf dessen Orakelsprüche keiner hört? Den tatterigen Piraten, der schon beim ersten Entern den Bauch aufgeschlitzt bekommt? Besser, er begleitete mich, um den spektakulären Apfelhain zu bewundern, ein großes Feld zu Füßen der Abtei, das jahrzehntelang brachgelegen hatte und dann von Casimiro und seinen Getreuen urbar gemacht, gedüngt und wiederbelebt worden war. Auch Giacomo sitzt im Komitee, und so öffnete uns die Wärterin – eine zahnlose Irre, gekleidet wie ein Blumenkind – die Tür, die aus dem Kellergeschoss der Abtei ins Freie führt, und ließ uns in das magische weiße Rechteck eintreten. Es war die Reise wert, keine Frage. Eine Blütenwolke über uns, Reihe um Reihe, ein Blütenteppich unter unseren Füßen.

Den Kindern würde das auch gefallen, sagte Giacomo. Die Wahrheit ist, dass sich die Kinder überhaupt nicht um Blumen scheren, nicht mehr als um irgendwas sonst, was ihnen unter die Augen kommt, ob Kieselsteine, Wendeltreppen oder Käfer. Aber Giacomo hat das Gefühl, er würde den Kindern, seinen Enkeln, etwas schulden – oder nein, das ist es nicht, er ist ihnen dankbar, unendlich dankbar –, weil sie ihm geholfen haben, die Trauer zu überwinden. Das war bei ihm keine persönliche Wiedergeburt, eher schon eine kosmische Exhumierung: Da sind sie wieder, die Sterne, das Meer, die Katzen, die Spinnen aus dem geheimen Trank, die zahllosen Bruchstücke des Universums, ausgegraben nach den schrecklichen Jahren von Fiorenzas Krankheit und Tod. Alles frisch, alles wundervoll, alles wieder da, um noch einmal entdeckt und geteilt zu werden. Aber nicht mit mir, nicht mehr mit mir.

Ich habe ihn am Arm gefasst, den lieben Giacomo. Kein Mann der Worte, eher unbeholfen beim Reden. Ein einfacher Mann, alles in allem, lesbar auch ohne Brille. Fiorenza starb langsam mit ihrem Lächeln ohne Sinn, ohne Rückkehr, und er stand da und starrte sie an, zermartert von seiner Hilflosigkeit, er hatte seine Gesten den ihren angepasst, lächelte mit der gleichen Grimasse, imitierte sie in ihrer millimetrischen Langsamkeit, nie gab es einen Ruck, eine brüske oder ungeduldige Bewegung. Doch außerhalb ihres Zimmers hielt er sich nicht mehr zurück, da explodierte er, ich konnte sehr gut sehen, dass ihn diese eiserne Selbstbeherrschung zu ersticken drohte.

Es ist alles von mir ausgegangen, als er eines Abends zu mir zum Essen kam. Er kam häufig, von Restaurants und Trattorien wollte er nichts wissen, er hätte es schrecklich gefunden, zufällig auf Bekannte zu treffen und sich verstellen, den stoischen Ehemann geben zu müssen.

Von Verführung kann nicht die Rede sein, da war nichts von Verführung. Sicher, ich habe den Augenblick kommen sehen, ich habe ihn sogar herbeigewünscht, ich trug mein langes, vorn geknöpftes Kleid und darunter nichts, um es ihm leichter zu machen. Und dann bin ich einfach vom Sofa aufgestanden, von diesem Sofa hier, habe ihn an der Hand genommen und ins Schlafzimmer geführt, wo er sich jetzt hingelegt hat, um kurz auszuruhen. Keiner von uns beiden hat auch nur ein Wort gesagt.

Nutte, Flittchen. Das, während er sich aus den Kleidern wand, während er sich über mir frei machte. Aber nicht, weil ihn das erregt hätte oder weil er mich hätte beleidigen wollen, der arme Giacomo. Er wollte damit nur sagen, dass er in jenen Tagen schlicht eine Nutte brauchte, nicht mehr und nicht weniger. Aber zu den Nutten im Pellerina-Park zu gehen, das wäre nicht seine Art gewesen, und schon gar nicht – eine entsetzliche Vorstellung – in ein illegales Bordell, in irgendein aufgetakeltes kleines Appartement mit Puppe auf dem Bett.

Am Ende hat er sich auf den Ellenbogen gestützt, mir einen Kuss auf die Stirn gedrückt, ein paar Tränen vergossen und ist zur Seite gerutscht. Wir haben nicht darüber geredet, aber wir wussten, dass es kein Ehebruch war und kein Betrug. Mit Sex – ein widerlicher Ausdruck – hatte es nichts zu tun. Könnte man es als eine Art Ausbruch bezeichnen? Ja, aber in einem emotionalen oder vielleicht therapeutischen Sinn. Ich jedenfalls sah darin ein unendlich zartes Zusammentreffen zweier Umlaufbahnen des Schmerzes, zweier Ellipsen der Trauer, der Beklemmung, des Mitgefühls rings um unsere teure Fiorenza. Kann man so etwas Liebe nennen? Ich sage, ja, in dieser Hingabe lag eine heilige Intensität, wie im Himmel, so auf Erden, das kam mir tatsächlich in den Sinn. Und stets in dieser stummen, konzentrierten Art und Weise, wie zwei

Menschen, die auf derselben Bank knien und beten – ja, beten –, immer unter völliger, brennender Hingabe des Geistes – nicht des Leibes! nicht des Leibes! –, so haben wir uns weiter getroffen, zwei- oder dreimal pro Woche oder auch jeden Abend, oder wir ließen mehrere Tage verstreichen, wie zum Beispiel in Boston, in denen wir nur mit Blicken zueinander sprachen.

Als Fiorenza starb, war alles vorbei, Wochen vergingen, Monate, und Giacomo kam nicht mehr zum Abendessen, er nahm fast nichts mehr zu sich, blieb im Büro sitzen oder zu Hause, in sich gekehrt wie eine Schlange, die sich in unentwirrbaren Spiralen lethargisch zusammenrollt. Wie lange dauert der Winterschlaf einer Schlange?

»Es tut einem fast leid, auf die Blütenblätter zu treten.«

»Mhm.«

Es war unser erstes Tête-à-Tête seit Monaten.

»Giacomo …«

Ich drückte seinen Arm, er schwieg. Ich blieb stehen und hob die Hände zu seinem Gesicht.

»Nein, Bea. Nein, bitte.«

»Aber ich wollte dir doch nur die Blüten abstreifen, du bist ganz weiß, du siehst aus wie ein polynesischer Medizinmann.«

Und wie ich da vor dem Medizinmann stand, sagte ich ihm, ich würde es sehr wohl verstehen, mir sei schon klar, dass das, was bei mir in der Wohnung geschehen war, so nicht weitergehen konnte, dass Fiorenzas Tod ein Ende war, eine Grenze.

»Ich habe heute noch Schuldgefühle«, sagte er. »Jetzt noch mehr als damals.«

»Aber nein, was redest du da von Schuld. Wir haben das im schönsten, im edelsten Sinne getan.«

»Nennen wir die Dinge beim Namen«, sagte er und lachte höhnisch auf. »Ein Fick ist ein Fick. Wir haben sie betrogen, unsere geliebte Fiorenza, wir haben ihr Hörner aufgesetzt, das ist die Wahrheit. Während sie dahinschwand, hatten wir's mit der 69 und allen anderen Losnummern, das ist die verdammte Wahrheit.«

Wütend, rachsüchtig, er wollte alles kaputt machen, es so verzerren, dass man es aus der schlüpfrigsten, abstoßendsten Perspektive sah. Der reuige alte Sünder zu Füßen der alten Abtei.

Aber nein, Giacomo, nein, nein und wieder nein, so ist es nicht gewesen, protestierte ich. Es war ein Moment der Verzweiflung, wir haben etwas Verzweifeltes, aber auch sehr Schönes getan, Fiorenza hätte das verstanden, sie hätte gesagt …

Sie hätte gesagt, zischte er, ein Ehemann, der nicht das geringste Feingefühl hat, nicht mal den normalen Anstand, sich gegenüber der besten Freundin seiner Frau zusammenzureißen, ein Riesenarschloch, das die erstbeste Nutte vögelt, die ihm vor die Flinte kommt. Das ist die Wahrheit, Bea.

Eine leichte Brise war aufgekommen, und der Blütenregen wurde immer dichter. Still gingen wir darunter weiter, es schien mir ganz wie ein Segen, eine blütenreine Absolution.

»Ich habe sie betrogen und dich erniedrigt. Ich komme mir vor wie ein Wurm.«

»Aber nein, Giacomo, ich fühle mich nicht erniedrigt, überhaupt nicht.«

»Wie ein Tier.«

»Aber es ist doch gar nichts Tierisches daran, ist es nie. Das findet doch alles nur im Kopf statt, kannst du das denn nicht sehen? Begreifst du nicht, dass das alles nur im Geist geschieht?«

Aber es war sinnlos, mit Schuldgefühlen lässt sich nicht verhandeln, nicht argumentieren. Nicht einmal mit den eigenen, auch wenn ich außerstande war, Schuld oder Gewissensbisse zu empfinden, ich konnte wirklich nichts Obszönes, Animalisches, Niedriges darin erkennen.

»Ich hoffe jedenfalls, dass unsere Freundschaft nicht daran zerbricht«, sagte ich lächelnd.

»Aber nein, auf keinen Fall! Du bist für mich eine ganz besondere Freundin, eine außergewöhnliche Frau.«

»Als Nutte vielleicht«, antwortete ich immer noch lächelnd.

Er drückte meine Hand, legte mir den Arm um die Schultern.

»Ach, was redest du da, was soll das, das war eben eine … Episode, die wir beide hinter uns lassen müssen, so als wäre sie nie geschehen, tot und begraben. Freundschaft ist Freundschaft, die Zuneigung bleibt dieselbe, weil schließlich … Schließlich kannst nur du mir …«

Er verschränkte seine Finger mit meinen. Was konnte nur ich ihm? Er fand keine Worte dafür, der arme Giacomo, oder genauer, er fand sie, nur leider die falschen.

»Du bist noch immer so schön.«

Und dabei hielt er mich auf Armeslänge, um mich besser ansehen zu können.

Was sollte das heißen, »noch immer«? Noch zwei oder drei Jahre? Ein Dolchstoß.

Er wechselte das Thema, versuchte, die Ungezwungenheit zurückzugewinnen. Wenn wir schon hier waren, warum nicht kurz in die Abtei gehen und einen Blick auf den Bogengang werfen?

»Ach, der Narthex, der berühmte, geheimnisvolle Narthex.«

»Warum nennst du ihn so?«

»Keine Ahnung, Casimiro nennt ihn so oder auch Lettner, müssen wohl Fachbegriffe sein. Er schleppt immer Leute her, um ihnen das Prachtstück zu zeigen, mich eingeschlossen. Nein, mir ist jetzt nicht nach dem Narthex zumute, gib mir die Schlüssel, ich fahre.«

Eine schwere metallicfarbene deutsche Limousine, ein Bankiersauto. Aber dann ist mir in einer Kurve plötzlich der Fuß vom Pedal gerutscht, wir gerieten ins Schleudern und kamen fast von der Straße ab, ich konnte gerade noch bremsen.

»Wie fährst du denn, Bea?«

»Entschuldige, der Wagen ist ein bisschen schwer für mich, ich bin das nicht gewohnt.«

Unter uns schlängelte sich die Straße dahin, sehr eng, steile Kurven und Gegenkurven wie in der Zeichnung eines Kindes oder von Giotto, bis hinunter ins Tal, das rot von Mohn war.

»Wir hätten da runterstürzen können, stell dir das mal vor.«

»Bea, was redest du da für Unsinn.«

»Na ja, ist doch nicht übel, so ein Mohnfeld. Besser als das Blechknäuel auf der Autobahn, wenn's mal zu Ende geht.«

»Bea, mach keine Witze, lass mich weiterfahren.«

Ich rutschte auf den Beifahrersitz, während er ausstieg und sich hinters Steuer setzte. Er streichelte mir die Hand und sagte, er habe mich lieb.

»Ich dich auch, ich dich auch.« Und das werde ich dir beweisen, lieber Giacomo. Auch jetzt, noch immer.

Die Journalistin

Zwei Zimmer im Hochparterre eines Sozialbaus, zwei geranienbesetzte Fenster, die zu der leer stehenden Fabrik hinausgingen. Dort wohnte die Köchin aus dem Resozialisations-Zentrum. Die Köchin war nicht daheim, dafür aber ihre Tochter.

»Lucia vom Zentrum hat mich hergeschickt.«

Sie hob das Kinn, stand regungslos in der Tür, eine Hand oben am Türpfosten, um größer zu wirken. Ein laufender Meter im roten Top, die Buchstaben STAFF über den Titten, ausgefranste Jeans, nackte Füße.

»Und worum geht's? Was ist los?«

Als ich ihr erklärte, dass ich vom Fernsehen sei und mit ihrer Mutter oder auch mit ihr über Milena sprechen wolle, sagte sie »Na gut« und ließ mich rein. Esszimmer mit Kochnische und ein starker Kaffeegeruch, der zwischen den orange gestrichenen Wänden hing. Auf dem Tisch stapelten sich Bücher, Fotokopien aus Büchern und Vorlesungsskripte, und daneben hatte sich das Mädchen eine Ecke für ihr Mittagessen frei gemacht: ein Joghurt und ein weich gekochtes Ei, dazu ein paar Streifen Vollkornbrot zum Tunken, die schon auf einem gebundenen Buch bereitlagen.

»Entschuldige, aber ich kann dir nichts anbieten, das ist mein ganzes Mittagessen, um drei hab ich 'ne Vorlesung. Höchstens einen Kaffee, wenn du willst …«

Sie wandte sich wieder ihrem weichen Ei zu, schlürf schlürf, und fragte mich dabei nach meiner Arbeit, sie selbst wolle ihren Abschluss an der Uni Alessandria machen, in Neuer Politischer Ökonomie oder so, und danach hoffe sie, irgendeinen Recherchejob bei einem Fernsehsender zu bekommen, selbst wenn sie ganz unten anfangen müsste, das wäre ihr Traum. Was sollte ich machen, sollte ich ihr erklären, worin unsere Arbeit tatsächlich besteht, ganz unten? Sollte ich ihr die Illusionen rauben, was den Glanz von Ekel-TV oder Tele-Rinnstein betraf? Aus irgendeinem Grund tat mir das Mädchen leid. Oder vielleicht tat ich mir selbst leid. Vanessa hieß sie. Sie hatte gut ein Pfund Ringe an den Fingern, schmale und dicke, billigen Modeschmuck, dazu schlecht lackierte Nägel. Auf geht's, Vanessa, jetzt ist der Joghurt dran.

»Lucia hat mir erzählt, dass du mal verheiratet warst.«

Ein höhnisches Schnauben. Dieser Rumgammler, dieser Penner. Aber dann, etwas studentinnenhafter: »Letztlich war er einfach einer, der sich nicht eingliedern konnte. Einer, der nichts zu Ende bringt, immer einen Schritt vor dem Ziel und dann ... heiße Luft, null komma gar nix.« Zurück im Esszimmer: »Jedenfalls hat er nie was auf die Reihe gekriegt.«

Mit einer Papierserviette wischte sie etwas Ei von einem Buchrücken.

»Ich weiß, wie das ist, ich hab das auch durchgemacht. Du bist ein Spezialist für Reinfälle, hab ich ihm in zärtlichen Momenten gesagt, wenn wir zu zweit in der Badewanne lagen. Zum Glück hatten wir keine Kinder.«

»Ich auch nicht.«

Also sorgte nun die Mutter, die Köchin, für ihren Unterhalt. Sie hatte oft von dieser Milena gesprochen, aber

Vanessa hatte sie nie kennengelernt, sie kannte sie nur von einem Foto, es hing noch drüben, wenn ich wolle, könne sie es holen gehen, das Foto von der rauschenden Hochzeit auf dem Schloss.

»Ich komme mit.«

»Entschuldige die Unordnung.«

Das vollgestopfte Zimmer war eine einzige Bonbonschachtel in Altrosa und enthielt einen dreitürigen Schrank, zwei ungemachte Betten, getrennt durch einen »Perser«-Teppich, dazu ein Tischchen mit Nähmaschine, eine Art Bettdecke, die achtlos über einem Stuhl lag, und ein Wandregal neben dem Fenster.

»Da, schau.«

Es war ein schönes Foto, klassisches Kabinettformat im durchsichtigen Plastikrahmen: Vor einer zur Hälfte von Schlingpflanzen überwucherten Backsteinmauer standen etwa ein Dutzend Personen. In der Mitte die Braut, wirklich wunderhübsch, in einem ebenso wunderhübschen eisblauen Kleid, offensichtlich ein Designerstück, dazu ein offensichtlich gekünsteltes Lächeln, das jemand mit dem Korkenzieher aus dem Hals irgendeiner Unglücksflasche gezogen hatte. Arme Milena. Ihren Ehemann, den Bankier, erkannte ich sofort, sein Gesicht war ja oft in der Zeitung zu sehen. Ein gut aussehender Mann, groß, schlank, den Arm um ihre Schultern gelegt. Kein Lächeln, aber die Augen voller Selbstgewissheit und Genugtuung, vielleicht auch Erleichterung: der Golfball, der endlich eingelocht ist.

Und dann war da Lucia, im siebten Himmel, mit einem schwarzen Strohhut auf dem Kopf, da waren zwei Damen ohne Kopfbedeckung, da war Don Traversa, da war auch Semeraro im dunklen Anzug mit Krawatte, da waren zwei weitere Gäste – einer davon sicher der Schlossherr – und schließlich ein Priester, der Dorfpfarrer.

»Schönes Foto, schönes Fest.«

»Aber es waren noch viel mehr Leute da, meine Mutter hat irgendwo ein ganzes Album liegen.«

»Gut hundert Gäste«, ließ sich Semeraro von der Tür aus vernehmen. »Eine richtig große Fete.«

Er hatte den Schlüssel zur Wohnung, er war gerade hereingekommen.

»Sieh an, die Journalistin, so trifft man sich wieder. Wie war's in Novara, gut geschlafen?«

»Ausgezeichnet, danke.«

»Bist du so weit?«

Also war er es, der Vanessa zur Uni nach Alessandria brachte.

»Nein, ich muss mich noch umziehen, geh mal nach nebenan.«

Semeraro verkrümelte sich brav und machte die Tür zu, bis auf einen Spalt. Mit einer einzigen Bewegung zog sich Vanessa das rote Top über den Kopf, dann streifte sie mit zwei Hüftschlenkern die Jeans ab. Jetzt stand sie in BH und Tanga da. Es war ein Push-up-BH, aber da gab es nicht viel zu pushen, weder rauf noch runter. Und ihre Beinchen waren wirklich Beinchen, der kleine Hintern nichts als ein kleiner Hintern, über dem man den Gürtel nicht eng genug schnallen konnte.

»Und jetzt?«

Sie nahm vom Stuhl, was vorher wie eine Bettdecke ausgesehen hatte, es war wohl ein Kleid.

»Dieser Vollidiot.«

Semeraro hatte ihr das Kleid geschenkt, aber leider hatte er mit den Maßen völlig danebengelegen, und jetzt musste ihre Mutter es um zehn Zentimeter kürzen, eine Heidenarbeit.

»Schau dir das an.«

Das bereits abgetrennte Stück lag auf der Nähmaschine. Vanessa hob es mit spitzen Fingern hoch, hielt es mir unter die Nase. Wusste der Vollidiot etwa nicht, dass sie nur 1,57 groß war und dass ein so langes Kleid, wenn es am Boden entlangschleift, alles mitnimmt, was auf dem Gehsteig liegt, Kippen und Kaugummis, jeden Dreck?

»Na ja, ich hab's halt in Biella auf dem Markt gekauft, es war das letzte, das sie im Angebot hatten.«

Semeraro linste durch den Türspalt.

»Ein Markenartikel, ein echtes Schnäppchen.«

»Das ist so falsch wie du, was glaubst du denn. Und wenn du mich mitgenommen hättest, hätte ich gleich gesehen, dass es nicht passt.«

»Aber das Bocciaturnier hat dich doch gar nicht interessiert!«

Am Samstag war er zu einem Bocciaturnier nach Biella gefahren und hatte sie nicht eingeladen.

»Du hättest mich trotzdem fragen sollen, rein aus Respekt, wann kapierst du das denn endlich!«

Semeraro hatte zwei Schritte ins Zimmer gemacht, jetzt riss er ihr den grünlichen Fetzen aus der Hand und wurde laut. Immer sind sie beleidigt, schrie er los, immer kommen sie einem mit diesem Scheißrespekt! Du streichst ihnen das Zimmer, wie sie sich's wünschen, du wirst halb wahnsinnig, bis du den richtigen Farbton gefunden hast, du machst ihnen kleine Geschenke, kutschierst sie in die Uni und zurück, besorgst ihnen Mangos und Papayas, und sie sind trotzdem beleidigt wegen nix und wieder nix, sie gehen dir immer gleich an die Gurgel. Nichts kann man ihnen recht machen, immer gibt's was zu meckern, immer ziehen sie eine Schnute, machen auf empfindlich, auf zartfühlend …

»Wir sind nun mal sensibel, mein lieber Herr Grobian«, sagte Vanessa, während sie in eine Jeans stieg, die sich von der ersten kaum unterschied.

»Ihr wartet doch alle nur, dass es euch mal einer richtig besorgt!«, schrie der Grobian.

»Aber sicher nicht so einer wie du«, fauchte Vanessa.

Sie war es, die ihm den Marsch blies, nicht die Köchin. Und dabei sah sie mich an, rückte ihren Push-up-BH zurecht und zwinkerte mir zu. Wir befanden uns also noch in der Phase der Provokation, der gute Semeraro hatte es noch nicht geschafft, sich diesen ein bisschen knochigen, ein bisschen knirschenden Happen einzuverleiben. Tochter und Mutter: Bestimmt gefiel ihm vor allem dieser Gedanke, dem Schwein des Heiligen. Oder vielleicht stellte sich noch heraus, dass er sich tatsächlich hoffnungslos verliebt hatte – alles ist möglich, sogar dass es Gott gibt, hat dieser Ex von mir immer gesagt, der mit den religiösen Anwandlungen. Sie streifte sich ein megakurzes T-Shirt über, schneeweiß, vorne drauf BÖSES MÄDCHEN, hinten SELTSAM, und unter dem T-Shirt der übliche freie, *urbi et orbi* gespendete nackte Bauchnabel. Laufschuhe oder Sandalen mit meterhohen Absätzen?

»Jetzt komm schon, wir haben fünfzig Kilometer vor uns.«

Sandalen.

»Aber ich muss noch die Geranien gießen.«

»Das mache ich heute Abend. Komm jetzt endlich.«

Semeraro schob sie in einen kleinen, staubigen schwarzen Toyota-Jeep – gehört der ihm oder dem Zentrum? –, und weg waren sie, unterwegs zu den Quellen des Wissens. Aus einem hohen Fenster ohne Scheibe und Rahmen in der verlassenen Fabrik beobachteten uns drei Afrikaner, große, stämmige Gestalten in ihren bunten Umhängen, mit trägen, gleichgültigen Augen.

Die Tochter

Die zwei Bergmänner aus der Goldmine klopften erschöpft und durstig an die Wirtshaustür, und aus einem Fensterchen sah die Wirtin heraus, begrüßte sie mit großer – vielleicht übertriebener – Herzlichkeit, bat sie, es sich bequem zu machen, ließ sie lächelnd und dienernd auf einer roten Bank Platz nehmen, goss ihnen etwas in die zu Bechern geformten – rechten – Hände. Arglos tranken die beiden. Kurz darauf überkam sie eine unüberwindliche Müdigkeit, sie sanken auf zwei winzige Betten nieder, und die Wirtin beeilte sich, ihnen die Säckchen mit Gold- und Silbernuggets aus der Linken zu ziehen. Schon wollte sie mit ihrer Beute fliehen, aber sie hatte die Rechnung ohne den Sheriff gemacht, der plötzlich in der Tür stand, sich bückte, um eintreten zu können, flugs begriff, was da gespielt wurde, den beiden Goldsuchern ein Gegenmittel spritzte, um sie aus dem Koma zu wecken, Gold und Silber an sich nahm und die Wirtin in Handschellen abführte.

»Die betrügerische Wirtin«, so hatte Papa das Spiel getauft, das er selbst, Matti, Tommi und die Wirtin Milena erfunden und mit der Zeit immer weiter verfeinert hatten.

Eva, das So-lala-Kindermädchen – wirklich nur so lala, aber wer traut sich schon, eine wegzuschicken, wenn man

Pech hat, ist die Nächste noch schlimmer –, war im Juni gegangen. Im Juli sollten die Kinder mit ihrem Vater, dem großen Segler, meinem Ex-Mann, drei Wochen auf einem Boot verbringen – griechische Inseln –, was dann klugerweise auf zwei Wochen verkürzt wurde. Und am Ende des Monats wieder Turin und von da aus nach Courmayeur, wo es immer nur regnete.

Irgendwann in dieser Zeit hat Beatrice Milena gefunden. Wie genau? Nun, Referenzen von den Merzaris, die in die USA zogen: Gold wert, angenehmes Äußeres, freundlich, arbeitsam. Ebenfalls wärmstens empfohlen von einer Freundin Beatrices aus Mailand, Maria Ludovica, der ich schon ein paar Mal begegnet war. Außerdem war da noch dieser Priester aus Novara oder Vercelli, Don Traversa, einer von denen, die Immigrantinnen unterstützen. Im Übrigen, wenn dir das Wasser bis zum Halse steht, siehst du dir nicht so genau an, wen du dir ins Haus holst. Klingt verrückt, aber es ist so.

Die Hütte hatte Papa aus einem bestens sortierten Laden in der Via Cernaia, und er war die ganze Zeit dabeigeblieben, während die beiden Arbeiter sie im Garten aufstellten, unter der zweifarbigen Buche. Ein Prachtstück aus Spanplatten, so bemalt, dass die Wände aussahen wie Kiefernbretter und das Dach wie Schiefer. Aus Kanada, hieß es. Eine niedrige Tür und zwei einflügelige Fenster mit Schießscharten, durch die man ein Gewehr schieben konnte, wenn Bären, Tiger, Indianer oder Weltraummonster auftauchten. Und zwei Liegen, nicht mal 1,50 Meter lang, auf die sich Matti und Tommi warfen, wenn es ein Unwetter gab, und dann lauschten sie, wie die Regentropfen auf das Dach klatschten, und fühlten sich beschützt im Herzen des Urwalds.

»Los, raus da, kommt her, man stellt sich nicht unter Bäume, wenn es so regnet, da kann der Blitz einschlagen!«, rief Milena und versuchte, die beiden nach draußen zu zerren.

»Dann bauen wir halt einen Blitzableiter!«, protestierten sie.

Die Wirtin hielt ihr Haus gut in Schuss, sie sorgte für Ordnung, hatte diverse Plastikhaken an den Wänden angebracht, sodass man Pfeil und Bogen, Wasserpistolen, Kostüme und Umhänge aufhängen konnte, und abends häkelte sie zwei Patchworkdecken für die Bettchen der beiden Bergmänner. Ein Familienbild, ein Idyll wie aus dem neunzehnten Jahrhundert, und durch den Lampenschirm fiel das Licht auf die eifrigen Hände.

War es das, was Papa so berührt hat? Ab und zu sah er von seiner Zeitung auf, sah Milena an und sah dann lächelnd zu mir. Aber wer hätte *damit* gerechnet? Ich hatte nicht den geringsten Verdacht, nicht die kleinste Vorahnung. Einfältig bis zur Blödheit – aber auch mit Jacopo war es ja so gewesen: chronische Blindheit.

Dann kam eines Abends kurz vor dem Essen der Sheriff – er hatte sich sogar einen Blechstern besorgt – einen Moment zu spät an die Tür, die Wirtin entwischte ihm, er verfolgte sie durch den Garten, mit wehenden Plastikhandschellen, packte sie von hinten, drückte sie an sich, ein klein wenig zu lange. Nimm sie fest, nimm sie fest, sie hat uns betrogen, kreischten die Bergmänner in heller Aufregung. Dann musste er ihr ihre Rechte vorlesen: Alles, was Sie sagen, und so weiter. Aber er war rot im Gesicht und Milena auch. Kann ich behaupten, dass ich es da schon begriffen oder wenigstens geahnt habe? Vielleicht ja, aber nur auf die ungreifbare, kaum auszudrückende Weise, in der man solche Dinge erfasst. Bei Tisch war Papa dann ganz übermütig, sie dagegen stumm.

So ist es gewesen, soweit ich die Ereignisse im Nachhinein rekonstruieren kann.

Papa hatte sich mit sechzig in das einundzwanzigjährige Kindermädchen vom Balkan verguckt. Die reinste Katastrophe. Und der reinste Egotrip, denn was mir als Erstes durch den Sinn schoss, war offen gesagt Folgendes: Herrje, was für eine Bescherung, die war doch genau die Richtige, und jetzt muss ich sie rauswerfen, jetzt kann ich mir schon wieder eine andere suchen, von null anfangen, was für ein endloser Ärger, hört diese Quälerei denn niemals auf! Ich gehe zu Bea, sagte ich mir. Und hier, auf genau diesem Sofa, auf dem ich jetzt sitze, habe ich mit ihr Tee getrunken – Grüntee – und ihr die ausgesprochen lästige Neuigkeit anvertraut.

Die Carabiniera

Nein, das Kleid hätten sie nicht gefunden, sagte Gilardo, aber den marmornen Apfel schon.

»Komm, ich zeig ihn dir.«

Vor der Villa stand noch ein Grüppchen Journalisten, Fotografen und Kameraleute, aber die Reihen hatten sich schon sehr gelichtet und keiner hatte mehr Schaum vor dem Mund, Hunde ohne Hunger, ermattet, antriebslos. Alle hielten sich die Handys ans Ohr und redeten. Der Staatsanwalt, der Capitano und der Bankier waren bereits am frühen Nachmittag gekommen und schon wieder gegangen, die Meute war zurückgeblieben und wartete.

Ich beneide sie ja nicht, diese Sklaven der »Echtzeit« – ein idiotischer Ausdruck, der, glaube ich, so viel wie »gleichzeitig« heißen soll. Während das Ereignis sich abspielt, stehe ich hier bereit und sehe es, filme es für euch. Und derweil warten sie, die Rücken werden rund, während sie eine Stunde, drei Stunden, acht Stunden warten und die echte Echtzeit ihnen wie Wasser zwischen den Fingern zerrinnt. Und wenn ich mir dann mal meine eigene Echtzeit objektiv anschaue? Stunden, Wochen, Monate des Wartens in einem Auto, einem Streifenwagen, hinter einem Fenster, das Ohr stets ans Funkgerät oder ans Handy gepresst. Nach über ein Jahr dauernden Ermittlungen hat die Polizei einen Drogenring zerschlagen … Aber war dieses Jahr jetzt Echtzeit oder nicht?

Er sagt: Ja, für uns geht's nämlich darum, echte Menschen auf frischer Tat zu ertappen, Diebe, Räuber, Dealer, Mörder, während diese armen Hunde da draußen nur auf den Augenblick warten, wenn auf einem goldenen Strand eine überbezahlte Niete eine überbezahlte Null abknutscht. Tratsch, es gibt nichts Überflüssigeres.

»Kopf einziehen«, sagte Gilardo.

Die Tür war für kleine Kinder gebaut, wie die Hütte insgesamt. So eine hätte ich auch gern gehabt, als ich sechs war, da konnte ich mit meinen Puppen höchstens unter den Küchentisch kriechen.

»Soll das jetzt der Tatort sein?«

»Wissen wir noch nicht«, sagte Gilardo. »Mal sehen, was die vom Labor dazu sagen.«

»Und der Modus Passierendi, wie siehst du den?«

»Sie haben sich die junge Frau im Haus gegriffen, haben sie betäubt, vermutlich, indem sie ihr den Apfel gegen den Hinterkopf geschlagen haben, und dann nach draußen geschleppt. Kann sein, dass sie sie genau hier in dieser Hütte erst aus- und dann wieder angezogen haben.«

»Erwürgt auch?«

»Das wissen wir noch nicht, aber es wäre der ideale Ort dafür, oder?«

»Und den Apfel haben sie weggeworfen?«

»Oder er ist ihnen in der Eile aus der Hand gerutscht, er lag da drüben unter dem Feldbett.«

»Aber wenn sie sie hier ausgezogen hätten, müsste das Kleid hier irgendwo sein.«

»Ist es aber nicht, was soll ich dazu sagen.«

An den Wandhaken hingen alle möglichen Kostüme,

Zorro, Pirat, Cowboy, Astronaut, Wikinger, aber kein Frauenkleid. Muss toll sein, in einem reichen Haus aufzuwachsen und als Kind so viele Spielsachen zu haben, all die Geschenke frei Haus, in Echtzeit. Ich will D'Artagnan! Bitte schön, hier hast du D'Artagnan, mein Schatz.

Ich sagte das zu Gilardo, der zuckte mit den Schultern.

»Ich hab mich auch so amüsiert, hab halt genommen, was da war, in dem Alter spielt Geld doch keine Rolle. Wenn du keine Pistole hast, tut's auch die Hand, du streckst den Zeigefinger aus und rufst Hände hoch, peng!«

Ich ließ mich auf die kurze Liege fallen, schloss die Augen ... Die Uniform, die Dienstwaffe, die Ordnung, die Befehle. Komm sofort zum Capitano. Fahr nach Vercelli. Überprüf diesen Schrotthändler. Red mit diesem LKW-Fahrer. Überwach diese Autobahnraststätte. Warum nur waren die zwei Riesenkerle, die aus der Raststätte kamen, »realer« als die zwei knutschenden Idioten auf dem goldenen Strand?

»Ich kann nicht mehr, Gilardo. Ich bin völlig erschlagen.«

»Sollen wir irgendwo hingehen, in ein kleines Lokal, vielleicht was essen?«

»In dem Viertel hier gibt's keine kleinen Lokale«, hauchte ich mit letzter Kraft.

»Tja«, seufzte Gilardo.

Auch er sank schwer auf das andere, parallel stehende Feldbett; dann richtete er sich wieder auf.

»Aber drüben sind doch zwei Peruaner oder Kolumbianer, die Köchin und der Hausdiener, sollen die uns ein Sandwich machen. Sie haben einen ziemlichen Bammel vor uns, aber ein Sandwich ...«

»Wo waren sie zur Tatzeit?«

Da war er wieder, der Übereifer, der ganz überflüssige, reflexhafte Eifer, um den niemand gebeten hatte.

»Bei irgendeinem Fest mit anderen Peruanern, die haben doch immer einen Haufen Verwandte, alle möglichen Geburtstagsfeiern.«

Ich hatte noch immer die Augen geschlossen, aber der Eifer, obwohl schlummernd, sprach weiter, breitete sich aus.

»Seltsam ist das ja schon, eine seltsame Geschichte.«

Ich öffnete die Augen und erklärte Gilardo, was mir daran seltsam vorkam: Sie hatten die junge Frau entführt, verschleppt, hatten sie im Wagen, sie hätten ein Lösegeld fordern können, der Bankier hätte ein Vermögen bezahlt.

»Solche Amateure doch nicht. Eine Entführung ist etwas Hochkompliziertes, dazu fehlten denen die Kenntnisse, die Organisation.«

Aber sie war doch ein Kapital für sie, sie hätten sie nach Deutschland bringen können, nach Spanien, sie dort wieder auf den Strich schicken, was hatten sie für einen Grund, sie umzubringen? Die haben ein Exempel statuiert, sagte Gilardo, eine Lektion für alle anderen. Das passiert doch ständig, das sind Leute, die töten, ohne es sich zweimal zu überlegen.

»Hm. Und dann ziehen sie sie noch als Nutte an.«

»Eindeutiger geht's doch nicht.«

Ich sah den goldenen Strand vor mir, die zwei, die sich hinter einer Düne küssten, hinter einer Palme. Tja, meine Gute, und da warst auch du selbst, hinter einer anderen Düne, auch du schön sonnengebräunt, das blaue Meer nur wenige Meter weiter, und dann klick, die Echtzeit, du gehst zurück in die Pension, deinen überflüssigen Tratsch in der Tasche, nimmst eine Dusche, trinkst etwas Buntes, streckst dich auf der Veranda aus, überlässt dich der Unechtzeit, endlich …

»Aber du schläfst ja, mein Kleines …«

»Ja, lass mich rausgehen, ich muss wieder an den Strand.«

Und so hat mich Gilardo hinausgeführt bis zum hinteren Gartentor, das kaum zu sehen war im Dickicht der Mangroven.

Die Journalistin

Es ist ja nicht so, dass die Ordnungshüter Freudensprünge machen würden, wenn sie uns Journalisten sehen. Aber seltsamerweise hat die da, diese Carabiniera, als sie aus dem kleinen Gartentor kam – ich hatte wenige Meter weiter geparkt, ohne es auch nur zu bemerken –, leicht gelächelt und die Hand gehoben.

»Hallo.«

»Hallo.«

Wir kennen uns, wir sind uns schon ein paar Mal auf Korridoren und bei Pressekonferenzen begegnet, wenn sie sich alle in einer Reihe aufstellen hinter dem langen Tisch und MPs, Pistolen, Bomben, lange Messer oder Drogen in Päckchen und Beuteln vorzeigen. Operation Heiße Luft. Zehn Sekunden Sichtbarkeit, und morgen erinnert sich schon keiner mehr dran. Also entschuldige mal, aber was bekommst *du* denn groß auf die Reihe, sagte ein Ex von mir, der mit den giftigen Anwandlungen, was bleibt denn übrig von dem, was *du* machst? Ein paar Filmchen, lächerliche zehn Sekunden, die noch eine Weile im Archiv vergammeln und dann verbrannt oder in den Müll geworfen werden. Wo ist da der Unterschied?

Es gab eine Zeit, da habe ich schon geglaubt, dass es diesen Unterschied gibt: Freelancer, frei wie ein Vogel, keine festen Arbeitszeiten, mal hier, mal da, heute die Referenten der Handelskammer, morgen die Vorsitzenden des Konsortiums für Stahlrestaurierung, ein schnelles Interview über die Preise am Markt, ein Banküberfall, eine alte Frau, die übers Ohr gehauen wird, dieselbe Alte (mehr oder weniger) drei Wochen später tot in ihrer Wohnung gefunden. Ein Fest, ich und meine treue Videokamera (sieben Jahre Treue, weil mir Ekel-TV keine Digitalkamera spendieren will).

»Meine Güte, was für ein Tag«, sagte die Carabiniera. »Ich bin ganz erschlagen.«

»Geht mir auch so.«

Wir gingen ein paar Schritte zusammen.

»Ich kann dir nichts sagen, und wenn ich könnte, dann dürfte ich nicht. Du weißt ja, wie es ist.«

Sie blieb stehen. Aus einem Riss im Asphalt lugten zwei Grasbüschel und irgendein Blümchen hervor.

»Und ich hätte auch gar keine Lust, es dir zu erzählen, zu anstrengend, ich bin völlig hinüber. Und außerdem tun mir die Füße weh.«

Aber wenigstens hatten sie ihre Dienststiefel, die Uniform, die Kantine, die Polizeikaserne, die Kameradschaft, eine Hierarchie, eine Ordnung. Ein Leben, das Sinn macht, nicht dieser Leerlauf in den Sümpfen, den Reisfeldern.

»Allerdings muss ich sagen, Reisfelder sind schon was Schönes, all diese Quadrate aus Wasser, ich weiß nicht … Heute hab ich sogar zwei Reiher gesehen.«

»Auf der Strecke nach Vercelli?«, fragte die Carabiniera.

»Ja, Vercelli und Novara, hin und zurück.«

»Da bin ich auch langgefahren. Aber die Reiher sind mir nicht aufgefallen.«

»Schwarz waren sie. Standen im Wasser, haben wohl auf die Frösche gewartet.«

Der Heilige und sein Schwein kamen mir in den Sinn.

»Sag mal, du weißt nicht zufällig, warum irgend so ein Heiliger immer mit einem Schwein dargestellt wird?«

»Nee, keine Ahnung, solche Sachen weiß man mal, und dann vergisst man sie wieder. Wieso? Machst du beim Fernsehen auch Quizshows?«

»Nein, ich wollte mich in Vercelli ein bisschen umsehen, wegen dieses Zentrums, dieses Don Traversa und Co.«

»Ah ja, ich auch.«

Schweigend gingen wir weiter, mit kleinen Schritten, vorbei an Villen, Hecken, hohen Gartenzäunen, ballongroßen Blütenstauden in Weiß oder in einem intensiven Rosa. Kinder mit Gummigliedern flitzten auf ihren Skateboards vorbei, mitten auf der Straße. Verkehrsberuhigte Zone.

»Hübsches Viertel.«

»Ja, aber nirgends auch nur eine Imbissbude, wo man eine Pizza essen kann.«

»Ich würde hier jedenfalls nicht wohnen wollen.«

»Bist du verheiratet?«

»Nicht mehr, nur ein paar Ex.«

»Ich nicht mal das, bis auf einen, und von dem fangen wir besser nicht an.«

Wir waren an meinem Wagen angekommen, ich blieb stehen.

»Suchen wir uns woanders 'ne Pizza?«

»Nein, danke, ich bin zu geschafft. Eine Dusche und ab in die Falle, mehr will ich nicht. Vielleicht esse ich noch einen Joghurt.« Ein Seufzer. »Ich bin echt fix und fertig.«

Noch ein Seufzer.

»Ich auch.«

Doch in der lächerlichen Absicht, sie ein wenig aufzumuntern, habe ich ihr dann das mit Vanessa und Semeraro erzählt, falls sie es nicht schon selbst herausgefunden hatten. Nein, sie wusste nichts davon, sie hatten es noch nicht herausgefunden, vielen Dank.

»Vielleicht lohnt sich's, da mal vorbeizuschauen, einfach so. Weil dieser Semeraro, also, wenn du mich fragst …«

»Stimmt schon … Und morgen muss ich sowieso nach Biella, kleiner Überwachungsauftrag. Ein Bocciaturnier und so.«

»Der Markt? Das Kleid?«

»Welcher Markt? Welches Kleid?«

Und so sind wir dann doch noch die Pizza essen gegangen, so erschlagen, wie wir Ärmsten waren.

Die Tochter

Bea meinte, es hätte ja alles noch schlimmer kommen können. Sie lachte und sagte, Papa hätte schließlich auch: 1. in die allertiefste Depression versinken; 2. alles stehen und liegen lassen und nach Yucatán auswandern; 3. das andere Extrem: seine kleine Investmentbank in einen gigantischen Global Player verwandeln; 4. sich einen Fußballverein kaufen; 5. nach Afrika gehen und fünfzigtausend Kinder retten können.

»Aber ein Kindermädchen! In seinem Alter!«

»Na, das ist doch ein Klassiker, die gesamte komische Oper beruht auf dieser Konstellation: In die Jahre gekommener Patrizier verliert den Kopf wegen einer Dienstmagd.«

»Aber für den Alten ist das nie komisch, am Ende bekommt er immer Hörner aufgesetzt und wird verprügelt.«

»Also, so alt ist dein Papa noch gar nicht, und in letzter Zeit geht es ihm wieder viel besser. Dank den Kindern.«

Sie hatte es in gewisser Weise schon kommen sehen, nicht, dass sie damit gerechnet hätte, aber sie sah dieses ganze plötzliche Aufwallen von Energie, diesen Elan rund um Matti und Tommi, aber auch ganz allgemein ein Wiedererwachen der Lebensgeister, der Neugier, der Anteilnahme, eine sehr gesunde, sehr positive Reaktion auf die Trauer, der arme Giacomo.

»Aber das Kindermädchen, ich bitte dich! Außerdem war ich so froh, sie gefunden zu haben! Gütiger Himmel, was soll ich denn jetzt machen?«

Nichts, gar nichts sollte ich machen, meinte Bea.

»Aber hier im Haus, in meinen eigenen vier Wänden! Ich sag's ja ungern, aber ich finde das Ganze würdelos. Lächerlich und würdelos.«

Aber diese vier Wände, erwiderte Bea, seien gar nicht die meinen, die gehörten immer noch meinem Vater, der mich hier aufgenommen hatte, mich und meine Irrtümer. Und was wollte ich überhaupt, was wäre mir denn lieber? Hätte er sie etwa in einem Appartement irgendwo in der Nähe unterbringen sollen, um nach der Arbeit bei ihr vorbeizuschauen? Sie aushalten? Oder sie mit einer Parfümerie oder Confiserie abspeisen, wie man es vor einem Jahrhundert in solchen Fällen tat?

»Außerdem«, wandte ich ein, »stell dir vor, wie peinlich das bei uns zu Hause wird, die Kinder sind doch nicht blöd, die werden gleich merken, dass Papa Milena jetzt anders behandelt, und auch für mich wird das der reinste Eiertanz, wie soll ich denn jetzt mit ihr reden – Milena, beeilen Sie sich bitte, Milena, binden Sie ihnen keinen Schal um –, noch die kleinste Rüge wäre sofort …«

»Aber du hast doch nie was an ihr auszusetzen, ich habe dich ihr gegenüber noch nie laut werden hören.« Bea lachte.

Jedenfalls seien meine Ängste allesamt unbegründet, voreilig, es sei nicht gesagt, wir könnten nicht wissen, Milena scheine doch, *sei* doch ein seriöses Mädchen, sie habe einen klaren Kopf und könne sehr wohl selbst sehen, welche Gefahren eine solche … Entwicklung mit sich bringen würde. Ein paar Monate lang die eine oder andere schnelle

Nummer in einem der Gästezimmer und dann etwas Bares auf die Hand und Auf Nimmerwiedersehen. Nein, sie sei ein intelligentes Mädchen, sie werde sich auf keinen Schlamassel einlassen, sie werde Papa abweisen, eher werde sie selbst kündigen, sich eine andere Stelle suchen.

»Aber wenn sie sich in ihn verliebt hat? Wenn ihr ebenfalls an Papa liegt, der in ihren Augen für Familie steht, für eine Vaterfigur, für Geborgenheit, Sicherheit und all diese schönen Dinge? Das ist es doch, was diesen armen Mädchen fehlt, die schnellen Nummern sicher nicht.«

Bea sagte eine Weile nichts und starrte nur auf den kleinen kupfergrünen Bauernhof, das Bild von ihrem Freund.

»Da wäre noch eine Möglichkeit zu berücksichtigen«, seufzte sie, »nämlich dass es dein Vater gar nicht auf eine schnelle Nummer abgesehen hat.«

O mein Gott, o nein, nein, um Himmels willen! Papa wirklich verliebt? Nein, bitte nicht! Nun, es liege doch nahe, oder? Milena sei ebenso hübsch wie nett, sie habe eine herzliche Art, ein entzückendes Lächeln, die Kinder beteten sie an … mit einem Wort, die ideale Ehefrau.

»Nein, nein, bitte, das wäre … das wäre … gleich morgen werfe ich sie raus, sie ist schließlich meine Angestellte, oder? Papa hat damit gar nichts zu tun, da kann er sich nicht einmischen, sie ist mein Kindermädchen, ich bezahle sie, sie steht in meinem Dienst! Gleich morgen …«

»Das kannst du nicht machen, ohne mit deinem Vater gesprochen zu haben.«

»Nein, nein, seine Ehefrau, das kommt nicht in Frage, ich will gar nicht daran denken! Man weiß ja, wie die Männer sind, wenn sie ein gewisses Alter erreicht haben! Sie wollen es noch mal mit der Unsterblichkeit versuchen, wollen noch ein Kind oder auch zwei, um Gottes willen! Überleg doch mal, was das für ein Kuddelmuddel ergäbe. Was wären die überhaupt für mich, die Kinder einer Stiefmutter, begreifst du denn nicht, eine einundzwanzigjährige rumänische Stiefmutter! Stiefgeschwister, Onkel oder Vettern von Matti und Tommi, nein, das würde mich umbringen …«

Bea sah mich an und lächelte.

»Jetzt mach daraus nicht so eine Tragödie. Es ist nicht gesagt, dass es so kommt, wir können es nicht wissen.«

»Morgen packt sie ihre Koffer. Die hat das alles vorher geplant, die will sich hier einnisten, so eine oberschlaue Heuchlerin, ich sag's dir. Die Schlange, die man am Busen genährt hat, genau, die betrügerische Wirtin. Nehmt sie fest, nehmt sie fest, sie hat uns allesamt betrogen!«

»Aber der Sheriff ist ihr Komplize.«

Gott, was für ein irrsinniges Durcheinander, was für ein Desaster, ein Öltanker mit einhunderttausend Tonnen Rohöl an Bord, der vor der Küste von Capri auseinanderbricht!

»Wo kommt die eigentlich her? Wer ist sie überhaupt? Gar nichts wissen wir von ihr, überhaupt nichts, ist dir das klar?«

»Also, sie war immerhin bei den Merzaris, die waren hochzufrieden mit ihr, es hat ihnen richtig leidgetan, sie zu verlieren. Und Maria Ludovica hat mir gesagt, sie sei auch bei ein paar Mailänder Familien gewesen und in Vercelli. Auch Don Traversa sagt, er würde für sie die Hand ins Feuer legen, eine sehr höfliche, wohlerzogene junge Frau, gewissenhaft, hat ein gutes Herz, kurzum …«

»Kurzum, die ideale Ehefrau.«

Es folgte ein langes, sehr langes Schweigen, mit verschränkten Händen.

»Magst du einen Kaffee?«

»Nein, danke.«

Schwärzliche Ölwellen schwappten in sämtliche Winkel, leckten überall hinein mit ihren unerbittlichen Zungen.

»Und in der Bank, stell dir nur das Gesicht von Taricco vor, wenn er davon erfährt.«

»Camilla, lass uns bitte die Ruhe bewahren, ja?«

»Aber so etwas muss man um jeden Preis verhindern!«

»Lass uns nicht übertreiben, ich spreche mit dem Mädchen, einverstanden?«

»Und auch mit Papa? Ich kann das einfach nicht, mir ist das einfach … zu viel.«

Mit den eigenen Eltern über ihre Herzensangelegenheiten sprechen, das ist immer zu viel. Eigentlich ganz unmöglich.

»Sag mal, warum heiratest *du* eigentlich nicht Papa?«, fragte ich Beatrice. »Du wärst doch perfekt.«

Sie brach in fröhliches Gelächter aus.

»Der Grund ist denkbar einfach: Er hat mich nicht gewollt.«

Die beste Freundin

Ein Techtelmechtel mit dem Kindermädchen! Komm schon, Giacomo, es wird einem ja schon ganz anders, wenn man das nur ausspricht, ich hoffe, dir ist klar, was für ein grauenhaftes Klischee du damit erfüllst, schleichst dich heimlich ins Dienstmädchenzimmer, die Nachtmütze auf dem Kopf, eine Kerze in der Hand! Das geht einfach nicht, das passt nicht zu dir, das ist, lass mich das sagen, geradezu grotesk.

Wir waren beim Golf, fünftes Loch, er spielte, ich gab den Caddy, zog ihm den Wagen, er ging zwei Schritte voraus, ruhig, nicht im Geringsten beleidigt oder erstaunt, dass ich ihm derart massiv in die Suppe spuckte, wie man so schön sagt. Es gebe kein Techtelmechtel, protestierte er lächelnd, das seien Geschichten, wie wir Frauen sie uns in den Kopf setzten, stets bereit, aus einem Blick eine ganze Romanze zu machen. Nur, der Blick, den er mir dabei zuwarf, wirkte zwar amüsiert, das schon, aber auch scheinheilig (nein, zufrieden).

Schweigend legten wir die letzten zwanzig Meter bis zum Ball zurück, er bat mich um ein Siebenereisen, blieb dann mit dem Eisen in der Hand stehen und blickte zu den hohen Bäumen auf der rechten Seite, ein dichtes Grün mit ein paar ersten gelblichen Tupfern an den Rändern.

Es gibt kein Techtelmechtel, wiederholte er, keine Romanze, woher denn.

»Aber es ist nicht zu übersehen, dass du ihr gefällst, sie himmelt dich an, als wärst du ganz oben auf der Viktor-Emanuel-Säule. So kann das nicht weitergehen, was sollen wir machen, schicken wir sie weg?«

»Also, Moment mal… Sie macht ihre Sache mit den Kindern sehr gut, das wäre doch allzu schade.«

»Ach, weißt du, die Kinder… Aber mal abgesehen von den Kindern, gefällt sie dir? Als Frau, meine ich? Würdest du, ganz direkt gefragt, mit ihr ins Bett gehen? Mir kannst du's ja sagen.«

»Na ja …«

Er lächelte und schlug den Ball, ohne lange zu überlegen, vielleicht ging deshalb der Schlag nicht ganz daneben, er geriet nur ein bisschen zu kurz.

»Als Frau«, sagte er, »sie ist schon eine schöne Frau, das will ich gar nicht bestreiten… Aber das ist es nicht… Nicht deswegen …«

Ich zog den Golfwagen und dachte: Genau. Von einem wie Giacomo darf man sich kein Madrigal erwarten, keine romantische Hymne, in der er ihre strahlenden Augen besingt, ihr liebliches Lächeln, ihre sanfte Art und so weiter. Aber wahrscheinlich war es das, was er sagen wollte – was er gesagt hätte, wenn er auch nur ein klein bisschen redegewandter gewesen wäre: Er war dabei, sich zu verlieben.

»Bist du dabei, dich zu verlieben?«

»Bea, ich bitte dich.«

Er vollführte einen katastrophalen Schlag, viel zu stark und zu weit, der Ball prallte tückisch gegen einen Ast und von da zurück ins Unterholz.

»Verflixt noch mal!«

Das galt mir, das und wahrscheinlich alle möglichen anderen Flüche, die er hinunterschluckte. Beim Golf kann man sich keine galanten Plaudereien erlauben, er eilte fast im Laufschritt zum Rand des Wäldchens und ich hinterher. Dann machten wir uns auf die Suche nach dem Ball, der zum Glück nur wenige Schritte außerhalb des Rasens zu liegen gekommen war, aber in einer ganz schlechten Position, hinter einem kleinen Erdhügel.

»Diese verdammten Maulwürfe!«

»Schieb ihn doch einfach ein bisschen weiter, du spielst heute gegen keinen Gegner, niemand sieht dich.«

Giacomo runzelte die Stirn.

»Das ist doch egal, so etwas tut man einfach nicht, ich jedenfalls nicht.«

»Siehst du?«

»Was soll ich sehen?«

»Es gibt Dinge, die man einfach nicht tut.«

»Zum Beispiel?«

»Zum Beispiel mit dem Kindermädchen ins Bett gehen.«

Er blieb stehen und starrte den Ball an, den er verschlagen hatte.

»Aber ich bin auch mit der besten Freundin meiner Frau ins Bett gegangen«, gab er eisig zurück. »Ich habe auch …«

»Das ist nicht dasselbe, das war nicht dieselbe Situation.«

»Sehr bequem, Gnädigste …«

»Hör zu, Giacomo, machen wir es uns nicht unnötig schwer: Schicken wir sie weg, was bedeutet das schon?«

Gut eine Minute lang sagte er nichts.

»Was bedeutet das schon«, wiederholte er dann mit geschlossenen Augen, »für Milena?«

Er zog auf gut Glück ein Eisen aus der Golftasche und vollführte einen meisterhaften Schlag. Der Ball flog hochmütig über den Maulwurfshügel hinweg, stieg in einer Kurve von arroganter Vollkommenheit gen Himmel und landete dann zwei Meter neben der Fahne auf dem Grün. Na bitte! Er war verliebt, er würde sie sogar heiraten, um sie nicht zu verlieren.

Die Tochter

Sie sollte mich anrufen, aber sie rief nicht an, und ich hielt es kaum aus, ich saß wie auf Kohlen, kam nicht zur Ruhe, lief erst im Haus hin und her, dann im Garten, bald steckte ich den Kopf in die Hütte der Wirtin, bald regte ich mich über den Kies auf dem Weg auf (zu grob, zu weiß, da musste ich mal mit Dragonero reden), und schließlich habe ich es dann wirklich nicht mehr ausgehalten und habe sie auf dem Handy angerufen, Hallo, Hallo, ich bin's, wie ist es gelaufen? Wo bist du überhaupt?

Bea saß am Steuer, sie hatte die Wirtin gerade erst an der Piazza Castello abgesetzt, so konnte die sich ein paar Schaufenster auf der Via Roma ansehen, sie, Bea, musste unterdessen kurz in die Via della Rocca fahren, wegen eines Geschenks für die Tochter der Signora Tomatis …

»Ja, ja, schon verstanden, aber wie ist es gelaufen? Hast du mit Milena geredet? Wo hast du sie hingebracht, zu dir nach Hause oder was?«

»Nein, nein, nicht nach Hause, das hätte wie ein Verhör aussehen können, eine Bestellung zum …«

Aber die Verbindung war schlecht, plötzlich war nichts mehr zu hören, vielleicht hatte Bea einen Wachmann gesehen, der ein Auge auf Leute hatte, die sich nicht ans Handyverbot beim Fahren halten, ihr sind solche Verbote ja egal – anschnallen, das schon, aber beim Fahren telefonieren findet sie völlig …

»Entschuldige, aber hier herrscht ein höllischer Verkehr, ich muss …«

Und wieder keine Verbindung, und ich dachte an *Beatroce*, Bea die Schreckliche, Mama hatte mir erzählt, dass ihre Mitschülerinnen sie so nannten, als sie noch bei den französischen Schwestern waren, weil sie sich nämlich nie um die Regeln scherte, selbst der ehrwürdigen Mutter Oberin trat sie unerschrocken entgegen, kam ohne ihren Kittel, im Schottenrock, und mit der Nadel des Schottenrocks hatte sie einmal …

»Da bin ich wieder, also, für die Tochter der Signora Tomatis habe ich Zinnteller gesehen, flach wie ein Tablett, rund oder oval, ziemlich schön und in jedem Fall machen sie etwas her, ich denke …«

»Aber hast du mit Milena geredet, hast du …«

»Ja, ja, alles in Ordnung«, sagte sie, »in dem Sinn jedenfalls, dass …«

Und schon wieder hatte ich keine Verbindung, Herrgottnochmal. In welchem Sinn denn? Dass sie wenigstens nicht schwanger war? Dass nicht schon ein kleiner balkanischer Bankier unterwegs war? Ich saß wie auf Kohlen. Ich starb vor Ungeduld.

»Bea! Bea, wo steckst du?«

»Ach, entschuldige, aber man könnte ihr auch eine von diesen hübschen lackierten Dosen – ich weiß schon, dass die keinen praktischen Nutzen haben, aber ich hab welche gesehen …«

»Bea! Was redest du da von Dosen, sag mir, was Milena gesagt hat, wo hast du sie …?«

»Ich hatte da eine hervorragende Idee, ich habe ihr vorgeschlagen – wie gesagt, um es nicht wie ein Kreuzverhör aussehen zu lassen, du weißt schon, um unser Gespräch möglichst locker anzugehen …«

Dann wieder Pfeiftöne, wieder heiseres Knacken, wieder Abwesenheit, wieder Stille. Und am Ende kam das Wort »Friedhof«.

Friedhof? Was soll an einem Friedhof locker sein?

»Bea, hörst du mich?«

»Ja, jetzt kann ich dich hören.«

»Wieso Friedhof? Wart ihr etwa auf dem Friedhof?«

»Der ideale Ort, dort hat man die größte Ruhe«, sagte sie. Und auch ein perfekter Vorwand, so konnte Milena mit anpacken, mal wieder unser Familiengrab ein bisschen abzustauben, im ersten Erweiterungsbau, jenem langen halbkreisförmigen Säulengang, wo ein paar Schritte weiter auch das Grab von Massimo d'Azeglio liegt, das heißt, nicht wirklich sein Grab, die eigentlichen Gräber sind unten, Grabnischen, genau genommen, symmetrisch angeordnet zur Kapelle darüber mit all ihren unterschiedlich verzierten Grabsteinen und ganz oben die Halbbüste des Gründers, eines Ahnenvaters mit Bart und Koteletten, 1799–1868, der Verbindungen zu den Rothschilds und zu Cavour unterhielt, lange zurückliegende dunkle Geschäfte mit dem Zweck, die Einheit Italiens zu finanzieren, die Einheit Italiens und Cavour, der ihn zum Grafen machen lassen wollte, worauf er mit einem berühmten Wahlspruch irgendeines großen französischen Adelsgeschlechts antwortete: *Roi ne puis, prince ne daigne* – »König sein kann ich nicht, Prinz sein will ich nicht.« Voilà, da hast du's.

»Aber dafür ist doch dieses Reinigungsunternehmen zuständig, oder, die kommen doch immer freitags, oder war es mittwochs, ich weiß nicht mehr.«

»Einmal im Monat, und Staub setzt sich immer ab. Also habe ich eingepackt, was man so brauchen konnte, Lappen, Schrubber, einen Eimer nur für alle Fälle, denn einen Eimer müssten sie einem ja …«

»Aber Bea, was hat sie dir gesagt? Was hast du ihr gesagt?«

Nun, um die Stimmung etwas aufzulockern, habe sie Milena erst mal gefragt, wie denn die Friedhöfe bei ihr zu Hause seien, in Rumänien, und …

»Bea!«

»Doch, wirklich, das ist ganz interessant, sie sagt, jedes Grab hat eine kleine Einfriedung und ein Kreuz, ein orthodoxes, nehme ich an, aus Stein oder Marmor, obwohl Marmor anscheinend nicht so gern gesehen wird, er gilt dort als ein bisschen …«

»Bea, bitte!«

»Kurzum, die ältesten Gräber haben noch Holzkreuze, obwohl Holz bei dem heftigen Schneefall, den sie dort …«

»Ich will nichts über den Schnee dort wissen, ich will wissen, was dir Milena gesagt hat!«

Also da könne ich ganz ruhig sein, noch sei nichts vorgefallen, bisher habe es nur Blicke und Lächeln und Erröten gegeben, und dabei werde es auch bleiben, Milena sei ja eine intelligente, seriöse junge Frau, sie verstehe die Situation sehr gut, *coucher*, das gehe auf keinen Fall, um nichts in der Welt, nicht mal für eine Million Dollar.

»Was, hat Papa ihr eine Million Dollar geboten?«

Nein, nichts dergleichen, Papa habe ihr kleine Geschenke gemacht, Mini-Aufmerksamkeiten, und Milena habe sie angenommen, aber das sei kein Umwerben, schon gar keine Belagerung, und sie habe nicht vor, nachzugeben und sich in einen heillosen Schlamassel zu stürzen, der ja sowieso böse enden müsste, lieber wolle sie weggehen, irgendwo eine andere Stelle finden, vielleicht in eine andere Stadt ziehen, nach Mailand oder sonst wohin, auch wenn Matti und Tommi wundervolle Kinder seien, sie habe sie wirklich lieb gewonnen und fühle sich wohl bei uns, in einer Familie rechtschaffener Menschen, ja, das habe sie wirklich so gesagt, »rechtschaffene Menschen«.

»Ja, sag mal, hältst du dich für einen rechtschaffenen Menschen?«

»Ich nicht, wo denkst du hin«, sagte Beatroce, »aber wenn wir so auf sie wirken, warum ihr die Illusionen rauben?«

Die Ehrenamtliche

Semeraro war es, der uns als Erster von der Hochzeit erzählt hat. Nicht mir, ich hatte zwar diesen vermaledeiten Judas und was er anrichten konnte noch nicht in vollem Umfang durchschaut, aber auch so hielt ich ihn mir nach Möglichkeit vom Leib, ich konnte ihn von Anfang an nicht ausstehen, und das beruhte auf Gegenseitigkeit.

Er kam zu Maria Ludovica, unserer Direktorin, und erklärte, er sei beauftragt worden, genauere Informationen über Milena einzuholen. »Genauere Informationen.« Und von wem? Na ja, ich muss sagen, in dem Punkt ist die Sache nicht sehr klar. Was ich weiß, habe ich nämlich erst von Maria Ludovica gehört, als sie mich in ihr Büro gebeten hat.

Ihrer Ansicht nach stammte das Ersuchen um »genauere Informationen« von dem Bankier, bei dem Milena als Kindermädchen tätig war. Semeraro hatte vor Jahren für den Bankier gearbeitet, als Chauffeur, Leibwächter, Wachmann oder so, und der Bankier betrachtete ihn als Mann seines Vertrauens – na super! –, er rief ihn manchmal an und gab ihm kleine private Überwachungsaufträge oder so was. Die Art von Erkundigungen eben, die man nicht über die Bank einholen kann oder für die vielleicht ein persönlicher Draht ins Polizeipräsidium dienlich ist. – War Semeraro mal bei der Polizei? Das war mir neu.

Ob der Bankier denn über Milenas traurige Vorgeschichte auf dem Laufenden sei, fragte ich. Nein, er wisse davon nichts, man habe ihn nicht aufgeklärt, er sei ja übrigens auch nicht der Arbeitgeber, wozu hätte man ihn damit behelligen sollen? Aber die Tochter mit den Kindern, ist die informiert worden?

»Sagen wir, in groben Zügen.«

Maria Ludovica war verlegen, sie nahm ihr Handy vom Tisch, wechselte es von einer Hand in die andere, klappte es auf, klappte es ungeduldig wieder zu und legte es zurück auf den Tisch, ohne irgendwen angerufen zu haben.

»Was heißt das?«

»Also Lucia, das weißt du doch selbst: Wenn sie hinausgehen, bringen wir sie bei Leuten unter, denen wir nicht nur fest, sondern felsenfest vertrauen, bei Familien, die bereit sind, Verantwortung zu tragen, die sich Mühe geben, unsere Wiedereingliederungsarbeit weiterzuführen, die den Mädchen auch im emotionalen Sinne zur Seite stehen, denn diese unsere armen Schwestern müssen sich nicht nur geborgen fühlen, nicht nur das Gefühl haben, dass sie nützlich für sich und andere sind, sondern sie müssen sich auch angenommen fühlen, ich würde sogar sagen, geachtet und hoch geschätzt, gerade weil sie mit Hilfe Unseres Herrn den Mut aufgebracht haben …«

Und tschüss, sie hatte den Faden verloren, so wie es ihr auch bei den seltenen Gelegenheiten passierte, wenn sie im Fernsehen interviewt wurde, sie konnte dann eine geschlagene Viertelstunde einfach weiterreden, vom Hölzchen aufs Stöckchen kommen, sich quasi in den Reisfeldern verlaufen.

»Ja, ich hab schon verstanden, aber ich wollte eigentlich nur wissen, ob die Tochter des Bankiers auf dem Laufenden ist.«

»Also, pass auf, wir haben ihr erzählt, dass Milena aus einer äußerst schwierigen Situation kam, dass sie Traumata und alles Mögliche durchgemacht hat, dass sie jetzt aber …«

»Haben Sie ihr das persönlich gesagt?«

»Nein, Beatrice hat mit ihr gesprochen, du weißt schon, meine Turiner Freundin, die …«

»Ich weiß, ich weiß, und kurzum, Ihre Freundin hat ihr nicht erzählt, wie die Dinge *wirklich* lagen.«

»Aber das war doch schon die dritte, nein, die vierte Stelle für Milena, und wenn es so weit gekommen ist, haben wir schon ein gewisses Vertrauen zu ihnen … Ich meine, dann haben die Mädchen bewiesen, dass sie alleine zurechtkommen, dass die Vergangenheit vergangen ist, dass sie einen klaren und endgültigen Schnitt gemacht haben, und somit wäre dann unsere Politik, auch wenn das Centro Ianua ihr zentraler Bezugspunkt bleibt, ja, ein Heimathafen, den sie jederzeit …«

Und tschüss.

»Dann weiß also weder der Bankier noch seine Tochter, dass Milena auf den Strich gegangen ist.«

»Nein, denn sie kann jetzt als selbstständig betrachtet werden, sie hat hervorragende Referenzen, die sie ihrer eigenen Arbeit verdankt, sie ist nun, soweit es uns betrifft, flügge geworden …«

Das Handy klingelte, Maria Ludovica hielt es sich in ihrer Nervosität erst falsch herum ans Ohr, stammelte ein bisschen und fing dann an, etwas mit Don Traversa zu besprechen, lang und breit, ein kompliziertes Thema, Mietfragen und Verzögerungen für ein Zentrum in Florenz, aber kein Wort über Milena.

»Haben Sie denn mit Don Traversa darüber gesprochen?«

»Nein, und genau das ist der Grund, warum ich dich hergebeten habe, ich wollte mich erst mit dir darüber beraten.«

»In welcher Hinsicht?«

»Nun, ob wir den Bankier informieren sollen oder nicht.«

»Aber Sie sagen doch, dass er damit nichts zu tun hat, er ist nicht ihr Arbeitgeber.«

»Nein, er ist nicht ihr Arbeitgeber, aber wenn er jetzt Informationen über sie einholt, gibt es dafür nur zwei mögliche Erklärungen: Entweder hat Milena Anlass zum Misstrauen gegeben, ihr Verhalten lässt zu wünschen übrig, sie steht mit zwielichtigen Gestalten in Kontakt, hat vielleicht ein Kettchen oder ein paar Euro gestohlen …«

»Nein, unmöglich! Völlig unmöglich!«

Maria Ludovica nickte zustimmend.

»In der Tat, das klingt unvorstellbar …« Sie legte eine Pause ein. »Ja, und dann kann es wohl nur heißen, dass sich der Bankier in sie verliebt hat und sie heiraten will.«

»O Gott, o Herr im Himmel!«

Ich brach in Tränen aus, da war nichts zu machen. Dieses Laster von mir, denn es ist ja wirklich ein Laster, ich gebe es zu, bringt mich immer wieder in eine dumme Lage. Weil ich dann nämlich wie eine dumme Heulsuse dastehe, die beim geringsten Anlass zu Tränen gerührt ist. Aber das ist keine Rührung, ich bin nicht gerührt, ich bin *be*rührt, das ist ein ganz schöner Unterschied. Manchmal reicht es schon, dass sich plötzlich draußen etwas rührt, dass zum

Beispiel eine Tür zuschlägt oder jemand laut quietschend vor dem Haus bremst, ich bekomme dann prompt einen Kloß im Hals und fange an zu heulen. Vielleicht liegt es an irgendwelchen Drüsen, wer weiß.

Doch inzwischen hatte Maria Ludovica schon angefangen mit ihrem Na komm schon, Lucia, nur Mut, beruhige dich ein wenig, alles in allem ist das doch keine schlechte Nachricht, wir müssen nur über unsere Milena sprechen und über das, was sie tun oder lassen soll, komm, hier hast du ein Taschentuch, das ist doch keine Tragödie.

Schon möglich, dass es keine Tragödie war, aber ich hatte sehr wohl begriffen, worum es ging und warum Maria Ludovica mich um Rat fragte: Wenn dieser Bankier Milena heiraten wollte, ohne über ihre Vergangenheit informiert zu sein, war es dann unsere Aufgabe, ihn zu informieren, oder konnten wir stillhalten und unsere Hände in Unschuld waschen? Das war die große Frage.

Mir liefen die Tränen hinunter, ich trocknete mir die Augen, aber meine Antwort stand schon nach einem Schnäuzen fest. Maria Ludovica hatte nicht den Mumm, allein zu entscheiden, sie wollte die Verantwortung mit mir teilen, und wenn es um Milena ging, war ich bereit, auch die ganze Verantwortung zu tragen.

»Wir sagen ihm nichts.«

Sie erhob Einwände – oder tat jedenfalls so. Das sei eine ganz heikle Sache, eine Gewissensfrage, ein Schritt, der Milena und das Zentrum teuer zu stehen kommen könne, eine Unterlassungssünde, gewiss, keine Schwindelei, keine wirkliche Lüge, aber vom moralischen Standpunkt aus betrachtet, sei es dennoch eine von diesen …

»Hören Sie, mit Don Traversa haben Sie sich nicht beraten wollen, und das ist auch gut so. Denn wir wissen doch sowieso, was er sagen würde, nicht wahr? Aber in jedem Fall finde ich, dass man zuerst mit ihr selbst reden sollte, mit Milena, wir müssen die Sache mit ihr besprechen, sie fragen, was sie davon hält, wie sie diese Möglichkeit aufnimmt, was sie über ihre mögliche Zukunft als Ehefrau denkt.«

Jetzt war sie es, jetzt war es die Giraffe, die zwar nicht gleich in Tränen ausbrach, aber doch erschüttert wirkte, gebeugt saß sie an ihrem Schreibtisch, seufzte wie ein Nagel, der aus dem Holz gezogen wird. Eine tüchtige Organisatorin, kühl, klar im Kopf, effizient. Aber kaum ist sie mal gezwungen, die Welt des praktischen Handelns zu verlassen, findet sie sich nicht mehr zurecht, das habe ich schon oft erlebt. Mit den Emotionen hat sie's nicht so.

»Es ist zu viel, zu viel«, murmelte sie. »Lucia, was sollen wir nur machen?«

»Milena hat ein neues Leben vor sich. Und sie hat es hundertprozentig verdient, der Herr selbst ist es, der ihr dieses Leben anbietet, nicht der Bankier. Und wir dürfen uns dem nicht entgegenstellen, wir dürfen die Hand Gottes nicht aufhalten.«

»Und wir sagen nichts?«

»Wir reden zuerst mit ihr. Freimütig, in aller Offenheit.«

»Sollen wir sie herbitten?«

»Nein, wir fahren nach Turin.«

»Fahr du hin, ich … ich weiß nicht, was ich sagen sollte, ich würde nur …«

Der Schwarze Peter. Ihr bebten die Lippen.

»Na kommen Sie schon, Maria Ludovica, jetzt fangen Sie nicht an zu wimmern, machen Sie's nicht wie ich, das ist doch schließlich keine Tragödie. Milena hat die Chance, sich ein ganz neues Leben zu schaffen, ein für allemal, und wir müssen ihr dabei helfen, soweit es in unserer Macht steht, ja?«

Die Barbesitzerin

Öffnungszeiten: 7–21 Uhr, und um 21:03 war ich gerade dabei, mit dem Haken den Rollladen vor der Bar Ciro runterzuziehen, da höre ich hinter mir den Pocopane Attilio anrücken, in Uniform, mit allem Drum und Dran. Ich setzte eine finstere Miene auf.

»Was gibt's denn nun schon wieder?«

Mit welchem Vorwand konnte er mir jetzt noch kommen, um diese Zeit? Weitere Ermittlungen? Ach, geh. Ich find's ja manchmal gar nicht schlecht, wenn einer ohne Vorwand ankommt, so ganz direkt und unverblümt. Aber mit einem Vorwand zu kommen ist fast wie mit einem Blumenstrauß. Dann haben sie sich Mühe gegeben, sich wenigstens etwas einfallen lassen.

»Äh, nichts weiter, ich wollte dich nur noch mal nach einem Namen fragen, ob du den vielleicht mal gehört hast.«

Der Rollladen war halb unten.

»Und dafür willst du mich aufs Revier schleppen?«

»Nein, daran hab ich gar nicht gedacht …«

»Ich weiß schon, woran du gedacht hast …«

Rot wie eine Tomate.

Den ersten Schritt machen immer wir Frauen, immer. Es reicht ein Lächeln, ein kleiner Seitenblick, dann kapieren sie, dass wir ihnen grünes Licht geben, uns anzubaggern. Das heißt: Sie kapieren es, aber sie gestehen sich's nicht ein, lieber glauben sie, sie hätten selbst angefangen, die großen Verführer, die Weichensteller.

»Tut mir leid, aber ich bin hier noch nicht fertig, ich muss noch sauber machen, das wird noch ein Weilchen dauern …«

Dann zog ich mit einem Ruck den Rollladen ganz runter, um zu sehen, wie der Krach auf ihn wirkte. Er fuhr ganz schön zusammen. Na, wenn auf den einmal die Bösen schießen …

»Okay, dann warte ich halt so lange«, sagte er und stellte sich praktisch wie ein Wachposten vor der Bar auf, die Hände auf dem Rücken verschränkt.

»Ach was, du Blödian, komm doch mit rein. Hier lang, wir gehen hintenrum.«

Drinnen machte ich sämtliche Lichter an, holte Eimer und Lappen aus dem Kabuff neben dem Klo, band mir die Arbeitsschürze um, und los ging's.

»Kann ich dir helfen?«

»Na ja, also, wenn du mir die Stühle auf die Tische stellen würdest …«

Er sauste gleich los, nahm immer zwei Stühle auf einmal, bis der Boden ganz frei war. Nebenbei gesagt, so einen Gefallen hat mir Chris noch nie getan, hol ihn doch dieser und jener.

»Nachher geb ich dir was aus.«

»Das ist aber nicht nötig.«

»Heb mal kurz die Füße, oder setz dich vielleicht auf die Theke.«

Er sprang sofort hoch, mein fixes Jungchen in den schwarzen Stiefeln. Wirklich nett.

»Und wie war das mit diesem Namen? Was für ein Name denn?«

»Ach nichts, nur so ein Name, der heute Morgen erwähnt wurde.«

»Und zwar?«

»Ein gewisser Janko.«

»Janko, eh? Albaner? Slawe?«

»Wissen wir nicht, wir haben erst ganz wenige Anhaltspunkte.«

»Aber der soll der Mörder sein?«

»Wissen wir nicht. Hast du von dem mal gehört hier in der Gegend?«

Ich legte mich voll ins Zeug, schnaufte, schwitzte, mir lief's nur so runter, aber das war mir egal. Da wird immer so viel Tamtam um Deosprays gemacht, um Enthaarungszeug, tausend Werbespots für Cremes und Parfüms, dabei geht's doch nur um eins: ob du ... ob die Männer ... ob er ... auf den ersten Blick ...

»Nee, noch nie gehört .... Janko, sagst du. War das der Zuhälter? Der Lude?«

»Wissen wir nicht.«

»Was hältst du eigentlich von Nutten? Warst du schon mal bei einer?«

Er, ausweichend (wie alle): ein paar Mal, nur so, vor Jahren, aber das hätte ihn nicht befriedigt, es wäre halt nicht wirklich das ... Aber wie hielt er's sonst mit den Mädchen? Nahm er sie mit in die Kaserne? Nein, um Himmels willen, das fehlte gerade noch. Aber mittlerweile gab's ja wohl auch die eine oder andere hübsche Carabiniera, oder? Kolleginnen, allzeit bereit im Dienste des Korps.

Großer Seufzer.

»Du bist in eine Marescialla verliebt, gib's zu!«

»Was redest du da! Ja, nicht im ...«

Mir fielen die Haarsträhnen über die Wangen, über die

Augen, die Nase, aber es ist mir eh am liebsten, wenn sie mich in einem möglichst schlechten Zustand sehen: Wenn ihnen das recht ist, gefällt ihnen alles andere umso mehr.

»So, das wär's dann mehr oder weniger.«

Ich stand auf und hüpfte neben ihn auf den Tresen.

»Hast du Hunger? Ich kann dir in der Mikrowelle ein paar Pizzastücke heiß machen, und dann gibt's noch Panini, allerdings nicht die frischesten, von heute Morgen, Thunfisch und Tomate, Käse und …«

»Nein danke, ich hab keinen Hunger. Oder nein, ich hatte mir eigentlich gedacht, dass wir vielleicht …«

»Willst du mich zum Essen einladen?«

»Na ja, ich hab gedacht …«

Er hat gedacht, und ich schon auch.

»Aber sag mal, ganz ehrlich, was würdest du von einer halten, die gleich mitspielt, ohne viel Getue …«

Rot wie ein Ferrari.

»Dass du ganz schön Dusel hast oder dass sie ein Flittchen ist?«

»Nein, nein, auch Frauen haben schließlich so ihre … also ich meine, wenn sie zufällig auch grad Lust haben, ich meine … ist doch mehr als natürlich, ihr habt doch genauso …«

Er sah mich an, dann sah er die Reihe der Flaschen hinter uns an, dann wieder mich.

»Und wenn das jetzt so ein Moment wäre?«

Er wusste nicht, ob er lachen sollte oder ob er gleich zum Kuss übergehen und mir unter die Schürze fassen durfte.

»Hier auf dem Tresen?«

»Hier auf dem Tresen. Aber wenn euch das im Dienst nicht gestattet ist …«

Er lachte, endlich.

»Bisschen hart«, sagte ich, »aber schön lang.«

Er stürzte sich auf mich, voll einsatzbereit, und ich sprang vom Tresen.

»Hey, was hast du denn gedacht?«

»Also, ich hatte dich so verstanden …«

»Dann hast du mich falsch verstanden.«

»Entschuldige, tut mir leid.«

Ein sooo langes Gesicht, wenn du ihnen in der neunzigsten Minute doch noch entwischst.

»Komm mit, ich lade dich zu mir nach Hause ein und stelle dir einen Freund vor.«

Bei mir kommt's auf die Kaninchenprobe an. Wenn einer sich mit Nerino versteht, wenn Nerino ihn gut findet, dann spiele auch ich mit, ohne viel Getue.

Die Ehrenamtliche

Ich kenne die Turiner Kirchen nicht sehr gut, im Jubeljahr habe ich neunzehn davon besucht, da waren sie alle geöffnet und allesamt wunderschön, aber in der Praxis blieb dann in meinem Kopf nur ein großes Durcheinander übrig, gut erinnern kann ich mich nur noch an eine Kirche, eine ganz kleine süße, ganz aus Holz, Santa Pelagia, die Straße weiß ich nicht mehr, und geöffnet ist sie sowieso nur zu bestimmten Anlässen, deswegen konnte ich mich dort nicht mit Milena verabreden, und so habe ich mich schließlich für die einfachste Lösung entschieden, die Wallfahrtskirche der Santa Consolata, der Schutzheiligen der Stadt, die kennt jeder, sie ist zentral gelegen und nie geschlossen oder höchstens mal für wenige Stunden.

An der Vorderseite gibt es diesen schönen Säulengang und einen noch viel älteren Glockenturm, und der ganze Platz sieht aus, als wäre er stets zu einem Fest bereit, Fackeln, Gesänge, eine Lichterflut, womöglich bei Schnee, ein rundum fröhlicher Eindruck. Und innen all der rosa Marmor und das Gold, das aus den größeren und kleineren Kapellen herausstrahlt, ein Sprung ins Licht, in den Glanz Unserer Lieben Frau, *refugium peccatorum, consolatrix afflictorum, auxilium christianorum, ora pro nobis*, ja, bitte für uns, ich habe es nötig.

In der zweiten Kapelle von links zündete ich eine Kerze an und setzte mich dann, um mich zu sammeln. Es waren nur wenige Leute da, und es herrschte diese ganz besondere Stille, die man in Kirchen vorfindet – Rascheln, Gemurmel, seltsame Echos, aber es ist und bleibt Stille und tut mir unendlich wohl. Ein Pfeil wies den Weg zu den Beichtstühlen, und einen Augenblick lang habe ich überlegt, ob ich zur Beichte gehen sollte, aber dann wurde mir klar, dass das nur eine rein äußerliche Geste gewesen wäre, ich hatte nichts Böses getan, ich trug keine Schuld. Nur die *Absicht* einer Schuld war da und quälte mich. Und was suchte ich dann? Wollte ich sie beim Priester abladen, ihn entscheiden lassen, den armen Mann, er wusste doch gar nichts von Milena und unserem Zentrum und von dem Bankier und Semeraro. Eine halbe Stunde mindestens, um ihm die Sache mit Milena zu erklären, und sie konnte jeden Moment kommen.

Ich betete, betete auf den Knien. Und ich versuchte, mir Rat im Evangelium zu holen.

Wie sollte ich mich verhalten? Wie hatte sich Jesus gegenüber der Ehebrecherin verhalten, gegenüber der Dirne von Samaria, gegenüber Maria Magdalena? Er hatte ihnen verziehen und sie errettet. Und sie hatten einen neuen Weg eingeschlagen, ein neues Leben angefangen, ganz wie Milena. Aber der Bankier? Im Evangelium kam kein Bankier vor, na gut, damals gab es noch keine, nehmen wir also einen reichen Kaufmann, einen Geldwechsler. Wenn so einer um »genaue Informationen« zu diesen Sünderinnen, nein, Ex-Sünderinnen gebeten hätte, was hätte Jesus getan, hätte er sie ihm gegeben? Wohl kaum, wahrscheinlich hätte er gesagt: Gehet hin in Frieden, oder so etwas. Sollte ich nun das Gleiche tun? Gehet hin, die Vergangenheit ist geläutert, ist ausgelöscht, zählt nicht mehr, heiratet ruhig und macht einen neuen Anfang.

Aber dann dachte ich wieder: Bin ich denn verrückt geworden, dass ich mich hier in den Kopf von Jesus versetzen will? Er wusste Bescheid, Er konnte in den Menschen lesen, Er sah sämtliche Folgen einer Handlung voraus, von der ersten bis zur allerletzten. Und was konnte ich voraussehen, ich arme dumme Unwissende? Dass Milena den Bankier heiraten und schöne Kinder haben würde in ihrem neuen Leben? Eine Seifenoper konnte ich voraussehen, Fernsehkitsch – ja, ich weiß, dass es Kitsch ist, aber zum Weinen bringt es mich trotzdem.

Da habe ich mich dann lieber an die Heilige Jungfrau gewandt, *mater boni consilii, sedes sapientiae, ora pro nobis*, damit sie mir wenigstens einen vagen Gedanken eingibt, was ich tun soll. Ich bin so verwirrt, habe ich zu Ihr gesagt, ich bin hierhergekommen, eine böse Tat zu vollbringen, nämlich still zu bleiben und die Wahrheit zu verschweigen, aber in gutem Glauben, in guter Absicht, der nämlich, einer armen, verlorenen jungen Frau zu helfen, die auf den rechten Weg zurückgefunden hat, die es geschafft hat, sich aus dem Sumpf zu ziehen, meiner Meinung nach hat sie das neue Leben verdient, das dieser Bankier ihr bietet. Hast Du ihn geschickt, den Bankier? Ist er ein Mann des Herzens? Dürfen wir ihm vertrauen?

Aber dann habe ich gedacht: Über den Bankier weiß ich nichts, aber im Grunde ja auch nichts über Milena, über Maria Ludovica, über Don Traversa, über Semeraro. Gar nichts weiß ich, alles bleibt rätselhaft, wer könnte sagen, was wirklich in ihrer aller Herzen vorgeht, und sogar ich, was weiß ich denn über mich selbst, *mater castissima, mater inviolata, ora pro nobis*. Und wenn das von Milena alles bloß Theater gewesen wäre? Wenn sie so eine wäre, die die Rolle der reuigen und erlösten Sünderin nur hervorragend gespielt hat, um sachte, sachte einen Bankier, einen Anwalt, einen Industriellen in die Hände zu bekommen? Eine Simulantin, eine Schleicherin. Eine Heuchlerin, die uns alle an der Nase herumgeführt hat. Und womöglich wollte ich mir das nicht eingestehen, aus persönlicher Eitelkeit, vielleicht wusste ich es im Grunde und wollte aus reinem Stolz nicht einsehen, dass ich mich hatte täuschen lassen. Eine blöde Gans, eine eingebildete Retterin, die niemanden gerettet hat. Schande über mich!

Ich musste mal wieder das Taschentuch rausholen, nur so zur Abwechslung, und als ich mich zu Ende geschnäuzt hatte, saß Milena neben mir auf der Bank – ich kniete. Sie hatte ihr schönes sanftmütiges Lächeln auf den Lippen und strahlte eine solche Unschuld, eine solche Reinheit aus, dass ich gleich noch mal losheulen musste, so einen Weinkrampf wünsche ich wirklich niemandem.

Was tun, was sagen, *virgo prudentissima*? Aber Milena tröstete mich, jetzt sei doch nicht so, Lucia, jetzt wein doch nicht, es gibt doch gar keinen Grund dafür, keinen Anlass, es ist doch alles gut. Von wegen alles gut!

Ich nahm sie am Arm und ging mit ihr zu einer Bank rechts über der Krypta, es war ein bisschen, wie wenn man von einer Theaterloge hinunterschaut, und da konnte ich wirklich reden, im Flüsterton, wie es sich an einem solchen Ort gebührt, aber genau deswegen hatte ich ihn ja gewählt, eine Kirche zwingt einen dazu, sich leise und respektvoll zu verhalten und nur das Wesentliche zu sagen, mit einfachen, klaren Worten, die direkt zum Kern der Sache kommen, wie in der Bergpredigt.

Und so habe ich geflüstert, sag mal, Milena, weißt du

es denn? Hast du bemerkt, dass der Bankier Absichten hegt?, und sie ebenso leise: Ja, schon seit einiger Zeit, aber er sei ein rechtschaffener Mensch und bedränge sie nicht, er wolle sie den Führerschein machen lassen und ihr sogar ein Auto schenken, er wolle sie auf eine schöne Reise mitnehmen, ihr Paris zeigen und sogar Marokko, aber sie weigere sich, das komme gar nicht in Frage, das wäre nicht richtig, das wäre nicht schön unter den Augen der Kinder und der Tochter, und auch Frau Beatrice sei ganz derselben Meinung, besser weggehen, die Stelle wechseln, die Stadt wechseln, auch wenn …

Jetzt war sie es, die weinte, aber still, nicht wie ich, und ich betete und betete, *regina confessorum, regina virginum, regina pacis, ora pro nobis*, als ich sah, wie ihr kleine Tränen die Wangen hinunterrollten. Es war eine Qual. Und es war auch eine große Schande, denn ich hatte an ihr gezweifelt, ich hatte sie verleugnet, wie hätte meine Milena eine Simulantin sein können, eine falsche, verlogene Heuchlerin? Ich nahm ihre Hand in meine beiden Hände und sagte, nein, nein, beruhige dich, du brauchst nicht wegzulaufen, du musst nicht fortgehen, er will dich nämlich heiraten.

Sie konnte es gar nicht glauben, was redest du denn da, Lucia, hat er das zu dir gesagt? Unmöglich, das kann nicht sein, so eine wie mich. Sie weinte jetzt heftiger als zuvor. Hier war der springende Punkt. *Rosa mystica – ora pro nobis –, turris davidica – ora pro nobis –, turris eburnea – ora pro nobis.* Aber er weiß doch gar nicht, woher du kommst, flüsterte ich, und was uns betrifft, von uns erfährt er's nicht, wir halten zu dir, du bist nicht mehr, wie du früher warst, du bist eine andere Frau geworden, Milena, du hast eine andere Seele, reingewaschen und geläutert, und wenn der Herrgott dir diese Gelegenheit schickt, musst du sie annehmen, es ist wie ein Wunder, du bist wie Lazarus, steh auf und gehe, und was tut Lazarus, steht er nicht auf und geht?

Aber sie schüttelte den Kopf, das könne sie nicht, das könne sie wirklich nicht, er sei ein anständiger Mann, und wenn er sie heiraten wolle, müsse er erfahren, wen er da in Wahrheit heirate, es sei nicht recht, ihm das zu verschweigen, und außerdem stehe der Teufel immer bereit, um mit einem Schlag alles kaputt zu machen, man könne nie wissen, eine Denunziation, eine Erpressung, nein, nein, besser, man sagt ihm alles und befreit sich offen von dieser bösen Last, und was die Hochzeit angeht, das könne warten, wenn es denn wahr sei, dass er sie heiraten wolle, so eine wie sie.

Und ich hatte an ihr gezweifelt, *domus aurea, foederis arca, ianua caeli, stella matutina, ora pro nobis*. Aber ich bedrängte sie weiter, überleg es dir gut, Milena, wir werden dem Bankier nichts sagen, weder ich noch Maria Ludovica, weder Frau Beatrice noch Semeraro, dafür übernehmen wir die Verantwortung, wir stehen alle hinter dir, wir wollen nur dein Bestes und es ist sowieso keine Lüge, höchstens eine Unterlassungssünde, die …

Und Don Traversa, flüsterte sie, was ist mit Don Traversa?

Er weiß nichts davon, wir haben ihm nichts gesagt, wir wollten ihn nicht mit dem Problem belasten.

Siehst du.

Aber auch er würde, wenn er es wüsste …

Nein, Lucia, nein, das ist nicht anständig, ich kann das nicht, ich habe nicht den Mut, ein ganz neues Leben auf einer Lüge aufzubauen …

Aber dein Leben hat sich doch schon längst verändert,

es ist ganz anders geworden, siehst du das denn nicht? Und außerdem ist es keine richtige Lüge, sondern bloß …

Es ist eine ganz große Lüge, und das weißt du auch, Lucia. Nein, ich kann das wirklich nicht.

Denk noch mal drüber nach, Milena, ich flehe dich an. Sag's ihm nicht gleich. Denk noch mal gründlich darüber nach, tu's für mich, schlaf drüber, überstürz nichts, wir sind alle auf deiner Seite, liebe Milena.

Sie weinte, sie nickte zwar, aber sie weinte, untröstlich. Und auch ich habe fast den ganzen Rückweg über geweint und gebetet, von kurz vor Chivasso bis hinter Santhià, *sancta Dei genitrix.*

Die Tochter

Papa war nicht mehr Papa, aber ich konnte nicht hingehen und es ihm sagen: Papa, du bist nicht mehr derselbe, du hast dich verändert und ähnliche Floskeln, die überhaupt nichts bringen. Zwecklose Szenen, wie ich sie im Übrigen auch schon mit Jacopo, meinem Ex-Mann, durchexerziert hatte: Lassen wir alles raus, befreien wir uns, sehen wir der Wahrheit ins Gesicht. Aber wo ist die Wahrheit, was für ein verdammtes Gesicht hat die wohl? Du gehst um sie herum und siehst sie von allen Seiten an, und dabei zeigt sie sich dir doch immer nur im Profil, bestenfalls im Dreiviertelprofil. Eine einzige große Zeitverschwendung.

Und außerdem war die Wahrheit nun einmal die, dass Papa sich in Milena verliebt hatte, eine schöne junge Frau, viel jünger als er, deshalb trug er jetzt auch sein schönes graues Haar etwas länger, so wie »der Dirigent« im Spielfilm. Alles völlig normal, um nicht zu sagen banal. Ein Witwer, der Trost sucht und findet. Beim Kindermädchen? Jawohl, beim Kindermädchen.

Verändert? Was wusste ich schon davon, wie Papa vorher war? Was mag ihm durch den Kopf gegangen sein, als wir Kindermädchen im Haus hatten, die sich um *mich* kümmerten? Diese stämmigen Schweizerinnen aus Uri, diese katastrophalen Engländerinnen. Ich kann mich nicht erinnern, dass eine schöne darunter gewesen wäre, aber wer weiß? Vielleicht hatte sich das Ganze ja schon seit jener fernen Zeit angebahnt. Damals unterdrückte Impulse, die nun endlich … Ach was, Psychologie aus albernen Frauenzeitschriften, aus Seifenopern für Hausmädchen – und für mich, eine davon verfolge ich seit Jahren ganz ohne Scham.

Schließlich sitzen wir eines Abends in seinem Arbeitszimmer. Ernst und feierlich teilt er mir mit, er wolle Milena heiraten – alles andere als eine Überraschung, Bea hatte mich schon vor Wochen vorgewarnt. Was kann man darauf antworten? Ach wie reizend, herzlichen Glückwunsch? Die hohlsten Phrasen fallen einem ein, etwa: Wie schön für dich, oder: Das Leben steckt doch voller hübscher Wendungen.

Er verzichtete auf Erklärungen oder Entschuldigungen, er suchte keineswegs Verständnis oder dergleichen. Und zu keinem Zeitpunkt erwähnte er Mama, ihr langes Leiden, ihre schreckliche lächelnde Grimasse. Er hatte eine Entscheidung getroffen, basta.

Äh, ja, stammelte ich, wenn du dir wirklich sicher bist … Bombensicher, sagte er und begann mir im Crescendo Milenas Lob zu singen, er schwang sogar den Stock dazu: ihre Qualitäten und Tugenden, wie sehr die Kinder sie verehrten, und während er weitersprach, wurde er immer gelöster, sein Gesicht strahlte, er lächelte, ganz der Verliebte, der unterm Balkon ein Ständchen darbringt.

Auf ein bestimmtes kleines oder auch großes Stück Wahrheit sind wir gar nicht erst zu sprechen gekommen. Vermutlich fand er es ganz unbedeutend, ich aber nicht. Ich konnte schon das Feixen hinter seinem Rücken hören, die Sticheleien, stell dir vor, der alte Giacomo hat Camillas Kindermädchen geheiratet. Die klassische Mésalliance.

Und alle beobachten die Rumänin ganz genau, verfolgen quasi unterm Mikroskop, wie sie sich kleidet, welche Frisur sie trägt, wie sie spricht. Gnadenlos.

Aber letztlich ist doch heute jede Ehe eine Mésalliance, sagte Jacopo und meinte die unsere. Und Bea tröstete mich: Ja, anfangs wird es ein wenig lächerlich wirken, aber das dauert nicht lange, die Leute bekommen so etwas bald satt und Milena wird rasch lernen, sie ist intelligent, es wird genügen, wenn man ihr erklärt, dass all diese kleinen Magneten an der Kühlschranktür ein bisschen na ja sind, auch wenn die Kinder sich damit amüsieren. Und wir werden schon dafür sorgen, dass sie keine Edeltussi im Nerzmantel wird.

Und was ist mit dem Golfclub? Mit den Whistabenden, den Rotariertreffen? Ach, sie wird sich wunderbar einfinden, ein Jahr, wenn überhaupt, und keiner erinnert sich mehr daran, dass sie mal Kindermädchen bei dir war. Ganz davon abgesehen, dass Turin ja nicht gerade das Paris Diderots und der Madame du Deffand ist. Denk doch nur an die Frau von Taricco. Und dann zählte sie mir, gnadenlos auch sie, all die tragischen Pseudo-Damen auf, die dummen Puten, albernen Ziegen, hirnlosen Hennen um uns herum. Und Nicoletta? Und Patrizia mit ihren lächerlichen Stoffen? Und Ilaria? Für jede von ihnen ein Genickschuss, keine Gefangenen!

Papa war außer sich vor Freude, er platzte beinahe, sprang andauernd auf und lief im Arbeitszimmer umher, bot mir von seinem erlesenen, siebenundvierzig oder siebenundsechzig Jahre alten Armagnac an – nein, danke – und setzte sich schließlich auf die Lehne meines Sessels. Er war glücklich.

»Papa, bist du glücklich?«

Er sah mich verdattert an, er hatte dem, was er empfand, noch keinen Namen gegeben.

»Äh … ja, könnte man wohl so sagen.«

Er lachte, erzählte mir von dem Ring, fragte, ob ich ihn zu unserem Familienjuwelier begleiten und ob ich finden würde, dass Casimiros Schloss zu großspurig für die Hochzeit wäre, in jedem Fall solle es eine sehr bescheidene Festlichkeit werden, nicht mehr als dreißig bis vierzig Personen, oder vielleicht besser gar keine, einfach bloß morgens die Trauung in dieser kleinen Kapelle in Montiglio, ohne Gäste, nur im engsten Familienkreis, obwohl dann Milena wiederum meinen könnte …

Es war rührend, armer Papa, es riss mich mit, so wie einen diese Art von Wind immer mitreißt, diese plötzliche Brise, die einen dazu bringt, die Arme auszubreiten, alle Distanzen zu überbrücken und jemanden ganz fest in die Arme zu schließen, wortlos, einfach so. In dem Augenblick war auch ich glücklich.

Die beste Freundin

Und da kommt die tatsächlich ganz am Ende, nachdem sämtliche Präfekturen, Konsulate, Botschaften, Ministerien in Bewegung gesetzt worden sind, nachdem alle Papiere bereitliegen, unterschrieben und gegengezeichnet auf was weiß ich wie vielen Ämtern, jetzt, nachdem die Kapelle, der Altar, der Pfarrer bereitstehen für das große Ereignis auf Casimiros Schloss, wo die Einladungen – erst einundfünfzig, dann doch achtundfünfzig – aufs Pingeligste ausgewählt, gedruckt und verschickt worden sind und schon der übliche Cateringservice bestellt ist, ausgerechnet jetzt kommt die mit einer großen Gewissenskrise daher: Erzähle ich ihm alles, oder sage ich ihm lieber nichts?

Mein Engelchen, das ist nun aber ein Luxus, den du dir nicht leisten kannst, reden wir doch mal Klartext. Du hast deine Sache gut gemacht, allerbestens, du hast das große Los gezogen, deinen Preis gewonnen, den Ring von Bulgari, was willst du noch mehr? Solche Skrupel in letzter Minute sind bei einer wie dir, wenn ich das mal so sagen darf, völlig fehl am Platz. Das Gewissen ist etwas Großartiges, gar keine Frage, aber in deinem Fall ist es eine falsche Note, ein Zuviel, eine nutzlose Zugabe, um es ganz offen zu sagen.

Die Wahrheit? Ach, die Wahrheit ist nur ganz wenigen vorbehalten, meine Liebe. Alle anderen, wir alle, die wir dieses Jammertal zu durchschreiten haben, müssen uns mit halben Wahrheiten begnügen, mit Viertelwahrheiten, mit Mandarinenschlitz-Wahrheiten. Ein Leben ganz im Licht der Sonne, davon dürfen wir allenfalls träumen, schau mich an, die ich sicher nicht schlechter bin als viele andere, du machst dir keine Vorstellung, wie viele Schatten ich hinter mir gelassen habe, wie viele Nebelschwaden, wie viele dunkle Winkel. Und ich kann mich nicht einmal mehr an alle erinnern, das ist ja das Schöne daran. Man vergisst. Was brennt, hängt säuberlich aufgereiht im hellsten Neonlicht vor uns, im obersten Stockwerk im großen Kaufhaus unseres Lebens; dann jedoch sinken diese Dinge allmählich herab, das eine verliert sich, das andere wird trübe, noch ein Stockwerk tiefer, noch eins, und die Reihen lichten sich, die Dinge verschwimmen, man sieht sie nicht mehr, das Licht wird schwächer, man befindet sich jetzt auf den unteren Etagen, erstes Untergeschoss, zweites Untergeschoss, und dort, inmitten der geparkten Autos, verlierst du sie aus den Augen, findest sie nicht mehr, erkennst sie nicht mehr – ich soll so etwas getan haben? Ich soll so ein Aas gewesen sein? Das ist nicht möglich, das ist nie geschehen, das muss ich in einem Buch gelesen oder in einem Film gesehen haben. Und im Licht der Sonne gehst du hinaus in den Garten, setzt dich auf eine kleine Bank und genießt, was du dir im großen Kaufhaus des Lebens gekauft hast: das Vergessen, meine Liebe, das Vergessen.

Du hast schon sehr viel getan, um dich aus dem Sumpf zu ziehen, du hast großen Mut bewiesen, du hast eine große Schlacht geschlagen und hast gesiegt. Wir alle sind voller Bewunderung für dich, wir alle stehen bereit, dich in deinem neuen Leben zu unterstützen, ich, Lucia, Maria Ludovica und sogar Semeraro.

Don Traversa ist nicht auf dem Laufenden, sagst du. Aber es ist nicht gesagt, dass Don Traversa dich drängen würde zu reden, mit der viel beschworenen Wahrheit herauszurücken. Ruf ihn doch mal an, wenn du das glaubst, geh hin und bitte ihn um Rat. Aber er ist Priester, vergiss das nicht. Ein fabelhafter Mensch, aber eben ein Priester, also einer, der das Gewissen sozusagen ständig in Händen hält, wie einen Rosenkranz, und der von morgens bis abends damit herumwirtschaftet, er hat Erfahrung mit dem Gewissen, er ist mit ihm vertraut, er kennt es in allen Facetten. Das ist etwas anderes als bei dir, wenn du plötzlich merkst, dass es aufgewacht ist, und dann erschrickst du und es kommt dir vor wie ein flammenspuckender Drache, verstehst du?

Don Traversa hat dir geholfen, er hat dich gerettet, okay. Aber warum sollte er dir dann ausgerechnet jetzt den Teppich unter den Füßen wegziehen? Ein Vertrauensbruch, sagst du? Ach, woher denn! Du gehst deinen Weg, du lebst dein neues Leben, und genau das hat Don Traversa erhofft und gewollt und wir anderen mit ihm, mein liebes Kind. Wenn du jetzt beschließt zu reden, wenn du deinem Schatz alles erzählst, dann bist du es, die gewissermaßen das Vertrauen bricht, verstehst du? Denn dann fliegt alles in die Luft, das ist dir doch klar, oder? Eine veritable Bombe als Mitgift für deinen Herrn Gemahl. Aus und vorbei, alles im Eimer, und im besten Fall musst du dir einen neuen Job suchen, die Koffer packen, in eine andere Stadt ziehen, verschwinden.

Denn es mag ja sicher so sein, dass er dich liebt, aber für einen Mann wie ihn gibt es gewisse Grenzen, schließlich nimmt er in dieser Stadt eine gewisse Stellung ein, und das betrifft nicht nur die Bank, das betrifft alles, wofür die Bank steht: Freundschaften, Verwandtschaften, Beziehungen, Geschäftsverbindungen, und nicht erst seit heute, sondern seit gestern, vorgestern und bis in die tiefste Vergangenheit, hast du die Jahreszahlen auf dem Familiengrab gesehen?

Wenn du ihm die Wahrheit sagst, wird er dich nicht heiraten *können*, er wird sich nicht fähig fühlen, ein solches Risiko einzugehen, bei allem Schmerz darüber, dich gehen lassen zu müssen. Ein Mann wie er liebt das Risiko nicht, seine Bank ist keine von denen, die Risiken eingehen, sie ist eine von denen, die immer versuchen, das Schlimmste vorauszusehen, es lange im Voraus zu wittern, und sie war immer sehr gut darin. Und eine ehemalige Prostituierte zu heiraten ist ein verdammt hohes Risiko, da lebst du jeden Tag mit der Angst, dass irgendwer mit der tollen Neuigkeit kommt: Weißt du eigentlich, dass deine Frau …? Nein, völlig undenkbar, er würde dich nicht heiraten, er würde verzweifelt sein, aber er würde keine andere Wahl haben.

Mach, was du willst, aber für mich, für uns alle, die wir dir zugetan sind, gibt es nur eines: stillhalten und sich klarmachen, dass die Vergangenheit vergangen ist, tot und begraben, und dass du ein anderer Mensch geworden bist, eine andere Frau, und daher alles Recht hast, neu anzufangen – ein Glück, das nebenbei bemerkt nicht jeder hat, das kann ich dir versichern.

Eine Ehe, die auf einer Lüge gründet? Aber das tun sie doch alle, ausnahmslos! Große Lügen, halbe Lügen, Unausgesprochenes, Halbgesagtes, Vagheiten, die wie Damoklesschwerter über den Köpfen der Eheleute hängen. Was glaubst denn du? Meinst du, Ehen haben ein Fundament aus Stahlbeton, auf dem auch der Petersdom oder der

Eiffelturm stehen könnten? Nein, so ist das nicht, meine Liebe, so funktioniert das nicht, alles schwankt immerzu, als würde man in Japan leben oder im Iran mit den unaufhörlichen Erdbeben, die sie dort haben, bei denen die Opfer in die Hunderttausende gehen.

Also bleib schön still und heirate, dann wird deine Ehe mehr oder weniger wie alle anderen, das garantiere ich dir. Oder nein, sie wird sogar besser, weil du jung bist und der Altersunterschied dir einen hübschen Vorteil verschafft, du Glückliche. Da genügt es schon, wenn du im Bett nicht die Initiative ergreifst, lass ihn nur machen, er muss derjenige sein, der dich in die Geheimnisse des warmen Wassers einweiht, oder wenigstens muss er es glauben. Abgesehen davon, dass diese Sache mit dem warmen Wasser sowieso nicht so wichtig ist. Was zählt, ist der Rest. Und was ist der Rest, der ganze Rest? Ach ja, das weiß ich auch nicht, selbst in meinem Alter habe ich das noch nicht richtig erfasst. Kleinigkeiten, die jedoch … Tropfen. Blütenblätter. Oder doch große Dinge, große Worte, keine Ahnung. Vielleicht weiß das niemand, und wenn doch, kann er's nicht sagen, man bekommt es nicht zu fassen und muss sich mit den Worten der Dichter behelfen oder mit dem Wenigen, das doch gar nicht so wenig ist – ich liebe dich immer noch, ich liebe dich nicht mehr, ich habe dich immer geliebt, ich werde dich immer lieben, und derlei Unbeholfenheiten mehr. Das wirst du selbst herausfinden müssen, du bist es, die Tag und Nacht mit ihm zusammen sein wird, alle Tage und alle Nächte, da kann ich dir leider nicht helfen. Willst du nicht doch eine Tasse Tee?

Dies alles habe ich also Milena gesagt, mehr oder weniger, grosso modo, in groben Zügen, um sie zu überreden, nicht die Dumme zu spielen, sondern ihren Giacomo zu heiraten. Bei mir zu Hause, bei grünem Tee, der ja gut sein soll, ich weiß nicht mehr, wofür. Ob es genügt hat? Ich denke ja, jedenfalls hat Giacomo die Hochzeit nicht abgesagt, er hat seine Milena tatsächlich geheiratet, und die ganze Feier in Anwesenheit von hundert Gästen war ja auch ein voller Erfolg, bis zu dem Auftritt von Janko.

Die Journalistin

»Aber du hast ihn doch gesehen, diesen Janko, oder?«, fragte ich am Telefon, »du hast die ganze Szene doch miterlebt, du hast …«

»Nein, nein«, sagte Nicoletta, »ich war nicht dabei, ich war nicht eingeladen und ich hätte auch nicht gekonnt, an dem Tag hatte ich was anderes vor, das hat mir alles Gabri erzählt, du weißt schon, Gabrielle …«

Nein, ich kannte sie nicht, diese Gabrielle, aber für Nicoletta und ihresgleichen versteht es sich von selbst, dass jeder jeden kennt, dass man über jedermanns Leben und Werke Bescheid weiß, aus erster, zweiter oder dritter Hand. Fünfzig, fünfhundert, schließlich tausend Leute, die immer weniger interessiert, doch stets auf dem Laufenden sind.

»Aber die Geschichte ist schon sieben, acht Monate her, die Sache ist, glaube ich, im September passiert, bei Casimiro«, sagte Nicoletta. »Auf seinem hübschen Schlösschen, ich habe schon zweimal mit meinen Kindern einen Ausflug dorthin gemacht, der Mann ist wirklich ein Engel.«

Ihre Kinder, das sind immer dreißig oder vierzig, Nicoletta ist nämlich sozial sehr engagiert, daher kenne ich sie auch, ich habe mal ein langes – und dann stark gekürztes – Interview mit ihr geführt über ihre Arbeit mit multikulturellen Minderjährigen, Sudanesen, Pakistanern,

Amazoniern, die sie betreut und anleitet und vor diversen Schrecknissen behütet, und in diesem Rahmen organisiert sie auch gelegentlich eine Schnitzeljagd bei Casimiro oder anderen Engeln. Sie selbst hat zwei dieser Kinder adoptiert, aus Weißrussland und Brasilien – oder war's Herzegowina und Jemen? –, und wenn man einem Ex von mir glauben darf, der damals den Kontakt zwischen uns hergestellt hat, dann irrt ihr Mann inzwischen nur noch in der Wohnung herum und wiederholt einen einzigen Laut, ong, ong, ong, wie ein verstörter Gorilla. Aber das ist nur ein böser Witz.

»Gabrielle war dabei, weil sie doch immer noch Oddones Frau ist, und sie hat's gesehen, obwohl sie es nicht so recht verstanden hat: Die Sache wird höchstens zwei, drei Minuten gedauert haben, eine Art Handgemenge mit Geschrei und Rumgeschubse, und sie, die Braut, hat gestrampelt und nach dem Eindringling gebissen. Gabrielle sagt, sie hätte es für einen Scherz gehalten, und da war sie übrigens nicht die Einzige, bis dann dieser Galgenvogel, dieser Janko, ein gut aussehender Kerl übrigens, eine Flasche über den Schädel gezogen bekam, und dann haben Casimiro und Giacomo und die anderen ihn hochkant rausgeworfen. Wie gesagt, es waren höchstens drei Minuten, aber das Wesentliche haben wir alle mitbekommen, nämlich dass Giacomo eine kleine Rumänin geheiratet hat, die direkt von der Straße kam, also eine Nutte, verstehst du? Ich persönlich finde ja, er hat das ganz ausgezeichnet gemacht, endlich mal eine konkrete Tat, es gibt ja genug Leute, die ständig von Solidarität reden und dann keinen Finger rühren. Aber mit der Meinung stehe ich mehr oder weniger allein da, das kannst du dir ja denken, hier in Turin.«

O ja, das konnte ich. In Rom oder Mailand mochte es ja noch angehen. Aber hier? Und er, Bankier seit x Generationen, Verwalter von alten Turiner Vermögen? Hatte er den Kopf verloren wegen dieser Nutte, hatte er sie tatsächlich heiraten wollen? Er kann ja tun, was er will, aber wer sagt dir, dass so ein Windbeutel nicht morgen den Kopf verliert und in argentinische Staatsanleihen investiert oder in die Minen von König Salomo? Nicht ungefährlich, so einem sein Geld anzuvertrauen.

Es hatte keine Anzeige gegeben – Hausfriedensbruch, tätlicher Angriff, Körperverletzung, schwere Beleidigung und so weiter –, und der Galgenvogel, dieser Janko, hatte sich mit ein paar Schrammen in die grünen Hügel des Monferrato verdrückt. Oberstes Ziel war gewesen, einen Skandal zu vermeiden, sprich: die sensationsgierigen Medien fernzuhalten, ob Zeitungen oder Fernsehsender, inklusive Ekel-TV, die hinter den aufregendsten Details herjagen, schon über Schlagzeilen brüten – Abrechnung im Schloss, Die Kurtisane und der rüstige Bankier, Diese Frau gehört mir, und so weiter. Aber den Skandal unter diesen fünfzig, dann fünfhundert Leuten hatte es gegeben, und er war ziemlich saftig ausgefallen, wie meine Carabiniera ganz richtig vermutet hatte – »Vor der Tat hat es noch einen *anderen* Skandal gegeben, da kannst du Gift drauf nehmen« –, und jetzt wurde er überall gesucht, dieser Janko, er war der Hauptverdächtige, an Grenzübergängen, auf Flughäfen, Bahnhöfen, Autobahnen, eine wahre Menschenjagd. Man hatte den Zeitungen auch ein Foto überlassen, das wie üblich nichts nutzte, denn wann siehst du je ein solches Gesicht im Bus und erkennst es wieder? Und verständigst die Carabinieri, und dann ist er's nicht gewesen, es war nur ein Elektriker aus Gassino, du verlierst einen halben Tag und fängst dir am Ende noch eine Zivilklage ein.

Aber eine, die ganz nah dran gewesen war, die die ganze Szene auf dem Schloss mitangesehen hatte, eine Zeugin, die wirklich alles wusste, hatte ich in Reichweite einer halben Autostunde. Lucia. Sie war auf dem Fest gewesen, um der Braut zuzujubeln, ihrer lieben Milena. Ich wollte sie erst im Centro Ianua anrufen, fürchtete aber, die würden mich sowieso nicht mit ihr verbinden, dann dachte ich, dass sie vielleicht in Turin bei den ermittelnden Carabinieri saß, dann schließlich, dass es mich ja nicht viel kosten würde, es zu versuchen, also meinen Hintern in Bewegung zu setzen und noch mal nach Vercelli zu fahren, zwischen den stillen silbrigen Platten der Reisfelder und den schwarzen Reihern hindurch, einer da, einer dort, reglos, wachsam.

Die alte Gräfin

Ob ich mich erinnere, ob ich mich erinnere? Ah, erinnern! Aus diesem Fenster, ja, die Libanesische Zeder, in der Mitte getroffen von einem Blitz eines Nachmittags um drei, der blendend helle Spalt in der Mauer aus schwarzem Chiffon und das Krachen, das unerhört laute Krachen. Das möchtest du wissen? Genügt das als Erinnerung?

Nein, Frau Gräfin, das ist es nicht, das …

Dann also das andere Mal, als diese Mutter und ihr Sohn, den sie vor Jahrhunderten zur Adoption freigegeben hatte und der dann nach Australien ausgewandert war oder nach Patagonien – ja, Patagonien –, als die beiden sich endlich wieder in die Arme schlossen, an dem anderen Fenster, und sie weinten und weinten, Ströme von Tränen, obwohl ich keine Minute lang darauf hereingefallen bin, das war nur Fernsehen, ein abgekartetes Spiel, alle haben nur so getan, wie auch du, *petite pute*, die du hier als Carabiniera verkleidet in meinen Turm kommst, um mir Fragen zu stellen und mich zu nötigen, dass ich mich an ferne Ereignisse erinnere, an Ereignisse, die verblasst oder vielleicht nie geschehen sind, und das einer alten Frau von sechsundachtzig Jahren, der alten Margot, *grand maman* Margot, immer noch wach im Geiste – streckenweise, fügen sie jedoch halblaut hinzu –, die immer in einem der vier Sessel droben in ihrem Turm sitzt, mit Ausblick in die vier Himmelsrichtungen, auf die Hügel bis zum Horizont und den Garten mit seinen Farben, den Pavillon, den Tennisplatz, den Buchenwald weiter unten, den Swimmingpool, den man nicht sieht, die gespaltene Zeder, zerbrochen wie ein Streichholz vor Jahren, vor Jahrhunderten …

Ja, genau, Frau Gräfin, aber an jenem Tag im September letzten Jahres …

Erinnern, sich entsinnen, da kommt mir das alte Lied in den Sinn, *Remember, September* … Es war September, nun ja, wenn du's sagst. Eine Hochzeit, sagst du. Aber war es nicht doch eine Schnitzeljagd oder die Präsentation eines neuen Automobils oder ein Fest mit historischen Figuren oder eine Topinambur-Feier? *On aura tout vu*, was hat man nicht alles schon gesehen auf diesem Schloss, Casimiro ist ein Irrwisch, der niemals ruht, keinen Moment hört er auf mit seinen Einladungen, seinen Werbe- und Verkaufsveranstaltungen, ständig haben wir irgendeinen Dreitageskongress der Stallhundbesitzer – aber wo sind die Ställe geblieben? –, ein Weekend für Musikkapellen vom Lande, und dann die Fernsehfilme, kostümiert oder unkostümiert, mit oder ohne Perücken, er vermietet das Schloss an Krethi und Plethi, an jeden Kretin, der mit geschminktem Gesicht daherkommt, um seine Albernheiten aufzuführen, sogar ein Duell mit Schwertern, die ganz offensichtlich aus Holz waren, wie jene, die er selbst hatte, als er noch ein Kind war, ein sehr hübsches Kind …

Nein, *mon ange*, ich nehme nie daran teil, ich gehe dort nicht hinunter, das fehlte noch, die Oma bleibt hier oben in ihrem Turm, aus ihren vier Fenstern kann sie die Szene gut übersehen, bequem in einem ihrer vier Sessel sitzend, diese zwei schönen Muscheln da aus dem mittleren Ottocento, die sich dir besser an den Rücken schmiegen als jeder Ehemann oder Geliebte, findest du nicht, *ma petite pute*, heute kann die niemand mehr so passgenau herstellen, so … liebevoll, trotz all ihrer ermüdenden Debatten über Osteoporose und Genickstarre, und dann die zwei anderen, die …

Nein, ich kann mich selbst fortbewegen, ich habe meinen Stock, hör nur, toc toc toc, und so gehe ich ans andere Fenster oder an das da drüben, je nachdem. Die Pflegerin ist recht nett, sie trägt mich die Treppe hinauf und hinunter, eine ausgesprochen kräftige Russin, allerdings klaut sie mir die Pistazien, *la vache*, ich sehe das wohl, aber ich halte sie ein wenig auf Distanz, sie spricht nur in Diminutiven, meine Händchen, meine Füßchen, mein Stöckchen, dabei ist das, toc toc toc, ein richtiger Hirtenstock, mein Vater hat ihn einst in Grasse oder Manosque auf dem Markt gekauft, er wird nach unten zu dicker, *tu vois*, hier oben am Griff ist er ganz schmal und weitet sich dann nach unten immer mehr, wer weiß, warum die so gemacht worden sind, vielleicht, um den *moutons* und den *vaches* mal einen kräftigeren Klaps zu geben, kann man sich schon vorstellen, aber ohne ihnen ernstlich wehzutun …

September, with April, June and September … Ja, mag sein, wenn du's sagst, für mich ist das alles ein wenig einerlei, verstehst du, *mignonne*, Wind an diesem Fenster, Sonne an dem da, Regen dort drüben und dort im Eck der Schneefall in Molise, eine Überschwemmung in Guatemala und all die Schauspieler, die ihre Rollen spielen, die fingieren, mit Perücke oder Pullover, mit Büstenhalter, *cache-sexe*, *mitraillette* oder dem Catering-Wagen, der in die Luft fliegt, und du, ich meine nicht du, sondern andere wie du mit deiner großen Pistole, du kommst um die Ecke und hältst sie mit beiden Händen so vor dich hin, nicht wahr, *mon petit chou*, wer weiß, wie oft du das schon gemacht hast …

Nein, da ist keine Pistole aufgetaucht in jenem Film, in jener *fiction*, auf jener Hochzeit, aber die Braut trug nicht weiß, eine bildhübsche kleine Schauspielerin, sehr sanfte Augen, aber etwas verschlossen, etwas zu starr, ich erinnere mich noch gut daran, sie wirkte ein bisschen unvorbereitet, sie spielte ihre Rolle, aber es schien, als ginge sie, wie soll ich sagen, auf Kohlen, vielleicht war es ihr erster Auftritt, sie wirkte so gar nicht unbefangen inmitten der anderen, die lauter gestandene Profis zu sein schienen, in ihren gekonnt ausgewählten Kleidern, Hüten, Halsketten, zwei oder drei mit weißem Priesterkragen, auch mein Enkel Casimiro lief auf der Wiese hin und her, stand niemals still, immer etwas in der Hand, einen Teller, ein Glas, er lief hierhin und dorthin, *les vaches lentement* … nein, so heißt das nicht, weißt du, im September, wenn die ersten kühlen Tage kommen, auf den Wiesen, diese violetten Blumen, ganz reizende kleine Kelche …

Liebes Kind, ich weiß ja, ich weiß, der Faden, der Faden der Dinge, der Tage, des Lebens, als gäbe es da nur einen, *hélas! Lentement dans les prés* … Nein, keine Pistole, kein Carabiniere, vielleicht der eine oder andere Leibwächter, kräftige junge Männer, vielversprechende, sagen wir mal, du verstehst schon, Komparsen, die nichts weiter zu tun hatten als sich unter die Gäste zu mischen und so zu tun, als würden sie sich unterhalten, als würden sie Champagner trinken beziehungsweise Casimiros Weine, er stellt ja auch einen passablen Spumante her, wobei das gewiss nicht das Richtige für meinen Kir wäre, für meine Pistazien, und die dumme Kuh denkt, ich merke das nicht, greift sich eine Handvoll und steckt sie sich in die Tasche, *la vache* –

ja, soll sie doch darum bitten, *nom de Dieu*, bittet, so wird euch gegeben, *lentement les vaches*, nein, das ist nicht die Reihenfolge, das klingt mir nicht …

Ich konnte nicht verstehen, was sie sagten, nur hin und wieder ein Lachen und das Aufblitzen von Schmuck, gefällt dir meiner, du ohne, du kannst keinen tragen, bist in Uniform, ich verstehe, aber die Worte dringen nicht bis hier herauf, außerdem höre ich nicht so gut, meine Augen sind ausgezeichnet, aber beim Hören habe ich Mühe, *la vache*, aber viel verpasst habe ich auch nicht, die Pointen sind immer eine Qual, ich saß da und sah mir die jämmerliche Szene an, den jämmerlichen Spielfilm, wenn es nicht doch ein Werbespot war für einen Aperitif oder eine Käsesorte oder einen Badeanzug, und alle waren – ich konnte ja kein Wort hören, aber die Regie war klar –, alle sollten natürlich wirken, zwanglos, fröhlich, ein schönes Fest, nehmen wir's leicht, dabei wirkten die Schauspieler und Statisten im Grunde alle, selbst Casimiro, ein wenig … zurückhaltend, *gênés* wäre vielleicht das Wort, sie gingen nicht in ihren Rollen auf, machten alles brav nach dem Drehbuch, aber mit einer klitzekleinen Verzögerung, wie es schien, auch wenn sie tranken, sich setzten, sich eine Zigarette anzündeten, auch wenn sie sich etwas ins Ohr flüsterten, immer war da diese kleine Verzögerung, und daran ist die Regie schuld, findest du nicht auch, du bist doch vom Fach, *ma petite*?

Befangen wirkten sie, jawohl, aber vielleicht sollte das auch so sein, vielleicht war alles im Voraus geplant, wer weiß, bis dann von dort unten, komm, gehen wir mal ans andere Fenster, von dort unten, wo man nur den halben Tennisplatz sieht, hinter den Bambusstauden, wo dann die Pagode kommt, ich nenne sie so, das ist kein Pavillon, sondern eine Pagode, eine Kuppel aus Glas und Gusseisen und Holz, Papa hat sie 1911 als Umkleideraum für den Tennisplatz bauen lassen, sie war schon ganz verfallen, aber dann hat sie Casimiro, der auf so etwas hält, mit all den Duschen und Toiletten, und vielleicht war dieser Kerl ja in einer Toilette versteckt gewesen, und auf einmal springt er hinter dem Bambus hervor und rennt los, kommt auf die Wiese, ausstaffiert als *voyou*, als Gauner, wobei sie ja heute alle mehr oder weniger, und rennt die Wiese hinauf, *lentement dans les prés*, nein, die Reihenfolge ist anders, rennt zwischen den falschen Gästen hindurch, bis er bei der falschen Braut ankommt, die gerade einen großen Becher Eistee trank, vom echten, Casimiro kann dieses Industriezeug nämlich nicht ausstehen, und da schreit sie auf und lässt den Becher fallen, endlich eine glaubhafte Geste, ein gelungener Aufschrei, und der Voyou packt sie an den Haaren, zwingt sie fast in die Knie und schreit irgendwas, und auch sie hat geschrien da unten auf der Wiese, *les vaches dans les prés*, und dann ist einer, ein untersetzter, kräftiger Kerl, einer von den Gästen, aber schlecht besetzt, ziemlich ordinär, offenbar im letzten Moment dazugeholt, weil sie nicht genug Leute hatten, dieser Komparse also stürzt sich mit einer Flasche in der Hand auf den Voyou und brüllt, ich habe nicht hören können, was, aber bestimmt irgendeine Beleidigung, irgendein Schimpfwort, *nom de Dieu de nom de Dieu de nom de Dieu de nom de Dieu de merde*, wie dieser LKW-Fahrer damals auf der Route Nationale 7, der Tante Aude so zum Lachen gebracht hat …

Die Flasche fest in der Hand, grimmig, böse, am Ende doch ein guter Schauspieler. Zugegeben, ich höre nicht gut, aber meine Augen sind noch ausgezeichnet, neunzig Prozent, Frau Gräfin, da haben Sie großes Glück, Falkenauge, Adlerauge, und deshalb bin ich auch nicht drauf reingefallen, ich habe gleich gesehen, dass auch die Flasche falsch war, ich habe sie sofort erkannt, Casimiro hat einige davon zu Hause, die er und die Fernsehleute für ihre Spielfilme brauchen, Plastikflaschen, die haargenau wie gewisse Weinflaschen aussehen, einschließlich der Etiketten, was weiß ich, für ihre falschen Weinlesen, ihre falschen historischen Bankette, tatsächlich ist sie auch nicht zerbrochen, als dieser *pauvre type* sie auf den Kopf bekam, es floss kein Blut, der Kerl brach nicht sehr gekonnt zusammen, eine ganz schwache darstellerische Leistung, und dann haben sie ihn zu dritt oder viert weggeschleppt, und die falsche Braut weinte, zitterte, und die anderen falschen Damen legten sie auf eine Chaiselongue, ein schon ganz ausgebleichtes, abgenutztes Stück aus Peddigrohr, das Papa aus Indien mitgebracht hatte, 1911 oder vielleicht auch früher, und auf der Wiese da unten standen alle um sie herum, der falsche Bräutigam – oder war das Giacomo? – und Casimiro und Beatrice (was hatte die denn dort verloren?), *les vaches, ah, les vaches dans les prés lentement s'empoissonnent.* Voilà, so heißt das, dies ist jetzt die richtige Reihenfolge, siehst du, was ich für ein Gedächtnis habe, *ma petite pute*? Aber es ist schon sehr anstrengend, sich zu erinnern, das bloße Reden ist schon anstrengend, du hast ja keine Ahnung davon, du mit deinen vielen Fragen.

Die Ehrenamtliche

Du hättest es sagen müssen, warum hast du nichts gesagt, du hättest sofort zu mir kommen müssen, zu mir, zu mir! Anstatt so lange zu warten, all die Monate, und dich erst jetzt dazu durchzuringen, da das Übel längst getan ist und die arme Milena nicht mehr unter uns weilt, du hättest erkennen müssen, wie schwerwiegend das war, welch große Gefahr diese äußerst merkwürdige Begegnung bedeutete, diese offensichtliche Komplizenschaft.

Ich hätte es müssen, ich hätte es müssen … Ich dumme Kuh. Ich blöde Gans, die etwas gesehen hat, aber zu beschränkt war, um zwei und zwei zusammenzuzählen. Aber du als Journalistin, sag mal ganz ehrlich: Was hättest du denn gedacht? Du fährst so dahin, und da steht dieses halb verfallene alte Bauernhaus fünfzig Meter abseits der Straße; davor siehst du zwei Autos auf der Tenne stehen. Was sollte einen daran beunruhigen, was sollte man da argwöhnen? Hättest du vielleicht angehalten und wärst hingegangen, um nach dem Wie und Warum zu fragen? Nein wirklich, das kann doch wohl nicht euer Ernst sein!

Außerdem wollte ich ja auch nicht zu spät zu der Hochzeit kommen, ich hatte noch eine gute Stunde, aber ich fahre gern vorsichtig, und die Straßen sind dort voller Kurven, da geht es zwischen Wäldern und Feldern und Weinbergen auf und ab, wenn einem da was passiert, wo findet man da einen Mechaniker, eine Werkstatt?

Und dann war ich halt glücklich und zufrieden, ich dachte nur noch an die Abtei und endlich hatte ich sie im Blick, weißt du eigentlich, dass die früher mal uns unterstand, im Mittelalter, sie gehörte zum Bistum Vercelli, der Bischof von Vercelli mit all seinen Domherren hatte die Fäden in der Hand, wer weiß, was für eine Buße er ihnen auferlegt hat für diesen Fehler, wenn es denn wirklich ein Fehler war, die berühmte zu schmale Trennwand. Lettner heißt das auch. Der berühmte Lettner von Vezzolano.

Den musst du dir unbedingt mal ansehen, das ist nämlich wie eine Art Sperrmauer, die das Schiff in der Mitte abteilt, und oben auf der Brüstung stehen all diese steinernen Patriarchen, jeder mit seinem Namen und seinem Bart, ungefähr so hoch wie das Tischchen hier, eine einzige lange Reihe von Wand zu Wand, also von Pfeiler zu Pfeiler. Ein großartiger Anblick, sage ich dir, die sind nämlich auch noch bemalt, sauber gezeichnete Augen und schön rote Wangen, und es sind vierzig an der Zahl, Salomon und David, Booz und Esron und so weiter, sämtliche Vorfahren Jesu, ja, aber das Seltsame …

Nein, danke, keinen Kaffee mehr, das wäre jetzt schon der dritte, und ich bin sowieso schon nervös genug, bin ganz außer mir, ich weiß nicht mehr, was ich denken soll, offen gesagt, weiß ich nicht, wie lange ich das noch aushalten kann im Zentrum, wo Don Traversa mich anstarrt wie eine, die … Als wäre das alles meine Schuld, das arme Dummchen, sie meinen, ich hätte es ihnen sagen sollen, ich hätte sie sofort davon in Kenntnis setzen sollen, aber Semeraro anschwärzen, die tragende Säule des Hauses, den Mann, der die Waschmaschine repariert, nein, das geht nicht, dafür hätte man mich doch nur ausgelacht, ach komm, Lucia, was hast du dir da schon wieder in den Kopf gesetzt, wir wissen ja, dass Semeraro nicht dein Fall ist, richtiggehend fixiert bist du auf ihn, nun lass es doch gut sein, nimm das nicht so wichtig, du musst halt ein bisschen mitlachen…

Ja, vielleicht nehme ich ein kleines Eis, nur eine Kugel mit… Minze? Nein, lieber Waldfrüchte. Also, von wegen lachen, mir hat Semeraro, das sage ich dir ganz ehrlich, mir hat der schon immer Angst gemacht, so, jetzt ist es raus, der ist nämlich ein Wolf, und in diesem Wald da, mit dem Toyota vom Zentrum, was hatte er da eigentlich verloren?

Was weiß denn ich? Ich hab's schon den Carabinieri heute Morgen gesagt und wiederholt, als sie mich an den genauen Ort brachten, um die Ereignisse zu rekonstruieren. Liebe Leute, das war doch nur ein Augenblick: Ich habe ihn dort vor dem Bauernhof stehen sehen, unter der kupfergrünen Mauer, er rauchte eine mit diesem anderen Kerl, sie pafften beide, Semeraro und der, den sie suchen, das ging blitzschnell, aber ich habe sie genau gesehen, er kann mich gesehen haben oder auch nicht, keine Ahnung, aber ich hab's registriert und gleichzeitig, tja, hab ich eben nicht lange drüber nachgedacht, okay, sie haben kurz angehalten, um eine zu rauchen, was soll's, in Vezzolano waren sie sicher nicht, jedenfalls hatte ich sie nicht in der Abtei gesehen, die waren bestimmt nicht gekommen, um sich diese vierzig bärtigen Zwerge anzusehen, die in Wirklichkeit nur fünfunddreißig sind, denn man hat diesen berühmten Lettner zu schmal gebaut, vierzig solcher Männlein hätte er nicht ausgehalten, und so hat man die übrigen fünf eben bloß gemalt, drei auf dem linken und zwei auf dem rechten Pfeiler, es ist nicht bekannt, wie das überhaupt passieren konnte, ein Rechenfehler oder was weiß ich, ein echtes Rätsel, ein Fehler wie von Semeraro, der mag ja ein wertvoller Mitarbeiter sein, aber in zwei von drei Fällen sind seine Reparaturen einfach Pfusch, und dann muss man richtige Handwerker rufen, letztes Jahr gab's da ein Problem mit …

Aber ich wollte doch nur eine Kugel, nicht drei, na gut, kann man nichts machen, ist auch in Ordnung, wenn ich das Zentrum verlasse, komme ich hier sowieso nicht mehr vorbei, das wäre schon ein bisschen schade, hier bei Gelandia machen sie wirklich leckeres Eis, die Mädchen sind immer gern hergekommen, aber ich kann das nicht mehr, nach allem, was passiert ist, dann lieber Kinder, ein Heim für behinderte Kinder, hast du eigentlich welche? Bist du verheiratet? Magst du Kinder? Milena mochte sie wahnsinnig gern, sie konnte auch gut mit ihnen umgehen, sie spielte mit ihnen, wurde selbst zum Kind, das war ihre Berufung, vielleicht hätte sie mit diesem Bankier …?

Ich weiß nicht, ob sie ihm am Ende von ihrer Vergangenheit erzählt hat, ob es mir gelungen war, sie davon zu überzeugen, dass sie besser still sein und vergessen sollte, ich hatte ihr so sehr dazu geraten bei unserem Treffen in der Consolata, aber sie wollte um jeden Preis beichten, ihm alles erzählen, ich weiß nicht, ob sie's dann auch getan hat, auf der Hochzeit hat sie mir nichts gesagt, sie hat mich nur ganz fest umarmt, und natürlich habe ich vor Glück geheult, weil er sie schließlich doch geheiratet hat.

Aber hat er's da gewusst oder nicht, das ist das große Rätsel, auch wenn dann natürlich, als dieser Ganove, dieser Janko aufgetaucht ist, alle davon erfahren haben, er hat sie beschimpft, er hat sie am Arm gepackt, an den Haaren gezerrt und beschimpft, mit Wörtern, die man gar nicht wiederholen kann, richtig schmutzige Wörter, wir standen alle wie erstarrt da und sahen zu, es war kaum zu glauben, mitten auf dem Fest, mitten zwischen all den schön gedeckten Tischen eine solche Szene, er wolle sie zurückhaben, er werde sie wieder auf den Strich schicken, bis dann Semeraro mit der Flasche kam …

Was ich mir dabei gedacht habe? Was hätte ich denn denken sollen? Ich weiß nicht, ich habe nichts mehr verstanden, noch eine Stunde vorher hatte ich sie zusammen rauchen sehen, und jetzt prügelten sie sich, Semeraro hat ihn voll am Kopf erwischt, und der andere ist der Länge nach hingeknallt, und dann haben Semeraro und die anderen ihn weggeschleppt, und er ist wieder auf die Beine gekommen und fortgerannt, in den Wald, und Milena war zu Tode erschrocken, sie stammelte nur noch, brachte keinen ganzen Satz mehr heraus, und ihr Mann und seine Tochter und die Frau Beatrice haben sie auf einen Liegestuhl gelegt und ich, was hätte ich mir denn denken, was hätte ich tun sollen? Die Carabinieri rufen, bei fremden Leuten?

Aber wenn er ihm doch die Flasche über den Kopf geschlagen hat, wer hätte da ahnen können, dass die beiden unter einer Decke steckten, dass alles gespielt war? Jetzt sagen mir alle: Das war nur gespielt, Semeraro war es, der ihn zum Schloss gefahren hat, dieser verfluchte Wolf, aber erklär mir doch bitte mal jemand, wie ich das in dem Moment hätte ahnen sollen, wenn niemand, ich wiederhole, niemand es geahnt hat? Nur ich soll jetzt die dumme Pute sein, nur ich das arme Dummchen?

Die Tochter

Vorher, sage ich Ihnen, *vorher*! Mein Vater hat das alles *vor* der Hochzeit erfahren! Und ich kann Ihnen auch den genauen Tag sagen, wenn Ihnen das weiterhilft. Den Abend, genau genommen. Die Nacht. Es war schon nach zwei, und er hat an meine Tür geklopft, und ich habe ein wenig gebraucht, um wach zu werden, ich habe ihn erst nicht gehört, und dann sehe ich ihn vor mir mit einem ganz verschlossenen Gesichtsausdruck, wie verbarrikadiert, Sie, Herr Anwalt, Sie kennen das, Sie wissen, was ich meine. Neun Tage *vor* der Hochzeit.

Ach was, kein anonymer Brief, auch kein Anruf! Sie ist es gewesen, Milena war es, die ihm die Wahrheit gesagt hat, und nun kam er zu mir, um sich mir anzuvertrauen, um es mit mir zu besprechen. Eine ganze Weile stand er still an meinem Bett, dann fing er an, im Zimmer auf und ab zu gehen, und ich war sehr erschrocken und habe ihn gefragt: Aber Papa, geht's dir nicht gut? Was ist passiert? Was hast du? Komm, setz dich hin und sag mir, was passiert ist. Und am Ende hat er sich dann an mein Bett gesetzt wie früher, als ich klein war, und hat es endlich geschafft, die Lippen zu öffnen, die Kiefer auseinanderzubekommen.

Milena ist früher auf den Strich gegangen, sie war eine Prostituierte – das ist passiert.

Woher weißt du das?

Sie hat's mir gesagt.

Eine Faust mitten ins Gesicht, ein furchtbarer Schlag.

Und was machen wir jetzt? Wie lösen wir das? Er fing wieder an, auf und ab zu gehen, und ich machte den Mund nicht auf, Sie wissen ja, wie Papa ist, Herr Anwalt, Sie sind der Einzige, von dem er sich etwas sagen lässt, aber bei Ihnen sind es nur Geschäftsangelegenheiten, keine persönlichen Dinge, bei mir und Mama hat immer er die wesentlichen Entscheidungen getroffen, Diskussionen hat er nie ausstehen können, davon kann ich ein Liedchen singen.

Dann ist mir Beatrice eingefallen, unsere beste Freundin, Mamas und Papas und auch meine, und da habe ich mir gedacht, vielleicht könnten wir mit Beatrice darüber sprechen, einer Frau, die – ich weiß, auch sie wird gerade vernommen, ich weiß es von Semeraro –, aber zu dem Zeitpunkt schien es mir das Einzige, was wir tun konnten, mit ihr haben wir immer über alles geredet, sie gehörte zur Familie, wir hätten sie anrufen können und sie wäre sofort gekommen, auch mitten in der Nacht.

Aber Papa ließ mich gar nicht erst ausreden: Nichts da, zu niemandem ein Wort, weder zu Beatrice noch zu sonst jemandem, er ließ mich das buchstäblich schwören, die Sache betreffe nur ihn und Milena, er wolle keine Ratschläge und Meinungen hören, von niemandem, nur er, er allein müsse jetzt eine Entscheidung treffen. Erst später habe ich begriffen, dass er seine Entscheidung bereits getroffen hatte, dass für ihn die Hochzeit in jedem Fall stattfinden musste. Milenas Vergangenheit war, was sie war, aber sie hatte den Mut gehabt, ihm alles zu beichten, und das zählte mehr als alles andere, es war der schönste Beweis, eine Handlung, die sie in seinen Augen völlig und endgültig rehabilitierte.

Deswegen sage ich ja, dass mein Vater mit dem Mord nichts zu tun hat, er kann auf gar keinen Fall etwas damit zu tun gehabt haben. Ihn zu verdächtigen ergibt überhaupt keinen Sinn, denn wenn er Milena hätte loswerden wollen, dann hätte er es ja damals tun können, am Tag nach ihrem Geständnis, er hätte ihr nur zu sagen brauchen: Pack deine Koffer und geh, weiter nichts. Stattdessen ist er mit ihr an den Lago d'Orta gefahren, eine Gegend, die er sehr liebt, als Kind war er jeden Sommer dort, in einer Villa von Freunden, den Varesios, später haben sie sie dann verkauft, eine große gelbe Villa mit einer Wiese, die bis ans Seeufer ging, bis zum Steg mit den Booten, zwei Ruderboote und ein kleines Segelboot, ein Dingi, und Papa …

Ja, gewiss, entschuldigen Sie, und bitte entschuldigen auch Sie, Herr Anwalt. Also dort sind sie dann drei Tage geblieben, in einer Pension am See, sie sind auf den Sacro Monte gestiegen, wahrscheinlich waren sie auch auf der Insel, und in jedem Fall werden sie geredet und geredet haben, denke ich, oder gerade nicht, nein, vielleicht haben sie geschwiegen, während er ruderte, und um es kurz zu machen, nach der Rückkehr ist er dann zu mir gekommen und hat mir gesagt, dass die Hochzeit stattfinden werde, alles in Ordnung, alles wie geplant. Und absolutes Stillschweigen gegenüber allen anderen, versteht sich.

Stattdessen gab es dann auf dem Schloss den Skandal, und alle haben davon erfahren. Aber auch da hat Papa nicht mit der Wimper gezuckt, das heißt, er hat angefangen, Kontakt mit diesen Holländern aufzunehmen, Sie wissen schon, Herr Anwalt, er hatte vor, sich ein wenig aus der Bank zurückzuziehen, und auch das ist, finde ich, ein Beweis, nicht wahr, dass seine Frau für ihn wichtiger war als alles andere, dass er mit ihr zusammenbleiben wollte, trotz dieses mörderischen Ganoven, trotz all der bösen Zungen und Seitenblicke, sollten sie meinen, was sie wollten, beim Whist und im Golfclub und in ganz Turin, ob Freunde oder Feinde.

Und dann hat sie, ich meine Beatrice … Aber was sagt sie eigentlich dazu, was erzählt sie Ihnen denn so, wenn ich fragen darf?

Die beste Freundin

Auf Anraten meiner Anwälte Ida Tornaforti und Guido Cappa-Rovere mache ich von meinem Recht auf Aussageverweigerung Gebrauch.

Die Carabiniera

Zwanzig Schritte von dort, wo wir saßen, Gilardo und ich, kauerte eine alte Bettlerin an der Wand; ein grauer Unterarm, eine graue Handfläche ragten ohne Überzeugung aus dem Haufen Lumpen, der sie bedeckte.

»Also ich muss schon sagen, die … Seltsamkeiten der Frauen …«, sinnierte Gilardo, den Augenblick nutzend, in dem die Arkaden in der Via Cernaia ein wenig Stille zuließen.

Nicht eine Runzel regte sich in dem eingefallenen Gesicht, gerahmt von weißlichen Haarsträhnen, die von drei oder vier Haarnadeln mehr oder minder zusammengehalten wurden. Neben der Frau schlief ein kleiner Hund mit hellem Fell. Vor ihr wartete eine abgewetzte Blechschachtel auf milde Gaben.

»Ich weiß noch, wie mal meine Schwester Clelia, sie war nur ein Jahr älter als ich, mit ihren Zöpfen …«

Ein Autobus bremste, als wollte er seinen Geist in die Hände des Gottes der Busse legen, mit einem lang gezogenen Todesseufzer. Gilardo hob sein Glas mit Orangensaft halb hoch und stellte es wieder hin.

»Wir waren oben in Cavoretto im Garten dieser Villa, und ich half meinem Vater dabei, die Zitronenbäume vor dem …«

Zwei Mopeds, eins nach dem anderen, schnitten ihm

das Wort ab wie zwei Halsabschneider, und Gilardo trank einen nachdenklichen, perplexen Schluck, ohne mich aus den Augen zu lassen. Wer weiß, vielleicht hatte auch ich meine Seltsamkeiten? Aber sicher doch, werter Herr Kollege. Ich hätte ihm eine endlose Aufzählung dieser »Seltsamkeiten« geben können, wie er das so taktvoll bezeichnete. Fast unmerkliche Schikanen – das meinte er nämlich –, Gemeinheiten, Bosheiten, mäandernde Racheakte.

»Aber sie, die Auftraggeberin«, sagte ich, »sie wird doch alles abstreiten, sie wird sagen, die beiden wären zu weit gegangen, sie hätten dem Mädchen nur eine Lektion erteilen sollen.«

»Ja«, sagte Gilardo, »darauf wird ihre Verteidigung wohl hinauslaufen. Und für die beiden Männer gilt das Gleiche: Sie beschuldigen sich jetzt schon gegenseitig, *er* hat sie erwürgt! Nein, *er* war es, ich hab ihr nur eine über den Schädel gezogen! Mal sehen, was die Tests ergeben, jedenfalls kann keiner von beiden zugeben, dass er die klare Anweisung erhalten hätte, sie umzulegen. Das wäre auch für sie nicht günstig.«

»Eine Sache, die aus dem Ruder gelaufen ist? Ein Unfall?«

»Ja, ein Unfall, sie hätten ihr nur eine saubere Lektion erteilen sollen. Das wird ihre Strategie sein.«

»Und die Idee, sie als Nutte zu verkleiden?«

»Die stammte vermutlich von ihr, der Auftraggeberin.« Gilardo trank in kleinen Schlucken, verzog ein wenig das Gesicht. »Ein sauberer Scherz.«

Sämtliche Autos, die an der nahen Ampel standen, fuhren in beide Richtungen los, und die Bögen der Arkaden fingen den Lärm auf und ließen ihn dann auf uns niederprasseln, vervielfacht zu einer wütenden Welle.

»Aber auch die Mafia macht solche Scherze«, wandte ich ein, sobald das Dröhnen ein wenig nachgelassen hatte, »die stecken Verrätern eine Zitrone in den Mund oder eine Münze oder so was.«

»Ja, das haben die schon gemacht«, sagte Gilardo, »aber nur in den alten Zeiten.«

»Aber das Prinzip der Vendetta ist immer noch …«

»Ja sicher, wenn's einen Grund gibt, üben die schon noch Rache, das bestreite ich gar nicht.«

Er lächelte mich fast entschuldigend an, und ich verstand sehr gut, warum: Er ist einer von den Männern, die ein nobles, heroisches Frauenbild im Kopf haben, und davon lassen sie nur ungern ab, trotz der Schwester mit den Zöpfen – was mochte sie ihm damals angetan haben? –, trotz aller Nutten, Drogensüchtigen, Gatten- und Kindermörderinnen und allen anderen verlorenen Seelen, denen er in seiner Laufbahn begegnet ist. Für ihn waren das alles Ausnahmen, gefallene Heldinnen, jede Einzelne davon. Und diese schöne, elegante und reiche Dame, die auch noch malte, konnte es wirklich sein, dass die …?

»Vorsatz haben wir auf jeden Fall«, sagte ich boshaft. »Sie hat alles bis ins kleinste Detail organisiert.«

»Meinst du, sie hat das Mädchen umbringen lassen, sie hat wirklich selbst die Anweisung dazu erteilt?«

Ich dachte an den Modus Passierendi, während ich die weder schönen noch eleganten Damen betrachtete, die an einer Metzgerei, einer Parfümerie, einem Schuhgeschäft vorbeigingen, kurz stehen blieben, blitzschnell rechneten und dann entschlossen weiterliefen. Heldinnen? Ich sah die Taschen, die Kleider, die Begeisterung, mit der sie ausgewählt und gekauft und eine Zeit lang getragen worden waren, bis zum plötzlichen Tag der Verweigerung, nein, basta, dieses Rot habe ich satt, dieses Beige hängt mir zum Hals heraus. Und dann ein Achselzucken, na ja, halb so schlimm, ein Weilchen geht's schon noch, vielleicht mit einem Gürtel, einem hohen, einem niedrigen, festgezogen, locker hängend …

An der Ampel machte sich der Verkehrslärm bereit, gleich wieder loszudröhnen, und ich dachte an meine eigenen Wutanfälle, an die Szenen der Raserei, die ich ausgelöst hatte, an das Gebrüll, das Geheul, an die mörderischen Verwünschungen, die mir über die fahlen Lippen gekommen waren.

»Ja, sie war es, sie ist die Mörderin.«

Mädchen in Jeans und T-Shirt kamen vorbei, Verkäuferinnen und Angestellte mit klappernden Absätzen, Paare älterer Frauen, Schwestern, die zusammen wohnten, mit ihren Einkaufstüten, die kurzen Schritte in ausgebeulten Schuhen. Keine von ihnen blieb stehen, um der Bettlerin etwas in die Blechschachtel zu werfen.

»Die Haarnadeln …«, sagte ich, aber dann hielt ich inne. Wie sollte ich Gilardo, einem Mann, begreiflich machen, dass es vor allem die Haarnadeln der Alten waren, die …?

»Aber was hatte sie gegen das arme Mädchen, dass sie es umbringen lassen musste?«, fragte Gilardo.

»Nichts, es ging nur darum, *ihn* zu bestrafen, den Bankier, aus Rache, weil er sie irgendwie tödlich beleidigt hatte. Das Motiv wird er uns erklären, wenn er will, falls er nicht beschließt, den Turiner Gentleman zu spielen.«

»Aber nicht aus Eifersucht, oder?«

»Ach was. Oder doch, aber in einem Sinn, der eher … der viel mehr …«

Die arrogante Welle des Verkehrslärms ließ mich abbrechen, mein ungewisser Wortschatz verflüchtigte sich zwischen aufheulenden Motoren, quietschenden Reifen, Vorboten eines nahenden Martinshorns, das schon fast alles übertönte. Ein Verbrechen aus Leidenschaft, das erwartete Gilardo. Tja, aber welche Leidenschaft? Na, Hassliebe, ganz einfach. Aber hier, wenn du gestattest, war es reiner Hass, Hass-Hass, im Topf gesät und gezogen, unaufhaltsam gewachsen mit all seinem fein verzweigten Blattwerk und seiner schwarzen Blume zum Schluss.

»Aber sie war es doch, die das Mädchen für ihn gefunden hat, sie hat sie doch selbst bei ihm eingeführt, oder?«

»Genau. Sie hat sie gesucht und gefunden, dank all der Kontakte, die sie hat. Eine Nutte wollte sie. Und Semeraro hat ihr eine zur Verfügung gestellt. Eine ganz schöne, ganz sanfte. Die ideale Ehefrau. Und er muss sich dann wirklich in sie verliebt haben, Liebe-Liebe, und er hat sie wirklich geheiratet. Und da hat die andere den Skandal auf dem Schloss arrangiert: Leute, hört her, der Herr Bankier hat eine Nutte geheiratet! Alle sollten es erfahren, und so kam es dann auch.«

»Aber das hat ihr nicht genügt?«

O nein, hatte es nicht. Oder besser gesagt, sie hatte sich verkalkuliert, sie hatte mit Verstoßung gerechnet, mit sofortiger Scheidung – hinaus, verschwinde, dreckige Hure, geh zurück nach Rumänien! Aber es war halt Liebe-Liebe. Er wollte sie behalten, seine sanfte Milena. Und da hat sie …

»Sie muss vor Wut fast rasend geworden sein, und da hat sie eben Semeraro angerufen und zu ihm gesagt, hören Sie, schaffen Sie mir diese Person vom Hals, sorgen Sie dafür, dass sie verschwindet …«

»Also praktisch eine Anweisung«, sagte Gilardo. »Ziemlich gut bezahlt, wer weiß, vielleicht hatte sie das Geld ja von der Bank des Herrn Bankier?«

Und so waren sie dann in der Villa erschienen: vorneweg Semeraro, über jeden Zweifel erhaben, den Strauß Mohnblumen in der Hand, und hinter ihm der andere, der Würger. Sie hatten eine Spritze parat, vielleicht Heroin, um sie zu betäuben, dazu die Nuttenmontur, die sie ihr anziehen sollten. Am Samstagnachmittag ist das Viertel ja menschenleer, alle sind auf dem Land, in den Bergen oder beim Golf. Sie haben sie in den Wagen verfrachtet, sind irgendwohin gefahren, haben gewartet, bis es dunkel wird. Und dann kam der Graben.

»Armes Mädchen«, seufzte Gilardo. »Vielleicht, wenn sie weiter auf den Strich gegangen wäre ...«

Er sah mich an, mit forschendem Blick, auch ich war für ihn eine Heldin, wenn auch eine, die noch nicht gefallen war. Aber er wollte mir sagen, dass er mich in jedem Fall aufrichten, stützen, mit einem Cappuccino stärken würde, der barmherzige Herr Kollege.

»Komm, gehen wir wieder rein«, sagte er, stand auf und legte das Geld auf den Tisch: »Ich lade dich ein.« Wie immer.

Wir gingen an der Alten vorbei, und ich zog zwei Euro hervor – nein, zu viel, einer reicht –, und als ich die richtige Münze gefunden hatte, überlegte ich's mir noch mal anders – nein, zwei ist schon in Ordnung – und ließ zwei Euro in die Blechschachtel fallen, in der etwas Kleingeld lag. Ich ging ein paar Schritte mit Gilardo und machte dann kehrt. Der gesenkte Kopf mit den Haarnadeln hob sich fast unmerklich in meine Richtung. Die Augen waren glasklar, vielleicht krank, vielleicht auch nur schön, aber ganz ausdruckslos.

»Entschuldigen Sie, darf ich kurz mal was nachsehen?«

Die Alte bewegte sich nicht, verteidigte nicht ihren kärglichen Schatz, das Hündchen zuckte im Schlaf leicht zusammen. Unter den Centstücken in der Schachtel lag ein kleines Heiligenbild, speckig und verblasst: ein Heiliger neben einem Schwein. Ich nahm es in die Hand: Sankt Antonius, Schutzheiliger der Haustiere.

»Was machst du denn da?« Gilardo kam angelaufen. »Was kontrollierst du da?«

»Nichts«, sagte ich. »Ich wollte nur etwas wissen.«

Die Barbesitzerin

Überprüfung, Überprüfung, du nervst ganz schön mit deiner Überprüferei! Hab schon verstanden, ihr fasst die Täter, sie gestehen und dann müsst ihr kontrollieren, ob es stimmt oder ob sie euch einen Bären aufgebunden haben, aber ich bitte dich, diese ganzen Überprüfungen, die musst doch nicht unbedingt du machen, die muss ja wohl nicht immer nur der auserwählte Carabiniere Pocopane Attilio durchführen, der übrigens, wenn er jetzt nicht sofort die Hand da unten wegnimmt, nein, ich habe gesagt, neiiin! Jetzt lassen wir das mal einen Moment und unterhalten uns ganz ohne Überprüfung, ja? Das geht nämlich jetzt schon gut drei Stunden so, dass du mich überprüfst, und ich bin auch müde, klar? Rauch lieber eine, in dem Punkt bin ich nicht kleinlich.

Den Typ, diesen Albaner, diesen berühmten Janko, den habt ihr also in der Nähe von Como geschnappt, bei einer Freundin, die jetzt ebenfalls sitzt, obwohl sie vielleicht gar nichts damit zu tun hat, am Ende sind es immer die Frauen, die es abbekommen. Aus Liebe, normalerweise. Und ihr habt bei ihm die zweihunderttausend Euro gefunden, die er von diesem Semeraro bekommen haben will, behauptet er. Und da seid ihr also den Semeraro überprüfen gegangen und den quetscht ihr jetzt ebenfalls aus, mit seinem angeblichen Alibi vom Bocciaclub Biella, das eurer

Meinung nach keinen geplatzten Präser wert ist... »insofern als«? Wieso sagst du »insofern als«? Redet ihr echt so, bringen sie euch das auf der Akademie bei? Aha, die Sprache des Gesetzes! Tut mir sehr leid, Euer Ehren, aber in meinem Heim, genauer gesagt, in meinem Bett darfst du ruhig auch einfach »weil« oder »warum« sagen, mir würde es schon reichen zu erfahren, »warum« dieser Präser geplatzt ist, ja?

Wieso mich das so interessiert? Ja, bist du bescheuert oder was? Ich war's doch, die die Leiche gefunden hat, ich war als Erste an diesem Graben, ohne mich wärst du jetzt gar nicht hier, da würdest du auf eurem Revier sitzen und Monopoly spielen, oder vielleicht wärst du auch bei irgendeiner Nigerianerin mit einem Hintern wie ein Kürbis, mein hübscher kleiner Gendarm, der jetzt übrigens dringend aufgerufen ist, seine Hand da wegzunehmen, gleich reißt mir der Geduldsfaden.

Also: kein Alibi für Semeraro, der ist zwar wirklich in Biella gewesen und hat sich da in der Bar, an der Tankstelle und auf dem Bocciaturnier blicken lassen, aber nur für wenige Minuten, von–bis, und dann ist er ganz schnell zurück nach Turin gefahren. Und an dem Tag gab's gar keinen Wochenmarkt, und das heißt, er hat das Armani-Kleid, das er seinem kleinen Flittchen geschenkt hat, gar nicht dort gekauft, das hat der Toten gehört, stell dir mal vor, was für ein mieses Geschenk, da muss man nicht nur ein Vollidiot sein, sondern auch ganz schön krank, ja, da muss man schon ziemlich gestört sein, um auf so eine Idee zu kommen, igitt-igitt, ich krieg schon eine Gänsehaut, wenn ich nur dran denke...

Lass meine Haut in Ruhe, ja? Das ist nur so eine Redensart, und außerdem, mach dir keine Illusionen, wenn eine

Frau nicht will, hilft auch kein Kuscheln, dieses Märchen vom Vorspiel ist nichts als ein Riesenblödsinn, das funktioniert nur, wenn sie einverstanden ist, kapiert? Da hat keiner von euch ein goldenes Händchen, ihr armen Schlaumeier, und gerade jetzt.... nein, lass das, jetzt reden wir mal... aufhören, sag ich dir, sonst stehe ich auf und geh rüber zu meinem Nerino, den hab ich heute Abend sowieso ein bisschen vernachlässigt, armes kleines Langohr...

Bravo, jetzt versuch mir mal alles ernsthaft zu rekonstruieren, Mister Scotland Yard. Also, Semeraro trifft den Mörder an einer Autobahnraststätte, er nimmt ihn in seinem... Nein, der andere nimmt ihn mit... was hatte der... einen fetten Schlitten, einen BMW Jahrgang 87, na, also eher 'ne alte Kiste, und Semeraro kreuzt mit seinem Mohnblumenstrauß in der Villa auf, sie öffnet ihm, und hinter Semeraro schlüpft der Albaner rein und zieht ihr eine über den Schädel – sagt Semeraro, aber der andere behauptet, Semeraro hätte ihr eine übergezogen –, und dann ziehen sie sie aus und verkleiden sie als Nutte und laden sie in den Wagen und auf dem Rücksitz erwürgt sie der Mörder, das dauert eine halbe Minute, er ist ein Experte, aber Semeraro sagt, das hätte er nicht tun sollen, er wäre zu weit gegangen, sie sollten ihr nur eine Lektion erteilen und sie im Graben liegen lassen, halbtot, aber eben nicht ganz tot. So war das mit der großen Dame ausgemacht, sie war's nämlich, die mit der Kohle rübergekommen ist. Ein kleiner Racheakt, eine kleine Lektion sollte es sein, aber dieser Brutalo hat sie mit den Daumen erwürgt, er hat den Kopf verloren, ist sauer geworden, weil sie sich gewehrt hat, er drückt und drückt ihr den Hals zu, und schließlich sehen sie sie steif daliegen, also ab in den Graben mit ihr, und nix wie weg.

Den Mörder bei seiner Freundin in Como gefasst, Semeraro seelenruhig wieder in Vercelli, und die große Dame sitzt jetzt auch ganz schön in der Scheiße, Beihilfe zum Mord, Anstiftung zum Mord und was nicht alles. Zwanzig Jahre gibt das mindestens, trotz all ihren Anwälten. Vielleicht auch lebenslang, oder? Für mich ist jedenfalls sie die Hexe, die Natter, die wahre Schuldige, dieses Miststück. Aus Eifersucht, aus purer Rachsucht, nein, also sag doch mal selber, Mister Scotland Yard, meinst du, es gibt Frauen, die zu so etwas fähig sind? Eine Verrückte, sage ich. Kann ja sein, dass sie zurechnungsfähig ist, aber um so ein übles Ding abzuziehen, muss man schon eine Schraube locker haben, was sage ich, eine ganze Menge Schrauben. Ich könnte dir zum Beispiel aus Eifersucht mit einem Hammer den Schädel einschlagen, aber das würde ich schon persönlich übernehmen, ohne groß andere um den Gefallen zu bitten. Soll man sich das Vergnügen entgehen lassen, so ein hübsches Köpfchen mit einem Ziegelstein, mit einer Eisenstange kaputt zu schlagen, wenn man mal so eine richtige Stinkwut hat?

Ich bin halt so, Mister Scotland Yard, und sag nachher nicht, ich hätte dich nicht gewarnt. Also wenn ich eines Tages herausfinden sollte, dass du … hey, nein, wirst du wohl, ah … was fällt dir ein … wer hat dir … ah … und das ohne jeden richterlichen Beschluss … ah, nein, also bitte … insofern als … ich … ich …

Die Hausmeisterin

Also nein, was schreibt der denn da, das ist doch … Lies das noch mal vor … »Bekanntlich von einem Zufallszeugen gefunden, der als Wächter in einer nahe gelegenen Fabrik tätig ist …«? Was denn für ein Wächter, was für eine Fabrik, ja, spinnen die? Jetzt hör dir das an, das ist doch unglaublich … Soll man das Gewissenhaftigkeit nennen, Cesare? Gilt das jetzt als professionell? Aber denen schreibe ich einen Leserbrief, denen werde ich ein Dementi schicken, diesen Zeitungsfritzen, denen werde ich Punkt für Punkt verklickern, dass ihr angeblicher Zufallszeuge die unterzeichnete Covino Angela ist, Hausmeisterin an der G.-Delessert-Schule, die nämlich eines schönen Morgens aufs Feld gegangen war, um ganz unschuldig zu kulinarischen Zwecken, wie es jährlicher Brauch ist, und zwar zum strikt persönlichen Nutzen ihres Ehegatten, eines pensionierten Fiat-Mitarbeiters …

Ja, hab schon verstanden, du willst nicht genannt werden, und ich denke auch nicht im Traum dran, deinen Namen zu nennen, da kannst du ganz beruhigt sein, aber die Fakten sind nun mal die Fakten, und wenn ich einen Ehemann habe und diese miesen Schreiberlinge ernsthaft ihrem Beruf nachgehen wollen, dann haben sie die verdammte Pflicht, den Ehegatten zu erwähnen, anstatt der erstbesten Miss Karnickel hinterherzulaufen, die vor ihren Augen die Titten schwingt, habe ich recht oder nicht?

So, und das ist jetzt schon der dritte Waschgang, da sind ja mehr Erdklumpen als Blätter in diesem Salat, die verkaufen dir unter dem Vorwand, dass es ein Bioprodukt ist, die mitgelieferte Bioerde zum selben Preis, anzeigen müsste man die, aber na ja, halb so schlimm, bevor ich noch mal in diesen Graben steige, kaufe ich mir die *girasoli* lieber am Marktstand, das ist auch näher, schon wahr, und du, Radfahrer, leg mal einen Zahn zu, lass mal hören, was uns diese Profis der Zurückhaltung sonst noch erzählen, denn die täuschen sich ja nicht nur aufs Gröbste in Sachen der Unterzeichneten, sondern berichten auch immer nur, was alles passiert oder nicht passiert sein *soll*, es lebe die Privatsphäre!

Da *soll* also die arme Verstorbene dem Bankier schon vor der Hochzeit die Wahrheit gesagt haben, und zum Dank soll er sie trotzdem geheiratet und ihr das fabelhafte Fest auf dem Schloss ausgerichtet haben. Und gerade als es am schönsten war, soll dann dieser Janko aufgetaucht sein, dieser Killer, der schon früher ihr Boss und Zuhälter war und sie jetzt wiederhaben will, er sagt, sie gehört ihm, und versucht sie wegzuzerren. Aber zum Glück ist da dieser Semeraro, ein angeblicher Freund der jungen Frau …

Angeblicher Freund? Wieso angeblich? Insofern, als zwei Stunden vorher eine Zeugin, die ehrenamtliche Helferin oder Laienschwester L. B., zeitweilig tätig im Rehabilitationszentrum Ianua zu Vercelli, Semeraro und Janko dabei gesehen haben soll, wie sie in verdächtiger Weise an einem Ort namens Munia Quacia nahe der Abtei Vezzolano … *munia quacia*, »gebückte Nonne« … Aber das war sie doch selber! Die wird sich halt hinter ein Gebüsch geduckt haben, die Nonne, wegen einem natürlichen Bedürfnis, das sie nicht länger zurückhalten konnte, und von dort aus hat sie dann die beiden gesehen! Und wenn sie's zehnmal nicht zugibt, ich sag dir, so war es! Genau so muss es gewesen sein, Privatsphäre hin oder her!

Und so *sollen* die beiden dann ihr Theater mit der Flasche aufgeführt haben, um es der Nutte zu besorgen und die Angelegenheit öffentlich zu machen und den Bankier zu demütigen, der zu einem früheren Zeitpunkt eine sentimentale Beziehung – das nennen die sentimental! – mit der anderen unterhalten haben soll, mit dieser angeblichen Freundin Beatrice del P., aber dann hat er sie nicht heiraten wollen, und so lässt sie ihn eben die Nutte heiraten, die hat sie ihm praktisch ins Haus geliefert, das ist die Rache der großen Dame, und dann hat sie sie auch noch umbringen lassen, ein klassischer Auftragsmord, aus Wut darüber, dass er die Kleine behalten wollte, ob Nutte oder nicht, er war mit ihr zufrieden.

Hm! Vielleicht war es so, vielleicht auch nicht. Hier steht, es soll schon die ersten Geständnisse geben und man soll bei beiden Bares gefunden haben. Zweimal dreihundert Riesen?

Immerhin kein schlechter Preis, wenn's denn stimmt. Aber mich überzeugen diese Journalisten nicht, ich kann's nur immer wieder sagen, das beweist schon ihre totale Desinformation in meinem Fall, und überhaupt, ich würde da gar nichts ausschließen, dieser Bankier *könnte* zum Beispiel der Drahtzieher eines internationalen Finanzkomplotts sein, wer weiß, warum *sollen* ihm nicht die Chinesen oder die Russen die Frau umgebracht haben, als Warnung oder weil er gewisse Bedingungen nicht annehmen wollte, die sie ihm gestellt haben, oder es war seine eigene

Tochter, die ihre junge Stiefmutter loswerden wollte, oder es war sogar dieses ganze Reha-Zentrum in Vercelli, das klammheimlich ein Nest für Frauenhandel ist, für weiße und schwarze Sklavinnen und noch anderes dazu, und der Auftraggeber war der Priester oder jemand noch viel weiter oben, dessen Namen wir nie erfahren werden, es ist doch immer dasselbe.

Was sagst du, ihm bleibt immerhin noch die Bank?

Na bravo, Herr Materialist, flieg nur schön tief, und wenn du schon dabei bist und dir das keine allzu großen Umstände macht, dann reich mir mal bitte die Salatschüssel rüber, es ist nämlich so weit, die Eier sind kalt und deine Girasoli schön gewaschen und gesäubert, du kannst sie jetzt anrichten, wie du sie magst. Aber wenn ich noch einen ganz persönlichen Gedanken ausdrücken darf, so ganz einfach als Frau, dann möchte ich nur dies eine sagen: Die Bank mag ihm ja geblieben sein, aber was ist mit der Liebe?

PIPER

Mariolina Venezia

Tausend Jahre, die ich hier bin

Roman. Aus dem Italienischen von Susanne Van Volxem.
304 Seiten. Gebunden

Am selben Tag, als das noch nicht eroberte Rom zur Hauptstadt des endlich vereinigten Italien erklärt wurde, kam es in einem kleinen Ort im Süden des Landes zu einem Ereignis, das zur Legende werden sollte: Das ganze Dorf war überschwemmt von Olivenöl, das aus dem Haus von Don Francesco Falcone floss. Dort war Concetta gerade dabei zu gebären, und ihre Schreie waren so gellend, dass sämtliche im Lager befindlichen Ölkrüge zersprangen. Trotz dieses Verlusts war die Freude groß, als nach sechs Mädchen ein Junge geboren wurde – für Don Francesco ein Grund, die Mutter seiner Kinder endlich zu heiraten. Doch hatte er nicht mit der Eigenwilligkeit seiner ältesten Tochter gerechnet, die für eine Überraschung sorgte. Und damit nahm eine Geschichte ihren Anfang, die so sinnlich und abenteuerlich ist wie der mediterrane Süden. Eine mehr als ein Jahrhundert umspannende Familiensaga zwischen Olivenhainen und den staubigen Straßen Grottoles in der Basilikata, geschrieben in einer gleichzeitig frischen, poetischen und prägnanten Sprache.

01/1694/01/R

PIPER

Simonetta Agnello Hornby

Die Marchesa

Roman. Aus dem sizilianischen Italienisch und mit einem Nachwort von Monika Lustig. 448 Seiten. Gebunden

Es soll ein Fest werden, das den Gästen und den Einwohnern des kleinen sizilianischen Ortes Sarentini unvergeßlich im Gedächtnis bleibt. So wird die Taufe der kleinen Baronesse Costanza Safamita zu einem prächtigen Ereignis im Palazzo und auf der Piazza unter duftenden Oleanderbäumen und blühendem Jasmin. Es ist das Jahr 1859, und wenigstens für einen Tag soll die Feier die Sorge um die politischen Unruhen auf der Insel vertreiben. Dem kleinen Mädchen wird nie wieder so viel Aufmerksamkeit und Wohlwollen beschieden sein. Entspricht sie doch mit ihrer unbändigen Natürlichkeit und dem fragwürdigen roten Haar so gar nicht dem Ideal der eleganten aristokratischen Gesellschaft Palermos. Dabei ahnt niemand etwas von dem Schatten, der über ihrer Herkunft liegt, und von dem düsteren Geheimnis, das die Familie Safamita hinter ihrer prunkvollen Maske zu verbergen hofft.

01/1539/01/R

PIPER

Andrea Camilleri

Der Märtyrer im schwarzen Hemd

Roman. Aus dem Italienischen von Moshe Kahn. 272 Seiten. Gebunden

Es ist eine typisch sizilianische Nacht: Die würzige Aprilluft streicht mild durch die Straßen, und die Stimmung in den Tavernen ist gut. Der perfekte Moment für eine zünftige Rauferei mit einem Kommunisten. In erwartungsvoller Vorfreude lauern die drei Mussolini-treuen Studenten Lillino, Nino und Tazio in einer Gasse auf das Objekt ihrer Begierde. Nur nimmt die Prügelei in der Dunkelheit einen unerwarteten Verlauf. Dummerweise verirrt sich eine Revolverkugel in Lillinos Schädel und bläst ihm das Licht des Lebens aus. Keine Frage, wer der Täter ist, ist doch ein Kommunist beteiligt. Seltsam nur, dass die Kugel im Kopf des Opfers nicht aus der Waffe des Täters stammt. Doch während einzelne Gesetzeshüter noch rätseln, nimmt ein abgekartetes politisches Spiel bereits seinen Lauf.

01/1695/01/R

PIPER

Ákos Molnár
Zwölf Schritte

Roman. Aus dem Ungarischen von Christina Kunze.
320 Seiten. Gebunden

Er nannte sie für sich nur »das erdbeerduftende Mädchen«. Sie war die Schwester seines Schülers Egon, und sie besaß die Gepflegtheit einer englischen Herzogin. Es war unausweichlich, dass Tittelbach, der von einem leichten Abenteuer ins nächste stürzte, Helga irgendwann küssen würde. Doch mit ihr war es anders als mit den anderen, tiefer, harmonischer. Dass Tittelbach sich als Feind der Ehe zeigte, störte Helga nicht, sie war glücklich, zumal Grete, das neue Dienstmädchen, ihr nun endlich alle Lasten abnahm. Grete aber, mit ihrer groben blauen Bluse und dem heiteren Lächeln, faszinierte bald Helgas jugendlichen Bruder Egon ebenso wie Tittelbach. 1933 erschienen, liegt Ákos Molnárs zeitloser psychologischer Roman einer fatalen Vierecksbeziehung jetzt erstmals auf Deutsch vor.

01/1696/01/R